クリスティー文庫
82

ゼロ時間へ

アガサ・クリスティー
三川基好訳

書房

02

TOWARDS ZERO
by
Agatha Christie

Translated by
Kiyoshi Mikawa
Published 2021 in Japan by
HAYAKAWA PUBLISHING, INC.
This book is published in Japan by
arrangement with
AGATHA CHRISTIE LIMITED
through TIMO ASSOCIATES, INC.

ロバート・グレイヴズへ

親愛なるロバート、

わたしの書くお話が好きだと、優しい言葉をかけてくださったあなたに、勇気を出してこの本を捧げます。お願いしたいのはただひとつ、これを読んでいる間はあなたの批評精神（最近の大活躍ぶりを見るに、ますます鋭敏になっているにちがいありません！）をけっして発揮しないようにしてください。

これはあなたのお楽しみのために書かれた物語であって、ミスター・グレイヴズの刑場のさらし台に載せられるような文学作品ではないのです！

あなたの友人、
アガサ・クリスティー

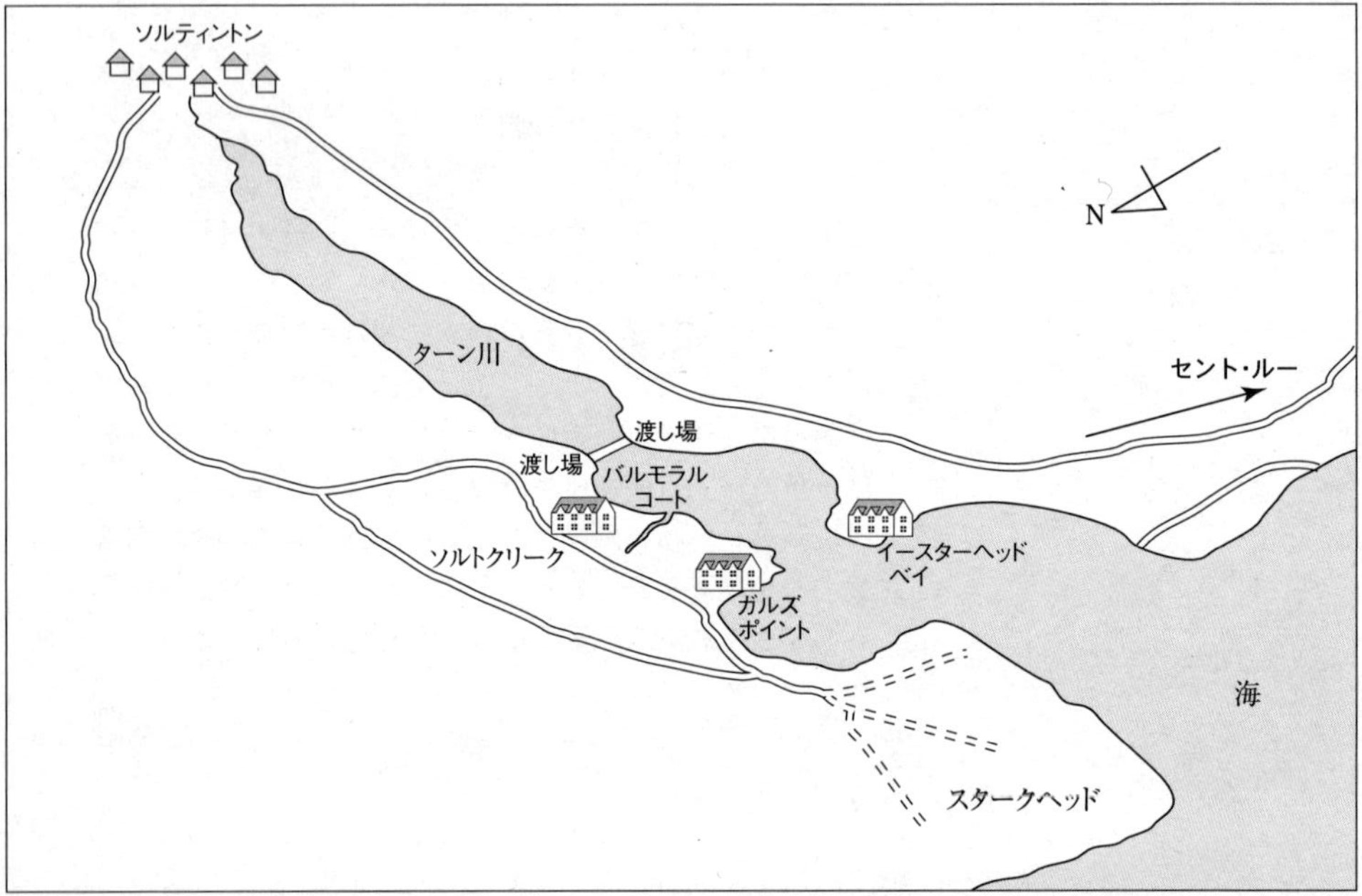
ソルティントン
N
ターン川
セント・ルー
渡し場
渡し場
バルモラル
コート
ソルトクリーク
イースターヘッド
ベイ
ガルズ
ポイント
海
スタークヘッド

目次

ゼロ時間へ

登場人物

カミーラ・トレシリアン……………………金持ちの老未亡人
メアリー・オルディン……………………トレシリアンの遠縁の親戚
ネヴィル・ストレンジ……………………万能スポーツマン
ケイ……………………………………ネヴィルの二番目の妻
オードリー………………………………ネヴィルの最初の妻
テッド・ラティマー………………………ケイの友人
トマス・ロイド……………………………オードリーの遠い従兄
ハーストール………………………………執事
ジェーン・バレット
アリス・ベンサム ｝…………………………メイド
エマ・ウェイルズ
スパイサー………………………………料理人
アンガス・マクワーター…………………自殺しそこねた男
トレーヴ…………………………………有名な老弁護士
レイズンビー……………………………医師
ロバート・ミッチェル……………………警察署長
ジョーンズ………………………………巡査部長
バトル……………………………………警視
ジェイムズ・リーチ………………………警部。バトルの甥

プロローグ

十一月十九日

暖炉を囲んでいるのはほとんど全員が法律家か法律とかかわりを持つ人々だった。事務弁護士のマーティンデイル、勅選弁護士のルーファス・ロード、カーステアズ事件で名をはせた若き弁護士ダニエルズをはじめ、最高法院のクリーヴァー判事や〈ルイス・アンド・トレンチ法律事務所〉のルイス弁護士などの弁護士たち、そして長老ミスター・トレーヴという顔ぶれだった。ミスター・トレーヴはもう八十歳近い高齢だが、まさに円熟と豊かな経験のきわみの八十歳だった。有名な法律事務所に所属し、その事務所でもっとも有名な法律家である彼は、現代イギリスの裏面史に誰よりも精通していると言われていた。犯罪学が彼の専門分野だ。

ミスター・トレーヴは回想記を書けばいいのにと言う者がいるが、それは考えの浅いことだ。ミスター・トレーヴはもっと思慮深い。彼は自分が知りすぎているということを、よくわかっているのだ。

法律家としての活動からはずいぶん以前に引退しているが、法曹界で彼ほどその意見が重んじられている人物はいなかった。彼が細いが明瞭な声をそっと発するだけで、そこには必ず敬意に満ちた沈黙が広がるのだった。

今の話題は、その日オールド・ベイリー（ロンドンの中央裁判所）で結審した、巷《ちまた》で評判の事件だった。殺人事件だったが、被告は無罪になった。一同はこの裁判の過程を何度もふり返っては技術的な面に関して批評を加えていた。

検察側はある証人の証言をあてにしすぎるという過ちを犯した――検事のディプリーチじいさんなら、あれが弁護側にどれほどの突破口を与えることになるかぐらいわきまえているべきだった。若いアーサーは、あのメイドの証言を最大限に活用した。最終弁論でベントモア検事が事実をきちんと整理したのは実に的を射たことだったが、いかんせんそれまでに受けたダメージが大きすぎた――陪審員はあのメイドの話を信じこんでしまった。陪審員というのは不可解なものだ――彼らが何を鵜呑《うの》みにし、何を拒絶するか、まるで見当がつかないのだ。そして一度何かが彼らの頭に植えつけられたら、金輪際取り除くことはできない。彼らはメイドが凶器のバールに関して真実を語っていると信じた。それで決まりだ。医学的な証拠は彼らの理解を少々超えていた。長たらしい単語や学問用語の羅列——科学者というのは証人としては最悪だ——単純な質問にも必ず〝うーん〟とか〝そうですねえ〟などともったいぶった態度をとる——必ず〝ある条件のもとではそういうことも起こり得るかもしれません〟などと答える——そして、そして！

各人各様に意見を述べつくし、次第に発言が散発的に、その内容がとりとめのないものになってきて、何かもの足りないという雰囲気が広がっていった。ひとり、またひとりと、ミスター・トレーヴのほうに顔を向けだした。ミスター・トレーヴはそれまでその件についてひと言も発言していなかったからだ。もっとも尊敬すべき同僚から最後の判断をくだす言葉を聞きたいという一同の思いが明らかになってきた。

椅子の背に寄りかかってぼんやりとめがねを拭いていたミスター・トレーヴは、周囲の沈黙に気づいてさっと顔をあげた。

「えっ？」彼は言った。「何かな？　何かわたしに尋ねたのかね？」

若いルイスが口を開いた。

「今ラモーン事件のことを話しておりました」

それだけ言うと、期待をこめて相手を見た。

「ああ、そうそう」ミスター・トレーヴは言った。「わたしも同じことを考えていたよ」

一同は敬意に満ちた態度で静まりかえった。

「ただ、申し訳ないことに」まだめがねを拭きながらミスター・トレーヴは言った。「何やら空想にふけってしまって。そう、空想に。歳のせいだろうな、これも。まあ、わたしくらいの歳になったら、ときには空想にふけるくらいのことは許されるのではないかな？」

「はい、そうですよね」若いルイスは答えたが、怪訝《けげん》そうな表情だった。

「考えていたのは」ミスター・トレーヴは言った。「今度の裁判にまつわるさまざまな法律に関する問題点のことではなく――それはそれで興味深いのだが――実に興味深い――もし評決が逆の結果となっていたとしても、抗告が認められる可能性が十分あったでしょうな。思うに、あの評決は――いや、今はその話はやめておこう。わたしが考えていたのは、今言ったように、法律に関することではなく、むしろ――事件にかかわった人間のことなのです」

聞き手は一様に驚きの表情を見せた。彼らにとって事件に関わる人間とは、証人としての価値があるかないかの観点でしか見ない対象だった。被告が実は有罪なのか、それとも法廷が決したように無罪だったのかと、そのことについて頭を悩ませた者はひとりもいなかった。

「人間ですよ、皆さん」ミスター・トレーヴは考え深げに言った。「人間。千差万別、性格も体格もばらばらだ。知能のすぐれた者もいるが、大部分はお粗末な頭だ。出身地もさまざま――ランカシア、スコットランド――あのレストランのオーナーはイタリア人だし、女教師は中西部のどこかの出だった。そういった人たちが一ヵ所で出会い、事件に巻きこまれて、十一月の曇り空の一日、そろってロンドンの法廷に出頭した。それぞれがそれぞれのささやかな役割を演じた。それらの行動がひとつにまとまって、殺人事件の裁判という展開になった」

彼は口を閉じ、膝を指で軽く叩いた。

「わたしはよくできた推理小説を読むのが好きでね」彼は言った。「ただ、どれもこれも出発点がまちがっている！　必ず殺人が起きたところから始まる。しかし、殺人は結果なのだ。物語はそのはるか以前から始まっている――ときには何年も前から――数多くの要因とできごとがあって、その結果としてある人物がある日のある時刻にある場所におもむくことになる。たとえばあのかわいいメイドの証言を考えてみるといい――彼女があの若者といい仲になっていなければ、あんなふうに腹を立てて仕事をほうり出して職場を離れ、ラモーン家に行ったりはしなかったでしょう。そうしたら彼女が被告側の主要な証人になることもなかった。ジュセッペ・アントネッリは、一カ月間兄と立場を入れ替えようというのでやってきたのだった。ところがその兄は目がまったく見えない。目のいいジュセッペが目撃したことを、兄だったら見ることができなかったわけだ。例の巡査が四十八番地の女シェフに色目を使っていなければ、彼の巡回の時間が遅れることもなかった……」

彼は軽くうなずいた。

「すべてがある点に向かって集約していく……そして、その時にいたる――クライマックスに！　ゼロ時間だ。そう、すべてがゼロ時間に集約されるのだ」

彼は最後の言葉をくり返した。「ゼロ時間に……」

そしてかすかに身ぶるいした。

「お寒いのですか？　もっと火の近くにいらっしゃいませんか？」

「ああ、いや、いや」ミスター・トレーヴは答えた。「ただわけもなくぞっとしただけですよ。誰かがわたしの墓になる地面の上を歩いたというやつかな。とにかく、そろそろ退散することにしよう」

愛想よく軽くうなずくと、ゆっくりと慎重に足を運んで、部屋から出ていった。

しばらく落ち着かない沈黙が続いたが、勅選弁護士ルーファス・ロードが口を開き、気の毒にトレーヴ老人もそろそろ歳かなと言った。

サー・ウィリアム・クリーヴァーがそれに答えた。

「頭脳明晰――実に明晰な頭脳の持ち主だ――だが結局は歳には勝てないものだな」

「心臓も弱っているようだ」ロードは言った。「いつ倒れてもおかしくないと思う」

「でも自分でずいぶん気をつけているよ」若いルイスが言った。

その頃ミスター・トレーヴはなめらかな走りのダイムラーに慎重に乗りこむところだった。閑静な一画にある自宅に戻ると、忠実で働き者の執事がコートを脱がせてくれた。書斎に入ると暖炉に石炭の火がおこしてあった。寝室は書斎の先だ。心臓のことを考えて、彼はけっして二階へは行かないようにしていた。

彼は暖炉の前に腰をおろし、手紙の束を引き寄せた。

頭ではまだクラブで披露した空想のことを考えていた。

〝たった今も〟彼は頭の中で自分に向かって語りかけた。〝なんらかのドラマが――殺人事件に発展するドラマが――着々と進行中なのだ。血と犯罪を材料にした楽しい読み物を、もし自分が書くなら、今のこの瞬間から書き起こすだろう。老紳士が暖炉の前で手紙の封を切っているところから始めて――ゼロ時間に向かう……〟

封筒を開け、取り出した便箋をぼんやりと眺めた。

突然彼の表情が変わった。空想の世界から現実に引き戻されたのだ。

「なんということだ」彼は言った。「まったくわずらわしい！　いや、それどころか実に腹立たしい。長年の習慣だったのに！　これで計画がすっかり変わってしまう」

〝扉を開ければ、そこには人々が〟

一月十一日

病院のベッドの上で、男はわずかに体を動かして、うめき声を押し殺した。病室の担当看護婦がテーブルから立ちあがり、彼のところに来た。枕をずらし、もっと快適な姿勢をとらせてやった。

アンガス・マクワーターは礼を言う代わりにうなっただけだった。はらわたが煮えくりかえり、苦々しい気持ちでいっぱいで、礼など言う心境ではなかったのだ。

今頃はもうすっかり終わっているはずだった。すべてから解放されているはずだったのだ！　崖の途中に突き出していた、あの忌々しい木さえなかったら！　寒い冬の夜に、なんと崖の縁で密会していたお節介な恋人たちさえいなかったら！

あのふたりさえ（そして、あの木！）いなかったら、今頃はすっかり終わっていた。深い、冷たい水に飛び込み、たぶん少しの間もがいて、そしてすべてが無になる――ないがしろにされた、役立たずの、ろくでなしの人生の終わりだ。

それが今、自分はどこにいる？　肩を骨折して病院のベッドにぶざまに横たわっている。おまけに自分自身の命を奪おうとした罪で警察にしょっぴかれるらしい。

そんな馬鹿な。自分の命なのに。なぜだ？

うまくやりとげていれば、不健全な精神の持ち主だったとして、それなりに葬ってくれただろうに。

不健全な精神だと！　おれは誰よりも正気だ！　おれの立場にある者だったら、自殺をすることがもっとも論理的で筋の通った行動なのだ。

とことん落ちぶれて、健康が回復する望みもなく、妻はよその男のもとに走ってしまった。仕事もなく、愛もなく、金もなく、健康も希望もない。そんな人生はさっさと終わりにするのがもっとも理にかなっているではないか？

それが、このていたらくだ。いずれ自分は殊勝ぶった判事殿から譴責《けんせき》を受けることになる。自分のもの、自分ひとりの持ち物に対してきわめて常識的な措置をとろうとしたことで――つまり、自分の命に対して。

彼は怒りのあまり鼻を鳴らした。熱が体を駆け抜けた。

また看護婦がベッドの横に来た。

若い看護婦だった。赤毛で、やさしそうな、いささかしまりのない顔をしていた。

「痛みがひどいの？」

「いや、そうじゃない」

「眠れるように、何かお薬をあげましょう」

「そんなことはしないでいい」

「でも——」

「多少の痛みや不眠に、このわたしが耐えられないと思うのか？」

看護婦はやさしく、だが少々えらそうにほほえんだ。

「先生が何かお薬を与えるようにとおっしゃったのです」

「医者がなんと言おうと関係ない」

看護婦は毛布を直し、レモネードのグラスを少し彼に近づけた。少しきまりが悪くなって、彼は言った。「すまん、乱暴な口をきいてしまって」

「あら、いいのよ」

自分の不機嫌な態度を看護婦がまったく気にしていないことに、彼はいらだった。そんなことでは博愛精神に満ちた寛大で無関心な彼女の態度を崩すことはできないのだった。彼は患者だ——人間ではない。

彼は言った。「邪魔しやがって——よけいな手出しをして、邪魔をしやがった……」

看護婦は叱るように言った。「あらあら、そんなことを言うのはよくないわ」

「よくない？」憤然として彼は言った。「よくないだと？　なんてこった」

看護婦は静かに言った。「朝になれば気分もよくなるわ」

彼は唾を呑みこんだ。

「看護婦ってやつは。まったく看護婦ってのは！　あんたらは人間じゃない。そう、人間じゃないんだ！」

「どうすればあなたのためになるか、わたしたちが一番よくわかっているのよ」

「それが一番腹立たしいんだ。あんたらのそういう態度が。この病院も。この世界も。よけいなお節介をやめようとしない。どうすればあなたのためになるか、自分たちが一番よくわかっているだと。おれは自殺しようとしたんだ。それは知ってるのか？」

看護婦はうなずいた。

「崖から飛び降りるかどうかは、おれひとりの問題だ。おれはおれの人生を終わりにしたかったんだ。おれの人生はもうどうしようもないんだから」

看護婦はかすかに舌を鳴らした。漠然とした同情心の表われだった。この人は患者さんだ。自分に向かって怒りを発散させて気分が落ち着くなら、それでいい。

「おれがそうしたいんだから、自殺したっていいだろう？」

看護婦はきまじめに答えた。

「それはいけないことです」

「なぜだ？」

看護婦は自信なげに患者を見た。自分の信念には少しのゆらぎもないのだが、それをうまく説明することができないのだ。

「えーと――だから――自殺はいけないことです。そうしたくても、したくなくても、どっちにしても生きていかなければならないんです」

「それはまたどうして？」

「えーと、自分以外の人のことも考えなければいけないでしょう？」

「おれはちがうぞ。おれが死んだためにほんの少しでも困った思いをする人間は、この世にひとりもいないんだから」

「ご家族の方はひとりもいないの？　お母様とか妹さんとか？」

「いないよ。前は妻がいたけれど、おれを捨てて出ていった――正しい判断だったと思うよ！　おれはどうしようもないろくでなしだと見抜いたんだ」

「でも、お友だちがいるでしょう？」

「いや、ひとりもいない。おれは人づきあいがよくないんだ。なあ、聞いてくれ。おれも昔はけっこう幸せにやっていたんだよ。いい仕事について、美人の妻がいた。ところが自動車事故に巻きこまれた。社長が運転していて事故を起こしたのだけれど、その車におれも乗っていたんだ。社長はおれに、事故を起こしたときのスピードは五十キロ以下だったと証言してくれと言った。ほんとはそうじゃなかった。社長は八十キロ近く出していた。別に死傷者が出たとか、そういう事故ではなかった。そういうのじゃない。ただ社長は保険会社との交渉を有利にしたかったんだ。でも、おれは社長の言うとおりにはしなかった。嘘だからだ。おれは嘘はつかない」

看護婦は言った。「それはあなたのしたことが正しいと思うわ。とても正しい」

「そう思うか？　だがそんな頑固な態度のせいで、おれは職を失ったんだ。社長がおれにひどく腹を立てた。くびにしただけでなく、ほかの仕事にもつけないように手をまわした。いつまでも失業者のままでいるおれに妻は愛想をつかして、おれの友だちだった男のところに行ってしまった。そいつははぶりがよくて、まだまだのぼり調子という感じだった。おれのほうは、どんどん落ちていった。深酒をするようになった。それでよけいまともな仕事につけなくなって、最後は荷物運びをした。そうしたら内臓を痛めてしまって、医者にはもう元通りにはなれないと言われた。というわけで、もう生きてもしようがなくなったんだよ。一番簡単ですっきりしているのが、あっさり退場すること。おれにとっても、ほかの誰にとっても、おれはもう生きている値打ちがなくなったんだ」

小柄な看護婦はつぶやいた。「それはわからないわ」

彼は笑った。だいぶ機嫌がよくなっていた。世間知らずな娘が自分の考えに固執するようすを見ていると、おかしかった。

「お嬢さん、おれが誰の役に立つというんだ？」

戸惑いつつ、看護婦は答えた。「だって、わからないでしょう。あなたが——いつか——」

「いつか？　いつかなんて、ないんだよ。この次はしくじったりしないぞ」

看護婦はきっぱりと首を横にふった。

「いいえ、それはないわ」彼女は言った。「あなたはもう自殺なんかしない」

「どうして？」

「みんなそうなのよ」

男は看護婦を見つめた。みんなそうなのよ。自分はたくさんの自殺未遂者のひとりにすぎないというのか。激しく言い返そうとしたが、根が正直な彼は、ふと考えなおした。自分はほんとうにもう一度やるだろうか？　本気でそう考えているのだろうか？

そこで突然、自分にはその気がないことを悟った。理由はわからない。たぶんこの看護婦が職業柄得た知識にもとづいて言ったことが正しいのだろう。一度自殺に失敗した者は、もう同じことはしないものなのだ。

それでもなお、彼は倫理面で彼女を言い負かそうとした。

「それはともかく、おれには自分の命を自分の好きなようにする権利があるはずだ」

「いいえ――いいえ、そんな権利はないわ」

「それはいったいどうしてなんだ、お嬢さん？」

彼女は顔を赤らめた。首からさげている小さな金の十字架をまさぐりながら、言った。

「だって、わからないじゃない。神様があなたを必要とされるかもしれない」

虚をつかれて、彼は相手を見つめた。そんな子供っぽい思いこみを乱したくなくて、彼はおどけて言った。

「いつの日か、このおれが暴れて走りだした馬を止めて、金色の髪の幼子《おさなご》の命を救うというわけか？　そういうことか？」

看護婦は首をふり、激しい口調で反論した。頭の中にはとても鮮明に思い描いているのだが、なかなか言葉にできないことを必死で表現しようとした。

「ただそこにいるだけでいいのかもしれない――何かをするのではなく――ただある時に、ある場所にいるだけでいいのかも――ああ、うまく言えないのだけれど、あなたはただ――ある日、ある場所を歩いているだけでいい、それだけで何かとても重要な役割をはたすことになるかもしれない――たぶんあなた自身はそれとは気づかずに」

その赤毛の看護婦はスコットランドの西海岸の出身で、〝千里眼〟の持ち主の出る家系だった。

たぶん彼女はそのとき、九月のある夜、ある男がある場所を歩いていて、ひとりの人間が恐ろしい死を遂げるのを防ぐところがぼんやりと見えていたのだろう……

二月十四日

部屋にいるのはたったひとりの人物で、聞こえるのはただ、その人物が走らせるペンが紙を引っ掻く音だけだった。

書かれている文章を読む者はいない。かりに読んだとしたら、目を疑うだろう。なぜならそこに書かれているのは周到に用意された殺人の詳細な計画だからだ。

ときには肉体が自分を支配している精神の存在を意識していることがある——肉体がみずから膝を屈し、外部からの制御を受け入れることが。また逆に、精神のほうが肉体を制御していることを意識して、肉体を道具として使ってある目的を達しようとしていることが自覚されることもある。

今ここで書き物をしている人物は、その後者の状態にあった。精神が、冷静で抑制のきいた知性が、支配していた。その人物の精神にはたったひとつの考え、ひとつの目的しかなかった——ある人間を破滅させること。その目的を達成するための手段が事細かに検討され、書き記されているのだ。起こり得るあらゆるできごとに関して、あらゆる可能性が吟味されている。絶対確実な計画にしなければならない。この計画は、すぐれた計画はどれもそうだが、何から何まで事前にきっちりと決めてはいなかった。要所要所に変更の可能性があった。なんといってもすぐれた知性の持ち主が実行する以上、予知できない状況に対しては応急の知的対処の余地を残しておくのが賢明だった。しかし主要な部分は明確に決められ、詳細な検証を経ていた。時間、場所、方法、そして標的！

書き物をしていた人物が頭をあげた。書いた紙を手にとり、丹念に読み返した。よし、計画は明晰そのものだ。

真剣な表情の顔に笑みが浮かんだ。完全に正気とは言えない笑みだった。大きく息をついた。

人間が創造主と同じ姿に造られたのだとしたら、この人間は創造主の喜びをとてつもなくねじ曲げた作品だった。

そう、すべてが計画されている――すべての者の反応を予想し、対処法が用意されている。全員のうちの善良なる部分と邪悪なる部分が巧みにあやつられて、あるひとつの邪悪な目的を達成するための道具として働く。

だがまだひとつだけ足りないものがある……

笑みを浮かべて、書き手はある日付を手でなぞった――九月のある日を。

そして笑い声とともに紙を細かく引きちぎり、部屋の反対側に持っていって、燃えさかる火にくべた。あくまで慎重だった。紙は断片ひとつ残さずに燃やしつくされた。今や計画はその生みの親の頭の中にだけ存在した。

三月八日

バトル警視は朝食のテーブルについていた。憮然としたようすで口を固く閉じて、妻が涙ぐみながらわたした手紙をゆっくりと注意深く読んでいた。その顔は無表情なままだった。もともと彼の顔はいかなる種類の表情をも見せることはなかった。まるで木彫りの仮面だった。固く、頑丈で、ある意味で印象深い顔だった。バトル警視はけっして才気煥発《さいきかんぱつ》なタイプではなかった。どう見ても頭脳明晰とは言えなかった。だが彼にはそれとは別の特質があった。それが何かを言葉で表現するのはむずかしいが、彼はその点で傑出した才能を持っていた。

「信じられないわ」すすり泣きながら、ミセズ・バトルは言った。「シルヴィアが！」

シルヴィアはバトル夫妻の五人の子供のうちの末っ子だった。十六歳で、メイドストーンの近くの寄宿学校の生徒だ。

手紙はその学校の校長ミス・アンフリーからだった。それは明瞭で、思いやりのある、実に巧みに書かれた手紙だった。そこにははっきりと、誤解の余地なく、しばらく前から校内で些細な品物が盗まれる事件が続いていて学校関係者が頭を悩ませていたが、その謎がついに解けたと書かれていた。シルヴィア・バトルが自分のしたことだと告白したので、ミス・アンフリーとしてはできるだけ早い機会にバトル夫妻と面談し、〝この状況についてお話し合いを〟したいと述べていた。

バトル警視は手紙を折りたたみ、ポケットにしまいながら言った。「わたしにまかせなさい、メアリー」

立ちあがり、テーブルの反対側に来て、妻の頬に手を当てて言った。「心配しなくていいよ。大丈夫だから」

慰めと安堵を残して、彼は部屋を出ていった。

その日の午後、ミス・アンフリーのモダンで個性的な客間で、バトル警視は姿勢をただして椅子にすわり、大きなごつごつした手を膝に載せて、ミス・アンフリーと相対していた。努めてふだんよりはるかに警察官らしい顔をして見せていた。

ミス・アンフリーは校長としておおいに成功していた。個性的で――実に個性的で、博識で進歩的、伝統的な規律と現代的な自主自立の精神をうまく組み合わせていた。

彼女の部屋はミードウェイ女子高校の学風をよく表わしていた。すべてが落ち着いた、オートミールのような色をしている。大きな壺に水仙を生け、別の花瓶にチューリップとヒヤシンスが飾ってあった。古代ギリシアの発掘品の精巧なレプリカが一、二点、現代彫刻の作品が二点、壁にはイタリア原始主義の絵が二枚。これらのものに囲まれて、ミス・アンフリーは濃紺のドレスを着てすわり、仕事熱心なグレイハウンドを思わせる熱意あふれる顔をして、分厚いめがねのレンズの奥の青い目に真剣な表情を浮かべていた。

「重要なのは」明瞭で、抑揚をしっかりコントロールした声で彼女は言った。「この事態に正しいやり方で対処することです。何よりもあの子のことを考えなければいけません、ミスター・バトル。シルヴィアのことを！　何よりも重要なのは――何よりも――彼女の人生にいかなる傷も残してはならないということです。罪の重荷を背負っていかなければと思わせてはなりません。かりに罰を与えるにしても、ごくごく軽いものにすべきです。一連の些細な盗みの背後にあるものに目を向けなければいけません。劣等感によるものかもしれません。あの子はスポーツが得意ではないので――そこで別の面で自分を輝かせたいという漠然とした欲求をいだいたのかもしれません――自我を満たしたいという欲求を。シルヴィアの扱いにはとことん注意を払わなければいけません。まずお父様とふたりだけでお話ししたいと思ったのは、そのためなのです。シルヴィアにはくれぐれも慎重に接してくださるようにとお願いしておきたくて。もう一度申しあげますが、彼女の行為の背後にあるものに目を向ける必要があるのです」

「そのために」バトル警視は言った。「わたしがこちらに出向いてきたのです、ミス・アンフリー」

静かな声で、冷静な表情で、彼は値踏みするように女性校長を上からじろじろ見た。

「あの子にはとてもやさしく接したつもりです」ミス・アンフリーは言った。

バトルは言葉少なに言った。「それはどうも」

「わたくしは当校で学ぶお嬢さんたちをとても愛し、理解しているのですもの」

それにはバトルは答えず、別のことを言った。

「よろしければ娘と会わせていただきたいのですが、ミス・アンフリー」

いっそう熱をこめて、くれぐれも慎重に対処するようにと、ミス・アンフリーは彼を諭した。焦らずに、一人前の女性になりかかったところの娘さんの心を閉ざさせることがないようにと。

バトル警視はいらだつ気配はまったく見せなかった。ただ無表情な顔ですわっていた。ようやくミス・アンフリーは警視を彼女の書斎に連れていった。廊下でひとりふたりの生徒とすれちがった。礼儀正しく足をとめて立っていたが、その目には好奇心がありありと表われていた。先ほどの部屋ほど個性豊かではない小さな部屋にバトルを案内すると、ミス・アンフリーは部屋を出ていきながら、シルヴィアをここによこすと言った。

戸口から出ようとした彼女を、バトルは呼び止めた。

「すみません、先生、その――ええと――紛失物ですが、シルヴィアのしたことだとわかったのは、どうしてですか？」

「わたくしが用いた方法は心理学的なものです」

威厳ある口調でミス・アンフリーは答えた。

「心理学的ですか。なるほど。では、証拠は？」

「はいはい、よくわかりますよ、ミスター・バトル。あなたはそうお感じになるでしょうね。あなたの——ええ——お仕事柄ね。でも、心理学は犯罪学の分野でも意義を認められてきているのですよ。わたくしが保証します。まちがいの余地はありません。シルヴィアは自発的にすべてを認めたのです」

「ああ、はい——それはわかっています。お尋ねしたのは、そもそもシルヴィアなのではないかと思われたきっかけはなんだったのかと」

「それはですね、ミスター・バトル、生徒たちのロッカーからものがなくなるというできごとが次第に頻繁になってきたので、わたくしは全校の生徒を集めて事情を説明したのです。同時にわたくしは彼女たちの表情をそれとなく観察しました。すぐにシルヴィアの顔が目をひきました。うしろめたそうな——戸惑った表情でした。その瞬間、誰がしたことかわかったのです。わたくしはあの子の罪を追及するのではなく、あの子のほうから打ち明けるようにしたかった。それでちょっとしたテストを彼女に受けさせました——言葉の連想です」

なんのことだかわかるという意味で、バトルはうなずいた。

「そしてとうとうあの子もすべてを打ち明けてくれたのです」

バトルは言った。

「そうですか」

ミス・アンフリーは一瞬ためらっていたが、そのまま立ち去った。

バトルが立って窓の外を見ていると、ドアが開いた。

ゆっくりと向きなおり、娘と顔を合わせた。

シルヴィアは閉じたドアのすぐ内側に立っていた。背の高い、黒髪の、いかつい印象の娘だ。不機嫌な表情の顔には涙の跡があった。反抗的な態度は見せずに、むしろおずおずと口を開いた。

「先生が、お父さんが来ているからって」

バトルはしばらく娘の顔を見て考えこんでいたが、ため息をついた。

「この学校に入れたのはまちがいだったな」彼は言った。「あの女は馬鹿だ」

あまりの驚きにシルヴィアは自分が苦境に立たされていることを一瞬忘れてしまった。

「ミス・アンフリーが？　そんな、すばらしい先生よ。みんなそう思っているわ」

「ふん」バトルは言った。「じゃあ、底なしの馬鹿ではないわけかな。それだけ自分を売り込むことができるのだったら。だがいずれにしても、この学校はおまえには向いていない——と言っても、どうかな——よその学校にいても同じことになったかな？」

シルヴィアは両手をにぎり合わせた。うつむいて、言った。

「ご、ごめんなさい、お父さん。わたし、悲しい」

「そうだろうな」バトルはぽつりと言った。「おいで」

娘は不承不承、ゆっくりと父親に近づいた。バトルは大きな、ごつごつした手を娘のあごに当て、その顔をじっと見た。

「つらい目にあったね」父親は言った。

娘の目から涙があふれた。

バトルはゆっくりと言った。

「いいかい、シルヴィア、ずっと思っていたんだ。何かあるなと。人にはたいていなんらかの欠点があるものだ。そしてたいていは、どんな欠点かは一目瞭然だ。子供が欲張りだったり、意地が悪かったり、弱い者いじめをする質《たち》だったりしたら、それは見ればわかる。しかし、おまえはいい子だった。とてもおとなしくて、やさしくて、なんの問題も起こさなかった。それでときどき心配になったんだよ。目に見えない傷があるものは、力が加わったときに壊れてしまう恐れがあるんだ」

「わたしみたいに！」

「そう、おまえみたいに。おまえは圧力に屈してしまった。それも実に奇妙な状況下でだ。わたしがこれまでに見たことがないような不思議な状況だ」

娘は憮然として、馬鹿にしたように言った。「泥棒なんか、お父さんはいやというほど見ているでしょうに！」

「ああ、もちろん――泥棒についてなら、よく知っている。だからなんだよ――おまえがわたしの娘だからではなく（父親は自分の子供のことはよく知らないものだ）――わたしが警察官だからこそ、おまえが盗んだのではないと断言できるのだ。おまえはこの学校で何ひとつ盗んでいない。泥棒には二種類あってね、突然の誘惑に屈してしまう者（こういう例はとても少ない――平凡な、正直な人間が、どれほど誘惑に耐えられるものか、驚くほどだよ）、そして人のものに当たり前のように手をつけてしまうタイプ。おまえはそのどちらでもない。おまえは泥棒ではない。おまえはとても珍しいタイプの嘘つきだ」

シルヴィアは言いかけた。「でも、わたし――」

父親はかまわずに続けた。

「自分から全部認めた？　ああ、そうだろう。それはわかっている。むかし、こういう聖人がいた——貧しい人たちに家にあるパンを恵んでやっていたのだが、夫はそれが気に入らなかった。あるとき、パンを持ち出そうとした妻を、そのバスケットには何が入っているのだと夫が問いつめた。妻は恐ろしくなって、バラですと答えた。夫がバスケットを奪い取って中を見ると、バラが入っていた。奇跡だ！　おまえがその聖エリザベスだったとしたら、バスケットにバラを入れて出かけようとしているところを夫に見とがめられても、中身はパンですと答えてしまうだろうよ」

彼は少し間を置いてから、やさしく言った。「そういうことだったんだろう？」

さらに長い沈黙が続き、娘はがっくりとうなだれた。

バトルは言った。「話してごらん。どんなだったんだ？」

「先生がわたしたちを集めたの。盗難の話をした。先生がわたしを見ているのに気づいて、わたしが盗んだのだと思っているのがわかったの！　顔が赤くなっていって、わたしのことを見ている子がいた。だんだんにほかの子たちもわたしを見て、ひそひそ話を始めたの。みんな、わたしがやったのだと思っていたわ。そのあとで校長先生がわたしとほかの子何人かをこの部屋に呼んで、単語ゲームをしたの。先生が何か単語を言って、わたしたちがそれに答えるという——」

バトルはうんざりしたようになった。

「ゲームのねらいが何なのかわかって――わたし――わたし、頭がしびれたようになってしまったの。変なことを言わないようにしようと思った。必死で何か別のことを考えようとしたわ。リスだとか、花だとか。その間、校長先生は刺すような目でわたしをじっと見ていた。頭の中をえぐるような目で。そんなことが続いたあとで、校長先生がとてもやさしく話しかけてきたの――よくわかるわよという感じで――それで――それで、もう耐えられなくなって、わたしがやりましたと言ったの――そしたら、ああ、お父さん！　すごく気が楽になったのよ！」

　バトルはあごをさすっていた。

「そうだろうね」

「わかってくれるの？」

「いや、シルヴィア、わたしにはわからないよ。わたしはおまえとは性格がちがうから。わたしだったら、してもいないことを自分がしたと言えと迫られたら、相手をぶん殴ってしまうだろうな。だが、おまえの場合はどんなだったかは理解できる。あの目つきの鋭い校長先生は生半可な心理学の知識をしこたま頭に詰めこんでいるんだ。とにかく、事態を収拾しなければ。校長はどこだ？」

　ミス・アンフリーはさりげなく手近なところに控えていた。バトル警視がぶっきらぼうにこう言うのを聞いて、親切そうな笑みを浮かべていた顔が凍りついた。

「娘の潔白を証明するために、警察を呼んでいただきたい」

「でも、ミスター・バトル、シルヴィア自身が――」

「シルヴィアはこの学校で、人の持ち物に指一本触れていません」

「お気持ちはよくわかりますわ。父親として――」

「わたしは父親として話をしているのではない。警察官として言っているのです。警察を呼んで捜査してもらいなさい。大丈夫、目立たないように調べてくれますよ。どこかに盗んだものがしまいこんであって、はっきり指紋がついているだろうと思いますね。些細なものを盗むときに、手袋をはめようとは思いませんからね。娘は今すぐ連れて帰ります。もし警察が証拠を――ほんとうの証拠を――みつけて、やはり娘が犯人だったとわかったら、進んで娘に裁判を受けさせ、その結果を甘受します。ですが、その心配はないと思っています」

娘を乗せて校門を出て、五分間ほど車を走らせてから、バトルは娘に尋ねた。

「あの金髪の子は誰だ？　あたまがぼさぼさで、頬が真っ赤で、あごにほくろがあって、青い目と目の間隔が広い子だけど？　廊下ですれちがったよ」

「オリーヴ・パースンズのことみたい」

「あの子が犯人だとわかっても、わたしは驚かないね」

「おびえたようすだったとか?」

「いや、ちがう。えらそうな態度だったよ! 落ち着きはらって、えらそうな態度。警察署で何百回も見てきた顔つきだ! 泥棒はあの子だと、大金を賭けてもいいくらいだよ――もっともあの子が自分から罪を認めることはないだろうが――それはない!」

ため息混じりにシルヴィアは言った。

「まるで悪い夢でも見ていたみたい。ああ、お父さん、ごめんなさい! ほんとに、ごめんなさい。わたし、馬鹿だったわ。どうしようもない馬鹿。自分で自分がいやになってしまう」

「まあまあ」バトル警視はハンドルから片手をはなすと、娘の腕を軽く叩きながら、いつもの陳腐な慰めの言葉を口にした。「大丈夫だよ。今度のようなことは、われわれへの試練として起こるんだ。そう、試練なんだよ。少なくとも、わたしはそう思っている。そう考えなければ、どうしてあんなことが起こるのか理解できないじゃないか……」

四月十九日

ハインドヘッドのネヴィル・ストレンジの家は明るい日射しを浴びていた。毎年四月の間に少なくとも一度は経験する、六月よりも気温が高い一日だった。ネヴィル・ストレンジが二階からおりてきた。白いフランネルの服を着て、テニスのラケットを四本、脇の下にかかえている。

これ以上望むものとてないほどの幸運な男の代表をイギリス中からひとり選ぶとしたら、選考委員会はおそらくネヴィル・ストレンジを第一候補とするだろう。イギリスの一般大衆にも広く知られている彼は、トップクラスのテニスプレーヤーであり、スポーツ全般の万能選手だった。ウィンブルドンでは決勝戦進出はないものの、数回戦まで進んだ経験があり、ダブルスでは二回、準決勝までいったことがあった。彼がテニスでチャンピオンの地位を得られないのは、おそらくほかに得意なスポーツがありすぎるからだ。ゴルフはハンディゼロだし、水泳も得意、さらにアルプス登山でもいくつかの功績を残している。三十三歳で、健康そのもの、すぐれた容貌と、大きな財産と、結婚したばかりのとびきり美人の妻を持っている。持っていないのは不安や心痛だけだ。

だがこの上天気の朝、階段をおりていくネヴィル・ストレンジには暗い影がつきまとっていた。たぶん彼以外の者の目には映らない影だろうが、彼自身はそれを意識して、眉間にしわが刻まれ、不安げで自信のなさそうな表情になっていた。

廊下を横切り、担いだ荷物を投げ捨てようとするかのように肩をいからせて、居間を通り抜け、ガラス張りのベランダに出ていった。そこでは妻のケイがクッションの間に体を丸めてオレンジジュースを飲んでいた。

ケイ・ストレンジは二十三歳、人並みはずれた美貌の持ち主だ。ほっそりとしていながら、なぜか官能的な体つきで、髪は暗い赤。しみひとつない肌にはほんのわずかに化粧をするだけで十分だった。目と眉は黒で、ふつうは赤い髪とは不釣り合いなものだが、彼女のようにうまく調和がとれていると逆にたまらなく魅力的に見えた。

夫が明るく声をかけた。

「おはよう、べっぴんさん。朝食の献立は？」

ケイは答えた。「あなたには血のしたたるようなキドニーステーキよ——それと、マッシュルームにベーコン」

「うまそうだな」

ネヴィルは妻の言った料理を皿にとり、コーヒーを注いだ。しばらくは心地よい沈黙が続いた。

「うーん」真っ赤なペディキュアをしたむき出しの足の先を動かして、ケイはなまめかしい声を出した。「お日様が温かいわ。イングランドも捨てたものじゃないわね」

ふたりは南フランスから帰国したばかりだった。

ネヴィルは新聞の見出しにざっと目を通してからスポーツ欄を開いていて、ただ「ああ……」と答えただけだった。

しばらくして、マーマレードを塗ったトーストを食べはじめた彼は、新聞を置いて手紙を開封しにかかった。

手紙はたくさん届いていたが、その大部分を彼はふたつに裂いて捨ててしまった。宣伝のためのダイレクトメールばかりだ。

ケイが言った。「居間の配色が気に入らないの。やり直させていい？」

「なんでも好きにしなさい、べっぴんさん」

「孔雀の羽根のブルーがいいわ」ケイはうっとりとして言った。「そこに象牙色のクッション」

「ゴリラなんか足したらどうだい？」ネヴィルは言った。

「ゴリラはあなたよ」

ネヴィルは次の封筒を開いた。

「ああ、そうだ」ケイは言った。「シャーティが六月の末にヨットでノルウェーに行こうって言ってきたの。でもだめよね、くやしいわ」

彼女はこっそりと横目でネヴィルのようすを見てから、せつなそうに言った。「楽しいでしょうね」

何かが、雲のようなものが、不安の影が、ネヴィルの顔をおおっているようだった。ケイが挑むように言った。「ねえ、どうしてもカミーラばあさんのところに行かなきゃいけないの？」

ネヴィルは眉をひそめた。

「もちろん行かなきゃいけないよ。なあ、ケイ、この話はもうしたじゃないか。サー・マシューはぼくの後ろ盾だったんだ。カミーラと一緒にぼくの面倒をみてくれた。ぼくにとってわが家と呼べるところがあるとしたら、それはガルズポイントなんだよ」

「ああ、わかった、わかったわ」ケイは答えた。「行かなきゃいけないなら、行きましょう。それにあの人が死んだらあのお金がそっくりわたしたちのものになるんですものね。せっせとご機嫌とりしなくちゃ」

ネヴィルは憤然とした。「機嫌をとるなんて、そんなことじゃないだろう。そもそも彼女自身はお金をどうにもできないんだ。サー・マシューが信託財産を設定して、カミーラの生存中は彼女のものとなっていて、そのあとでぼくとぼくの妻に与えられることになっている。これは愛情の問題だ。どうしてそれがわからないんだ？」

しばらくだまっていたが、やがてケイは言った。「ほんとはよくわかっているのよ。今のはわざと言ったの。だって——だって、わたしがあの屋敷に出入りを許されているのは、あの人たちが仕方なくがまんしてくれているからじゃない。ほんとはわたしが大きらいなのに！　そうよ、そうなのよ！　レディ・トレシリアンはあの長い鼻越しにわたしを見くだしているし、メアリー・オルディンはわたしと話をするとき、わたしの顔でなく、わたしの肩の向こうを見ているのよ。あなたにとっては居心地のいい場所でしょうよ。でも、わたしのまわりで何が起きているか、あなたはまるで知らないの」

「ふたりともいつもきみにはとても丁重じゃないか。もしきみを粗末に扱ったりしたら、ぼくがだまってはいないよ。それはよくわかっているだろう？」

ケイは黒いまつげの下から夫を興味深そうに見た。

「確かに丁重よ。でも、わたしに居心地の悪い思いをさせる方法は心得ているわ。わたしは邪魔者なのよ。あの人たちはそう思っているの」

「それはまあ」ネヴィルは言った。「なんというか、自然なことなんじゃないかな？」

彼の声音が少し変化した。立ちあがり、ケイに背を向けて外の景色を眺めた。

「ええ、そうね。はっきり言って自然なことよね。あの人たちはオードリーが大好きなんだもの」彼女の声がかすかにふるえた。「かわいくて、お育ちがよくて、クールで、味も素っ気もないオードリー！　彼女の場所を奪い取ったわたしを、カミーラはけっして許さないのよ」

ネヴィルは妻に背を向けたままだった。その声は生気がなく単調だった。彼は言った。

「なんと言ってもカミーラは歳なんだ——七十を過ぎているんだから。あの世代の人たちは離婚をよくないことだと思っているんだよ。彼女としてはよく今の状況を受け入れてくれていると思うよ。あれだけ仲がよかったことを考えるとね——つまり、オードリーと」

その名前を口にしたとき、彼の声はまた少し変化した。

「あの人たちはあなたが彼女にひどいことをしたと思っているのよ」

「確かにしたから」彼は口の中でつぶやいた。だが妻には聞こえていた。

「ああ、ネヴィル——馬鹿なこと言わないで。あんな大騒ぎをした彼女のほうが悪いんじゃない」

「彼女は大騒ぎなんかしてないよ。彼女は騒いだりする人間じゃない」

「そうじゃなくて、わたしの言う意味はわかるでしょ？　あんなふうに出かけていった先で病気になったり、心の痛手に耐えかねてなんて顔して、あちこち歩きまわったり。そういうことを言ってるのよ！　オードリーには潔く負けを認めるというところがないの。わたしに言わせれば、夫の心をつなぎとめることができなくなった妻は、おとなしく夫をあきらめるべきよ！　あなたたちにはなんの共通点もなかった。オードリーはスポーツもできないし、虚弱体質だし、まるで濡れ布巾《ふきん》みたいに生気がないじゃない。やる気も根性もまるでない！　あなたのことをほんとうに愛しているなら、あなたの幸せを第一に考えるべきじゃない。そして、自分よりあなたにぴったりの相手とめぐりあって、あなたが幸せになったのを見て喜ぶべきだわ」

ネヴィルは向きなおって妻を見た。口元にかすかに皮肉な笑みを浮かべていた。

「なかなかやるじゃないか！　愛と結婚というゲームに習熟しているみたいだ」

ケイは笑い、顔を赤らめた。

「いえ、まあ、今のはちょっと言いすぎだったかもしれないわ。でも、とにかく、起きたことは起きたことなのよ。ありのままに受け入れなくちゃ」

ネヴィルは静かに言った。「オードリーは受け入れているよ。ぼくときみが夫婦になれるように、離婚に応じてくれたじゃないか」

「ええ、わかってる――」ケイは口ごもった。

ネヴィルは言った。「きみにはオードリーという人がわからないんだよ」

「ええ、わからないわ。というより、オードリーを見ていると寒気がするの。まるで正体がわからないから。何を考えているのか、見当がつかない……彼女——彼女、ちょっと怖いわ」

「ああ、馬鹿なことを」

「ほんとよ。怖いの。たぶん彼女があんまり頭がいいからでしょうね」

「きみはぼくのかわいいお馬鹿さんだしね」

ケイは笑った。

「いつもそんなふうに呼ぶんだから」

「だって、そうじゃないか」

ふたりはほほえみを交わした。ネヴィルは妻に近づき、腰を折って、妻のうなじにキスした。

「かわいい、かわいいケイ」彼はつぶやいた。

「ケイはいい子でしょ？」彼女は言った。「楽しいヨットの旅をあきらめて、夫のとり澄ましたビクトリア朝の生き残りの親戚の家を訪ねていくのよ」

ネヴィルはテーブルに戻って腰をおろした。

「ねえ、きみ」彼は言った。「そんなに行きたいんだったら、シャーティと一緒にヨットで出かければいいじゃないか」

ケイは驚いてすわりなおした。

「だったらソルトクリークとガルズポイントはどうなるの？」

ネヴィルは何やらいつもの彼らしくない声音で言った。「九月の初旬に行くことにすればいい」

「あら、でも、ネヴィル。それじゃ――」彼女は言いよどんだ。

「トーナメントがあるから七月と八月は行けない」ネヴィルは言った。「でも、八月の最終週のセント・ルーで終わりだ。そこからソルトクリークに行くことにすれば、ちょうどいいじゃないか」

「それは確かに、ちょうどいいわね――ぴったりだわ。でも、確か――そう、確か九月には彼女があそこに行くんじゃなかった？」

「オードリーがってこと？」

「ええ。それは、まあ、彼女をあとまわしにすればいいことでしょうけど――」

「どうしてあとまわしにしなきゃいけない？」

ケイは怪訝そうに夫を見た。

「だって、一緒にあそこに滞在するつもり？　そんな途方もないこと」

ネヴィルはいらだたしげに言った。「別に途方もないことじゃないだろう。今はそういうことをする人はたくさんいるんだよ。友だちとしてつきあえばいいじゃないか。そのほうが万事すっきりする。そもそもきみが言ってたことじゃないか。この間きみが言ったんだよ」

「わたしが？」

「そうだよ。忘れた？　ハウ夫妻のことを話していて、彼らはとても賢明な進んだ考え方の持ち主で、レナードの新しい妻と前の妻は親友なんだって、きみが言ったんだよ」

「あら、わたしはいいのよ。わたしは賢明なことだと思っている。でもオードリーはそうは思わないでしょ」

「まさか」

「まさかじゃないわよ、ネヴィル。オードリーはあなたに未練たっぷりなんだから……一瞬たりともがまんできないと思うわよ」

「そんなことないよ。オードリーはそうするのがいいと言っているんだ」

「オードリーが——どういう意味？　オードリーが言っているって？　オードリーが何を言ったか、どうしてあなたが知ってるの？」

　ネヴィルは少しばつが悪そうな顔をした。わざとらしく咳払いした。

「実はきのう、ロンドンで偶然彼女と会ったんだ」

「それを今までだまっていたのね」

ネヴィルはいらだった声を出した。「だから今話してるじゃないか。まったくの偶然だったんだよ。ハイドパークを歩いていたら、向こうから彼女が来たんだ。そこで背中を向けて逃げてこいというのか？」

「ええ、もちろんそんなことをする必要はないわ」夫をじっと見つめて、ケイは言った。

「それで？」

「ぼくは――ぼくたちは――つまり、そこで足をとめたんだよ。当然だろ？　ぼくは行き先を変えて、彼女と一緒に歩いた。それは――それぐらい最低限するべきだと思ったので」

「それで？」

「椅子にすわって話をした。彼女、感じがよかったよ。とても感じがよかった」

「それはよかったわね」

「で、あれこれ話をしてね。彼女はとても自然で、落ち着いたようすだったし――まあ、そんなところ」

「よかった！」

「それから、きみは元気にしているかって言ってたよ」

「まあ、やさしいこと」

「だから、きみのことも少し話したけど、すごくいい感じだったよ」

「オードリーって、すてき！」

「それで思いついたんだよ――楽しいだろうなって――つまり――きみたちが友だちになれたら――三人で一緒に過ごせたらって。今年の夏ガルズポイントに行けば、それが実現するんじゃないかって。あそこでなら、ごく自然にそうなれるだろうからね」

「それはあなたの考えなの？」

「えーと――ああ――もちろん、そうだよ。全部ぼくが考えたんだ」

「そんなこと考えているなんて、これまでひと言も言わなかったじゃない」

「だって、そのとき急に思いついたんだから」

「あら、そう。それはともかく、あなたがそう言ったら、オードリーはそれはすばらしい考えだと言ったわけ？」

そこではじめて、ネヴィルはケイの態度に気づいた。

彼は言った。「何か気になることでもあるのかい、べっぴんさん」

「いいえ、ないわよ！　何もないわ！　ただ、あなたもオードリーも、わたしがそれをすばらしい考えだと思うかどうかは考えてみなかったの？」

ネヴィルは妻をじっと見た。

「だけど、ケイ、どうしてきみが気にするんだ？」

ケイは唇をかんだ。

ネヴィルはさらに言った。「だって、この間きみが言ってたことじゃないか――」

「ああ、その話はもうやめて！　あれはよその人の話じゃない――わたしたちのことじゃないわ」

「だけど、あの話を聞いてたからこそ、ぼくもこういうことを思いついたんだよ」

「わたしが馬鹿だったのよ。あんなこと、自分でも信じてなんかいなかったわ」

ネヴィルはうろたえた顔で妻を見た。

「でもね、ケイ、きみが気にすることないじゃないか。だって、きみには気にしなきゃならないことなんか何もないんだから」

「あら、そう？」

「そうだろう。だって、嫉妬とかなんとか、あるとしたら向こうのほうじゃないか」少し間があって、ふたたび口を開いた彼の声は変わっていた。「なあ、ケイ、きみとぼくはオードリーにひどいことをした――ああ、いや、ちがう、きみは何もしていない。ぼくが彼女にひどいことをした。仕方のないことだったですますわけにはいかないと思うんだ。もし今言ったことがうまくいったら、ぼくとしてはずいぶん気が楽になると思う。今以上に幸せになれる」

ケイはゆっくりと言った。「じゃあ、今は幸せじゃないの？」

「何を言っているんだ、お馬鹿さん。もちろん幸せだよ。幸せいっぱいだ。でも――」

ケイが夫をさえぎって言った。「でも――そうなのよ！　この家にはいつも〝でも〟があるの。家全体を影がおおっている。オードリーの影が」

ネヴィルは妻の顔を見つめた。

「というと、きみがオードリーに嫉妬しているわけ？」

「嫉妬しているんじゃないの。恐れているの……ネヴィル、あなたはオードリーがどんな人か知らないのよ」

「彼女を知らない？　八年以上も夫婦でいたのに？」

「あなたは知らない」ケイはくり返した。「オードリーがどんな人か」

四月三十日

「とんでもないことを！」レディ・トレシリアンは言った。枕に寄りかかって身を起こし、部屋の中をにらみまわした。「ほんとに、とんでもない話だわ。ネヴィルは頭がおかしくなったのかしら」

「確かに変な話よね」メアリー・オルディンは言った。

レディ・トレシリアンは横顔が特にきわだった女性で、そのほっそりした鼻越しに、その気になれば、実に効果的に人を見おろすことができた。もう七十歳を越えて、健康はすぐれないが、生まれついての激しい気性は少しも衰えを見せていなかった。目を半分閉じて横たわり、いわば人生から一時退場したようになって、まったく無表情で過ごす時間が長いのは事実だが、その半昏睡状態からさめたときには五感は研ぎすまされ、舌鋒の鋭さも人並みはずれていた。自室の一角にすえた大きなベッドの上で枕にもたれ、フランスの女王が臣下に謁見を許すように人と接していた。遠い親戚のメアリー・オルディンが彼女と一緒に暮らし、面倒をみていた。ふたりは実に仲がよかった。メアリーは三十六歳だが、年月を経ても少しも変わらないなめらかな肌をしていて、年齢の見当がつかない女性だった。三十歳にも四十五歳にも見えた。体格がよく、育ちのよさを感じさせ、黒い髪の前の部分に一筋だけ白髪があるところが独立心の強そうな印象を与えていた。一時期そんなふうに髪を白くするのがはやったことがあったが、メアリーの場合は子供の頃から自然にそうなっていたのだ。

彼女はレディ・トレシリアンからわたされたネヴィル・ストレンジの手紙を見て考えこんでいた。

「ええ」彼女は言った。「確かになんだかおかしいわよね」

「まちがいないわ」レディ・トレシリアンは言った。「これはネヴィルが考えたことじゃないわ！　誰かに吹き込まれた考えよ。きっとあの新しい妻に」

「ケイが？　これはケイの考えだと思うの？」

「あの女らしいじゃない。現代的な品のない考え方が！　かりに夫婦の間に問題があることを人前で明らかにしなければならなくて、どうしても離婚せざるを得なくなったとしたら、せめてそのあとは互いに距離を保っているべきでしょう。新しい妻と前の妻が友だちづきあいするなんて、わたしには異常なこととしか思えませんよ。近頃の人はけじめというものを知らないんだから」

「これが今ふうの考え方なんでしょうね」

「わたしの家では、そんなことは許しません」レディ・トレシリアンは言った。「あの足の爪を真っ赤に塗った女をこの家に入れただけでも、わたしは精一杯のことをしたつもりよ」

「でも、あの人はネヴィルの妻よ」

「だからよ。わたしはマシューならこうしたがっただろうと思うからしたの。あの人はネヴィルが大のお気に入りで、ここを自分の家だと思ってほしいといつも言っていたのよ。あの子の妻を拒んだら夫の遺志に背くことになるから、仕方なくこの家に受け入れたのよ。わたしはあの女が好きじゃない――ネヴィルの妻にふさわしい人間じゃないわ――生まれもよくないし、成り上がり者よ！」

「あの人はいい家の出でしょう」メアリーがなだめるように言った。

「質《たち》が悪いのよ！」レディ・トレシリアンは言った。「言ったでしょう、父親はトランプでいんちきをして所属していたクラブを全部やめなければならなかったのよ。そのあとまもなく亡くなったのは運がよかったのね。そして母親はリヴィエラで浮き名を流している。そんな親に育てられたのですもの。生まれてからずっとホテル暮らし――それもあの母親と！　そんな女がテニスコートでネヴィルと出会って、あの子に狙いを定めて猛攻勢をかけて、とうとうあの子は妻と別れることになった――あんなに大事にしていた妻だったのに――そして自分が妻の座にいすわった！　何から何まであの女のせいよ！」

メアリーはかすかに笑みを浮かべた。レディ・トレシリアンは古い世代の女性らしく、男女間で問題が生ずると必ず女性のほうを責め、男性には寛大な態度をとる傾向があった。

「だけど、ほんとうはネヴィルにも同じだけ責任があると思うわ」メアリーは言った。

「もちろんネヴィルにはおおいに責任があるわよ」レディ・トレシリアンはそれには賛成した。「あんなにチャーミングな妻が、あんなに尽くしてくれたのに——尽くしすぎたのね。だけど、あの女があんなにしつこくつきまとわなければ、ネヴィルは理性を取り戻したと思うわ。だけどあの女はどうしてもあの子と結婚すると言って迫ったのよ！ええ、わたしはどこまでもオードリーの味方よ。わたしは彼女が大好き」

メアリーはため息をついた。「とてもたいへんだったわよね」彼女は言った。

「ほんとうにねえ。ああいうたいへんな状況に直面すると、どうしていいか途方にくれてしまうわ。マシューはオードリーがとても気に入っていたし、わたしも同じよ。それに彼女がネヴィルにとって申し分のない妻だったことには誰も異論はないでしょうよ。まあネヴィルと同じことをして楽しめない人だったのは残念なことだったけれど。スポーツはまるで得意じゃないから。ほんとにつらかったわ。わたしが若い頃には、こんなことはどこでも起きなかったのに。もちろん男の人は浮気をしたけれど、そのために夫婦別れをすることになるなんて、そんなことはなかったわよ」

「ええ、でも今はあるのよ」メアリーはあっさり言った。

「そうね。あなたの言うのが筋が通っているわ。昔のことばかり考えていてもしようがない。今ではこういうこともあって、ケイ・モーティマーのような女が人の夫を盗んでも誰も非難しない世の中なのよね！」

「あなたのような人以外はね！」

「わたしは数のうちに入らないわ。あのケイって女は、わたしがどう思おうと気になんかしていないもの。いろんなお楽しみで忙しくて、そんなこと気にしていられないのよ。ネヴィルがここに来るときに、あの女を連れてくるのは仕方がないし、あの女の友だちまでわたしは受け入れているのよ。ただ、いつも彼女につきまとっている役者みたいな男だけは気に入らないけれど——なんという名前でしたっけ？」

「テッド・ラティマー？」

「そうそう。リヴィエラにいた頃からの友だちという話ね。あの人、どうしてあんな暮らしが続けていられるのか、ぜひとも知りたいところね」

「頭を使ってでしょう」メアリーは言った。

「それならいいのよ。でも、わたしにはむしろ、男前のよさを利用しているみたいな気がするの。ネヴィルの妻がああいう男と友だちづきあいしているのは気に入らないわ！去年の夏だって、ネヴィルたちがここにいる間ずっと〈イースターヘッドベイ・ホテル〉に泊まっていて、ほんとに感じが悪かった」

メアリーは開いた窓から外を見た。レディ・トレシリアンの屋敷はターン川の河口を見おろす険しい崖の上にあった。川の対岸には夏のリゾート地イースターヘッドベイが新たに開発されて、海水浴のできる広い砂浜に面して現代的なバンガローと大きなホテルが建てられていた。ソルトクリークは丘の斜面に広がる風光明媚だがさびれた漁村だ。村人は古風で、保守的で、イースターヘッドベイを夏に訪れる観光客を心から軽蔑していた。

〈イースターヘッドベイ・ホテル〉はレディ・トレシリアンの屋敷のほぼ真向かいに位置していて、メアリーの目には川のすぐ向こうの、けばけばしくもモダンな白い建物が見えていた。

「よかったわ」目を閉じて、レディ・トレシリアンは言った。「マシューがあの下品な建物を見ずにすんで。あの人が生きていた頃は海岸の風景を損ねるものは何もなかったわ」

サー・マシューとレディ・トレシリアンは三十年前にガルズポイントに移り住んだ。ボート遊びが大好きだったサー・マシューがボートを転覆させて、妻の目の前で溺死したのは九年前のことだった。

誰もが彼女はガルズポイントを売り払ってソルトクリークを離れるだろうと思った。だがレディ・トレシリアンはそうはしなかった。同じ家に住みつづけ、ただ夫が保有していたボートとボートハウスを処分しただけだった。だからガルズポイントを訪れる客たちは使えるボートがなく、フェリー乗り場まで歩いていって近所の同好の士から借りなくてはならなかった。

少し口ごもりながら、メアリーは言った。

「ではネヴィルに手紙を書きましょうか？　彼の提案はわたしたちの計画とはうまくかみ合わないと」

「オードリーがここに滞在できなくなるようなことをするつもりはありませんからね。あの子は毎年九月にここに来ることにしているのだから、その予定を変更させたりは絶対にしないわ」

手紙を見ながらメアリーは言った。

「でも読んだでしょう。ネヴィルはオードリーも彼の考えに――ええと、異論はないって――むしろケイに会うのを楽しみにしているって」

「そんなこと信じられません」レディ・トレシリアンは言った。「ネヴィルもほかの殿方と同じで、自分が信じたいことだけ信じているのよ！」

しかしメアリーは言い張った。「だってオードリーとそのことで話をしたと書いてるじゃない」

「なんておかしなことをするのでしょう！　でも――そうね――まんざらおかしなことでもないのかもしれない」

メアリーはいぶかしげに彼女を見た。

「ヘンリー八世みたいなものよ」レディ・トレシリアンは言った。

メアリーはわけがわからないという顔をした。

レディ・トレシリアンは説明した。

「良心の問題よ。ヘンリーはキャサリンに、自分たちは離婚したほうがいいのだと思いこませようとしたでしょ。ネヴィルは自分が悪いことをしたと思っているの。そしてそのことで良心の痛みを覚えなくてよくなるようにしたいのよ。それでオードリーに迫って、何も問題はない、ここにケイに会いにくる、自分は何も気にしていないと言わせようとしたの」

「どうかしらね」メアリーはゆっくりと言った。

レディ・トレシリアンはきつい目で彼女を見た。

「何を考えているの？」

「思ったのは――」そこでいったん口を閉じたが、また続けて言った。「つまり、ネヴィルらしくないなと――この手紙が。むしろオードリーが望んでいることじゃないかしら？　ここで三人一緒になるということは」

「なぜ彼女がそんなことを望むの？」憤然としてレディ・トレシリアンは言った。「ネヴィルに捨てられたあと、彼女は牧師館に叔母様のミセズ・ロイドを訪ねていったのだけれど、すっかり神経が参ってしまっていたそうよ。まるで以前の彼女の幽霊みたいだったって。彼女は物静かで内向的な、思い詰める質《たち》の人だから」

メアリーはもじもじ体を動かしていた。

「ええ、彼女は思い詰める質よね。それに変わったところがたくさんあるし……」

「とてもつらい思いをしたのよ……それから離婚が成立して、ネヴィルはあの女と結婚してしまった。でもオードリーも少しずつ乗り越えていって、今では以前の自分を取り戻しかけているわ。そんな彼女が今さらいやな記憶をよびさますようなことをしたいと思うはずがないでしょう？」

メアリーはおだやかな口調ながら執拗に言った。「でもネヴィルは彼女の希望だと書いているわ」

レディ・トレシリアンはメアリー・オルディンを不思議そうに見た。

「今日はずいぶん頑固なのね。なぜなの、メアリー？　あの人たちをここで一緒にさせたいの？」

メアリー・オルディンは顔を赤らめた。「そんな、とんでもない」

レディ・トレシリアンは語調鋭く言った。「まさかあなたがネヴィルを焚きつけたのではないでしょうね？」

「そんな途方もないことを」

「だって、これがほんとうにネヴィルの考えだとはとても思えないのだもの。ネヴィルらしくないわ」しばらくだまっていたが、急に晴れやかな顔になって言った。「明日は五月一日よね？　確か三日にはオードリーがエスバンクのダーリントン家に泊まりにくることになっているはずよ。ここからほんの三十キロじゃない。オードリーに手紙を書いて、お昼を食べにくるように言ってちょうだい」

五月五日

「ミセズ・ストレンジがおみえです」

オードリー・ストレンジは広い寝室に入ってくると、大きなベッドに近づき、身をかがめて老婦人にキスすると、彼女のために用意してあった椅子に腰をおろした。

「よく来てくれたわね」レディ・トレシリアンは言った。

「お招き、ありがとう」オードリーは答えた。

オードリー・ストレンジには、どこかつかみどころのない雰囲気があった。背は中ぐらいだが、手と足がとても小さい。髪はくすんだブロンドで、顔にはほとんど血の色がなかった。間隔の広い目は澄んだ薄いグレーだ。整った小作りの目鼻立ちで、顔は小さな楕円形、まっすぐな鼻はやはり小さかった。髪も目も地味な色で、美人というよりかわいい顔立ちなのだが、彼女には否定することも無視することもできない独特の持ち味があって、人はつい目をひかれるのだった。なんとなく幽霊を思わせるところがあるが、そう思いつつも、彼女を見る者は幽霊のほうが生きている人間よりももっと現実感のある存在なのではないかなどという考えをいだいてしまう……

個性的な美しい声をしていた。小さな銀の鈴のような、柔らかくて澄んだ声だ。

レディ・トレシリアンはしばらく彼女を相手に共通の友人のことや、最近のできごとについて話をしていたが、やがて言った。「もちろんあなたに会いたかったのだけれど、あなたに来てもらったのにはもうひとつ理由があるの。ネヴィルから奇妙な手紙が来たのよ」

オードリーは顔をあげた。大きく見開いた目は、静かに落ち着いていた。彼女は言った。「あら、そう？」

「あの子が言うには——とんでもないことを言うものだと思うけれど——ここにあの——ケイを連れて、九月に来たいのですって。あなたとケイが友だちになるといいと思っているのだけれど、それにはあなたも賛成しているって」

それだけ言って、レディ・トレシリアンは待った。やがてオードリーは穏やかな、落ち着いた声で言った。「そんなに——とんでもないことかしら？」

「おや、まあ——ほんとうにそうしたいの？」

オードリーはまた一、二分だまりこんでいたが、そっと言った。「そうなったらいいのではないかと思っているわ」

「ほんとうにあの女——ケイに会いたいの？」

「ええ、会いたいわ、カミーラ。そのほうが——ものごとが簡単になるし」

「ものごとが簡単に！」どうしようもないという顔で、レディ・トレシリアンは相手の言葉をくり返した。

オードリーはとても静かに言った。「ねえ、カミーラ、あなたはわたしにとてもやさしくしてくださっているわ。もしネヴィルが望むのなら——」

「ネヴィルが何を望むかなんて、どうでもいいの！」レディ・トレシリアンは勢いこんで言った。「あなたが何を望むのか、それが問題なのよ」

オードリーの頰がかすかに赤らんだ。貝殻のようなひそやかな色合いだった。

「ええ」彼女は言った。「わたしもそうしたいと思っているわ」

「そう」レディ・トレシリアンは言った。「なるほど」

彼女はそのままだまってしまった。

「でも、もちろん」オードリーは言った。「どうするかはあなたが決めてくださいな。あなたのおうちなのだし――」

レディ・トレシリアンは目を閉じた。

「わたしももう歳ね」彼女は言った。「何もかもわたしの理解を超えたことばかり」

「でも、もちろん――わたしは別のときに来ることにするわ。わたしはいつでもいいので」

「あなたは例年どおり九月に来るの」レディ・トレシリアンはぴしゃりと言った。「そしてネヴィルとケイも同じときに来るかもしれない。わたしはもう年寄りだけれど、わたしだって人並みに時代の変化についていくことぐらいできると思うのよ。このことについては、これでもう決まり」

彼女はまた目を閉じた。一、二分して、半分開いた目でベッドの横にすわっている若い女性を見ながら彼女は言った。「それで満足？」

オードリーはぎくりとした。

「ええ、ええ。ありがとう」

「ねえ、オードリー」レディ・トレシリアンは気遣わしげな声で言った。「こんなことをして、あなたが傷つくなんてことはないの？　あなたはネヴィルをとても愛してくれていたじゃない。古い傷がまた口を開くことにならないかしら？」

オードリーは手袋をはめた自分の小さな手に目を落とした。片手はベッドの横でにぎりしめられていたことにレディ・トレシリアンは気づいた。

オードリーは顔をあげた。その目は冷静で落ち着いていた。

彼女は言った。「全部すんだことよ。すっかりすんだこと」

レディ・トレシリアンは枕により深くもたれた。「まあ、あなたがそう言うなら。わたし、疲れたわ――これで失礼するわね。メアリーが階下《した》で待っているわよ。階下に行ったら、バレットをよこすように言ってくれる？」

バレットはレディ・トレシリアンに仕える年配の献身的なメイドだ。

彼女が来てみると、レディ・トレシリアンは横になって目を閉じていた。

「わたしはさっさとこの世にお別れするべきなのよね、バレット」レディ・トレシリアンは言った。「もう今どきのできごとも人間も、まるで理解できなくなってしまった」

「まあ！　そんなこと、おっしゃらないでください、奥様。お疲れになっているのですよ」

「ええ、疲れたわ。その布団を足の上からどかして、トニックを持ってきてちょうだい」

「ミス・オードリーとお話しになって、気が昂ぶってしまわれたのでしょう。とてもすてきな方ですけれど、あの方こそトニックを飲まなければ。あんなに弱そうで。いつもほかの人には見えない何かを見ているような顔をなさっています。でも、とても個性的な方ですね。存在感があるというのか」

「ほんとにそうね、バレット」レディ・トレシリアンは言った。「ええ、ほんとうにそうよ」

「それに一度お目にかかったら忘れられない方です。よく思うのですけど、ミスター・ネヴィルもときどきあの方のことを考えていらっしゃるのではないでしょうか。新しい奥様はとてもお美しい――ほんとうにおきれいです――でも、目の前にいらっしゃらなくて思い出すのは、ミス・オードリーのほうですわ」

突然くすりと笑って、レディ・トレシリアンは言った。

「あのふたりを会わせようなんて、ネヴィルは馬鹿よ。きっと後悔するわ！」

五月二十九日

トマス・ロイドはパイプを口にくわえ、器用なマレーシア人のハウスボーイ第一号がする荷造りの進捗状況を検分していた。ときどきプランテーションにも目を向けている。過去七年間親しんできたその光景とも、約六カ月のお別れだ。

イングランドに戻ったら、奇妙な感じがするだろう。

共同経営者のアレン・ドレイクがようすを見にきた。

「やあ、トマス。どんな具合？」

「準備完了だよ」

「まったく運のいいやつだなあ。うらやましくて仕方がないよ。まあ、一杯やろう」

トマス・ロイドはゆっくりと寝室を出て、友人のところに行った。だが何も言わなかった。トマス・ロイドは人並みはずれて寡黙な男なのだ。彼の友人たちは、その沈黙の仕方によって彼の反応を正確に読みとる術《すべ》を会得していた。

どちらかというとがっしりした体型で、きまじめな顔つきに鋭い、考え深げな目をしている。歩き方が少々カニを思わせる横歩きだった。地震のときにドアにはさまれて怪我をしたからだが、そのためにカニ隠者というあだ名をつけられていた。同じときの怪我が原因で、右の腕と肩も十分には動かせず、見る者はしばしば彼が当惑してきまりの悪い思いを味わっているのではないかと思うが、実は彼はそのどちらの思いとも無縁なのだった。

アレン・ドレイクが飲み物を用意した。

「じゃ」彼は言った。「元気で行ってきてくれ」

トマスは「ああ、うん」と聞こえるようなことを言った。

ドレイクはおもしろそうに友人を見た。

「あいかわらず落ち着きはらっているんだな」彼は言った。「どうしてそんなにすましていられるんだ？　国に帰るのは実に久しぶりだろうに」

「七年ぶり——八年近いかな」

「ずいぶん長かったな。もうすっかりここの土地の人間になってしまったかと思うよ」

「たぶんなってしまったんだろう」

「きみはいつだって、われわれ人類よりも、ここの現地人と親しくしていたものな。ところで休暇の過ごし方は決めたのか？」

「うん——ああ——いくらかは」

無表情な赤銅色の顔が突然レンガのように赤くなった。

びっくり仰天してアレン・ドレイクは言った。「女性だな！　なんてこった、赤くなっているじゃないか！」

トマス・ロイドはかすれがちの声で答えた。「馬鹿なこと言うなよ！」

そして使い古したパイプを強く吸った。

まったく前例のないことだったが、彼はそのまま自分から話しつづけた。

「まあたぶん」彼は言った。「あれこれようすが変わっているだろうな」

アレン・ドレイクは不思議そうに言った。「この前のとき、きみはぎりぎりになって帰国を中止してしまったよね。あれはいったいなぜだったのだろうと、ずっと思っていたのだけれど」

トマスは肩をすくめた。

「狩猟に行くほうが楽しいかなと思っていたところへ、国から悪い知らせが届いてね」

「ああ、そうだった。忘れていたよ。お兄さんが亡くなったんだっけ——自動車の事故だったね」

トマス・ロイドはうなずいた。

そうは言ってもと、ドレイクは考えた。それが帰国をとりやめる理由になるのだろうか？　国には母親がいたはずだ——確か妹も。そんな不幸があったら、むしろ帰国して——そこで彼はあることを思い出した。トマスが帰国の予定をとりやめたのは、兄の事故死の知らせが届く前だった。

ドレイクは友人の顔をいぶかしげに見た。まったくトマスってやつは何を考えているのやら！

あれから三年、今ようやく尋ねることができた。「お兄さんとは仲がよかったのか？」

「エイドリアンと？　そうでもなかったよ。お互い、まるでちがう道に進んだし。兄は弁護士だったんだ」

〝なるほど〟ドレイクは思った。〝それはまったくちがう人生だ。ロンドンに住んで、パーティに出かける——言葉を巧みにあやつって稼ぐ仕事。エイドリアン・ロイドは無口なトマスとは似ても似つかない人物だったのだろう〟

「お母さんはお元気で？」

「おふくろか？　ああ」

「妹さんがいたよね？」

トマスは首をふった。

「あれ、いるのだとばかり。だって、あの写真で――」

トマスはつぶやいた。「妹じゃないんだ。遠縁の親戚の娘で。両親を亡くしたので、うちで育てられたんだよ」

赤銅色の顔に、またゆっくりと赤みがさした。

ドレイクは思った。〝ほう、なるほど〟そして言った。「その人、結婚しているのか？」

「していた。ネヴィル・ストレンジという男とね」

「テニスだかラケットボールだかをやっている男？」

「ああ。離婚したんだ」

〝それで彼女相手に運試しに帰るわけか〟ドレイクは思った。

だがこの辺で勘弁しておいてやろうと、彼は話題を変えた。

「釣りとか狩猟とかの予定は？」

「まず家に帰るよ。そしてソルトクリークでボート遊びをしようと思う」

「そこなら知っているよ。いいところだ。古風な居心地のいいホテルがある」

「うん。〈バルモラルコート・ホテル〉。ぼくもそこに泊まるか、あの村に家のある友人のところに泊めてもらうかになると思う」

「楽しそうじゃないか」

「うん、まあね。ソルトクリークというのは静かないい場所だ。わずらわしいこともないし」

「そうだろうね」ドレイクは言った。「事件なんか何ひとつ起きそうもない場所だ」

六月十五日

「いや、実に嘆かわしいことでね」ミスター・トレーヴは言った。「この二十五年間、ずっとリーヘッドの〈マリーン・ホテル〉に滞在してきたのに——なんと、信じられないことに、あのホテルは取り壊しになるというのだ。正面を広げるとかなんとか、くだらんことを言って。どうしてああいう海辺の村をそっとしておかないのだろうな——リーヘッドは独特の魅力のある場所だったのに——摂政時代（十八世紀後半〜十九世紀前半）の雰囲気があった——まさに摂政時代ふうの」

ルーファス・ロードはなぐさめるように言った。「でも、泊まるところならほかにもあるでしょう？」

「いや、もうリーヘッドには行く気がしない。〈マリーン・ホテル〉ならミセズ・マッケイがわたしの好みを完璧に把握してくれていた。毎年同じ部屋を提供してくれて――サービスの仕方にはいっさい変化がなかった。料理がまたすばらしくて――申し分のない料理だった」

「ソルトクリークに行かれてはどうですか？　あそこにもなかなかいい昔ふうのホテルがありますよ。〈バルモラルコート〉という。誰が経営していると思います？　ロジャーズという夫婦なんですが、妻のほうは以前マウントヘッド卿の料理人だったのですよ。マウントヘッド卿といえばロンドンで一番うまいものを食べていた人じゃありませんか。その料理人が執事をしていた男と結婚して、今はふたりでホテルを経営しているのです。まさにあなたにぴったりの場所という気がしますよ。静かで――ジャズ・バンドなんかいません――一流の料理とサービス」

「なるほどね――考えてみてもいいかもしれんな。吹きさらしでないテラスはあるのかな？」

「ええ――ガラスで囲まれたベランダとテラスがあります。日を浴びるのも、日陰で涼むのも、お好み次第です。もしよろしければ、その近辺に住んでいる人たちを何人かご紹介しますよ。たとえばレディ・トレシリアン。あのご老体の屋敷はホテルの隣と言えるほどの近所です。すばらしい屋敷ですし、女主人はほとんど寝たきりとはいえ、とても楽しい方ですよ」

「判事の未亡人のことかな？」

「そうです」

「マシュー・トレシリアンとは知り合いだったんだ。奥方にも会ったことがあると思うな。すてきな女性だった。もちろん、大昔の話だが。ソルトクリークというと、セント・ルーの近くじゃないかな？　あの辺には友人が何人か住んでいる。うん、そうだな。ソルトクリークに行くというのはとてもいい考えかもしれない。手紙を書いて、具体的なことを問い合わせよう。わたしが行きたいのは八月の半ばなのだが。八月の半ばから九月半ばまで。車を置く場所はあるだろうね？　運転手の泊まる部屋も？」

「ええ、もちろん。そういう部分はちゃんと新しくしてありますから」

「というのも、知ってのとおり、わたしは坂道を歩いて登ったりするわけにはいかないのだ。部屋も一階が望ましい。エレベーターがあるのだろうが」

「ええ、そういう施設は完備していますよ」

「どうやら」ミスター・トレーヴは言った。「これでわたしの悩みもすっかり解消のようだ。それにレディ・トレシリアンとの再会も楽しみだよ」

七月二十八日

ショートパンツにカナリア色のタンクトップという服装のケイ・ストレンジは、身を乗り出してテニス選手たちを見つめていた。セント・ルーのトーナメントの男子シングルズ準決勝で、ネヴィルはテニス界の新たな星との評判高いメリックという若者と対戦していた。確かにすばらしい選手だった――ときにはまったくリターン不可能なサーブを打ってきた――だがときおり雑なプレーが出ることがあって、年長の選手の経験とテクニックがものを言う場面もあった。

スコアは最終セットで三―三だった。

ケイの隣の席にそっと腰をおろしたテッド・ラティマーが、のんびりした皮肉な口調で言った。「勝利への道を突き進む夫を見守る貞淑な妻か！」

ケイはぎくりとした。

「ああ驚いた。そこにいるなんて、知らなかったわ」

「ぼくはいつもここにいるよ。そのぐらい、もうわかってもいいだろう」

テッド・ラティマーは二十五歳――並はずれてハンサムな若者だった。もっとも意地悪な老大佐などにかかると、こう評されることがあったが――「南の血が混ざっているにきまっておる!」

浅黒い肌がさらに美しく日焼けしている彼は、ダンスの名手でもあった。黒い目はときに実に雄弁で、声は俳優のように自在にコントロールできた。ケイは十五歳のときから彼を知っていた。フランスのジュアン・レ・パンで体にオイルを塗り合って日光浴をし、ダンスをし、テニスをしていた。友人というよりも心を許し合った相棒同士という関係だった。

若いメリックがコートの左側からサーブした。ネヴィルのリターンにメリックは手も出せなかった。反対側のコーナーにぴたりと決まる最高のショットだ。

「ネヴィルはバックハンドがうまいな」テッドは言った。「フォアハンドよりうまい。メリックはバックハンドに弱点があって、ネヴィルはそれをわきまえている。あらゆる手を使って、そこを攻めていくぞ」

ゲームが終わった。「四―三でストレンジのリード」

ネヴィルは次のサービスゲームもとった。若いメリックのプレーに乱れが見えてきた。

「五―三」

「いいぞ、ネヴィル」テッド・ラティマーは言った。

だがそこで若者が態勢を立て直した。より慎重にプレーするようになり、ショットに緩急をつけてきた。

「ちゃんと頭もあるんだ」テッドは言った。「それにフットワークがすばらしい。これは接戦になるぞ」

若者はじわじわとせりあげ、五—五に持ちこんだ。次に七—七になり、結局メリックが九対七で勝ちをおさめた。

ネヴィルがネットに近づいた。残念そうに首をふりながらも笑顔で相手と握手した。

「若さの勝利か」テッド・ラティマーは言った。「十九歳対三十三歳だものな。だけどね、ケイ、ネヴィルがトップになれないほんとうの理由がわかるか？ 彼は潔く負けるのが好きなんだよ」

「まさか」

「そうだよ。ネヴィルってやつは、いつでも完璧な紳士なんだ。試合に負けて腹を立てているところなんか見たことがない」

「それはないでしょ」ケイは言った。「誰だってそんなことはしないわよ」

「いや、するさ！ しょっちゅう目にするじゃないか。テニスのスタープレーヤーだって、癇癪を起こしたり、相手の弱みにすかさずつけこんだりする。でもネヴィルのやつはちがう——あっさり負けを認めて、にっこりする。強い者が勝つ、それだけのことという態度だ。まったく！　ああいうパブリックスクール精神にはいらいらするよ！　ぼくはそんなところに入れられないでよかった」

ケイはテッドの顔を見た。

「ほんとは行けなかったのが悔しいんでしょ？」

「とんでもない！」

「ねえ、ネヴィルをきらっていることをあまりおおっぴらにしないでくれる？」

「だって、きらいで当然だろう。ぼくの彼女を奪った男なんだから」

テッドは彼女を探るように見た。

「わたしはあなたの彼女なんかじゃなかったわよ。そんな関係じゃなかったじゃない」

「確かに。ふたりの間にはなんにもございませんというやつ」

「やめてよ。わたしはネヴィルに恋して、結婚したのよ」

「そして彼はすっごくいいやつ——みんなそう言っている」

「わたしにいやな思いをさせたいの？」

そう言いながら、ケイは彼の顔を見た。テッドはほほえんだ——やがて彼女も笑みを返した。

「この夏はどんな調子だい、ケイ？」

「まあまあね。ヨット旅行が楽しかったわ。テニスはちょっとあきてきちゃった」

「あとどれくらい続くんだ？　あと一カ月？」

「ええ。そして九月になったらガルズポイントに行って、二週間過ごす」

「ぼくは〈イースターヘッドベイ・ホテル〉に泊まるよ」テッドは言った。「もう予約してある」

「すてきな顔ぶれになるわよ！」ケイは言った。「ネヴィルとわたし、そしてネヴィルの前の奥さんに、休暇で帰国しているマレーシアのプランテーション経営者ですって」

「そりゃおもしろそうだ」

「それにもちろん、あの親戚とかいう情けない女。いやみなばあさんの世話をせっせとしている女奴隷。でも、あの女は何も手に入れられないのよ。遺産は全部ネヴィルとわたしのものになるんだから」

「もしかして」テッドは言った。「彼女はそれを知らないんじゃないか？」

「だったら笑っちゃうわね」

そう言いながらも彼女はうわの空のようすだった。手に持ってくるくるまわしていたラケットを見ていたが、急に息を呑んだ。

「ああ、テッド！」

「どうしたんだ、お嬢ちゃん？」

「わからない。ときどきこうなるの――急にぞっとして！　怖くて、おかしな気分になるの」

「きみらしくないな」

「ほんとよね？　それはそうと」彼女は不安げな顔のままほほえんだ。「あなたは〈イースターヘッドベイ・ホテル〉にいるのね？」

「計画どおりにね」

更衣室の外でケイがネヴィルを迎えると、彼は言った。「ボーイフレンドのご到着だね」

「テッド？」

「そうだよ。忠実な犬のような――忠実なトカゲと言ったほうがぴったりだけど」

「彼がきらいなのね？」

「いや、別に気にしてないよ。きみがやつに首輪をつけて引っ張って歩きたいなら、好きにすればいいし――」

彼は肩をすくめた。

ケイは言った。「あなたは嫉妬しているのだと思うわ」

「ラティマーに？」ネヴィルの驚きは心からのものだった。

ケイは言った。「テッドはとても魅力的だと言われているのよ」

「ああ、そうだね。ラテンアメリカの魅力にあふれている」

「やっぱり嫉妬よ」

ネヴィルは妻の腕を軽くつねった。

「いいや、ちがうよ、べっぴんさん。人畜無害の崇拝者を侍らせておいたって、ちっともかまわない。なんなら何十人でも集めればいい。だけど、きみを占有しているのはぼくだ。占有は九分の勝ち目と言うじゃないか」

「とても自信があるのね」ケイはわずかに口を突き出して言った。

「当たり前さ。きみとぼくは運命のカップルなんだ。運命がふたりを引き合わせた。運命がふたりを結びつけた。おぼえている？　カンヌできみと会って、次にエストリルに行ったら、いきなりきみが現われたんだ。ポルトガルに移動して最初に会った相手がうるわしのケイだった！　そのとき思ったね――これは運命だって。もう逃れようがないと」

「あれは別に運命の仕業ってわけじゃなかったのよ」ケイは言った。「わたしよ」

「なんだい、〝わたしよ〟って?」

「わたしだったからよ! つまりね、カンヌで会ったときに、次はエストリルだってあなたが言ってたでしょ。だからママにせがんでわたしも行けるように手配してもらったのよ。ポルトガルで最初に会った相手がわたしだったのは、そういうわけ」

ネヴィルは奇妙な表情を浮かべて妻を見た。そしてゆっくりと言った。「それを今までだまっていたんだね」

「ええ、そうよ。あなたが気を悪くするといけないと思って。なんだかだまされたような気になっちゃうでしょう。でも、わたしはあれこれ計画するのが得意なのよ。こちらから働きかけなければ何も起きないの! あなたはときどき、わたしをお馬鹿さんって呼ぶけれど、わたしはわたしなりに頭を働かせているのよ。わたしは自分から働きかけてことを起こすの。ときにはずっと先のことまで計画を立てたりするのよ」

「それはさぞ頭を使うことだろうね」

「笑いたければ笑っていればいいわ」

ネヴィルは突然、奇妙に苦々しげな態度になって言った。「今ようやく、自分が妻とした女性の正体が明らかになってきたわけか? 運命が知りたければ、ケイにきけ!」

ケイは言った。「あなた、怒っていないわよね？」

呆然としたようすで彼は答えた。「ああ――ああ、もちろん、怒ったりしないよ。ただ――考えていたんだ……」

八月十日

大金持ちで変わり者の貴族、コーネリー卿は自慢の種の巨大なデスクに向かっていた。莫大な費用をかけて特別あつらえしたデスクで、部屋のその他の家具類はすべてデスクの脇役になっていた。デスクは実に堂々たる姿を誇っていたが、そこには当然ながらコーネリー卿がすわることになって、そのためにその効果が少々そがれていた。風采のあがらない、まるまると太った小男の卿の姿は、大きなデスクと比べるとよりいっそう貧弱に見えた。

ロンドンのシティの一画の、このすばらしい調度を備えた部屋に、ブロンドの秘書が入ってきた。彼女もまた部屋の豪華な造りによく調和していた。

音もなく部屋を横切ってくると、彼女は身分高きボスの前に一枚の紙片を置いた。

コーネリー卿は紙片に目を落とした。

「マクワーター？　マクワーター？　誰だ？　聞いたことないぞ。面会の約束をしてあったのか？」

ブロンドの秘書は、そのとおりだと答えた。

「マクワーターねえ？　おお！　マ、ク、ワ、ー、タ、ーか！　あの男！　ああ、そうとも。通してくれ。早くここに通しなさい」

コーネリー卿はうれしそうにくすくす笑った。上機嫌だった。

椅子の背にもたれると、彼は自分が呼び寄せた男のにこりともしない顔を見あげた。

「きみがマクワーターか？　アンガス・マクワーター？」

「そうです」

マクワーターは直立不動で立ち、笑顔も見せずに、ぎこちない口調で答えた。

「ハーバート・クレイのところにいたな？　そうだろう？」

「はい」

コーネリー卿はまたくすくす笑いだした。

「きみのことは何から何まで知っているのだぞ。クレイは運転免許に違反記録を書きこまれてしまった。きみがやつと口裏を合わせて、時速五十キロしか出していなかったと証言しなかったからだ！」くすくす笑いがさらに大きくなった。「〝あのいまいましい石頭のスコットランド野郎め！〟クレイのやつはそう言っておった！　何度も何度も。そのとき、わしが何を考えていたか、わかるかね？」

「見当もつきません」

マクワーターは怒りを抑えているような口調で答えたが、コーネリー卿はまったく気に留めなかった。彼は自分がそのときどう反応したかを思い出して楽しんでいたのだ。

「わしは思ったよ。〝そういう男なら使えるぞ〟とな。何があろうと絶対に嘘をつかない男。わしのところなら嘘をつけと迫られる心配はないぞ。わしはそういうやり方はしない。世界中をまわって正直者を探しているんだ。めったにいないがな！」

小男の貴族は甲高い笑い声を立てた。抜け目のない猿のような顔が嬉しそうにほころんで、しわだらけになった。マクワーターはおもしろくもなさそうな顔でじっと立っていた。

コーネリー卿は笑いをおさめた。その表情が鋭く、真剣になった。

「働き口が欲しいなら、わしのところにあるぞ」

「働き口ならあります」マクワーターは答えた。

「重要な仕事なんだ。十分な能力のある人間にしかまかせられない仕事だが、きみなら条件を完全に満たしている。ちゃんと調べたんだ。そして絶対の信頼を寄せられる人間でなければならない」

コーネリー卿は返事を待ったが、マクワーターは無言のままだった。

「なあ、どうかな？　きみは絶対の信頼を寄せられる人間かな？」

マクワーターはぶっきらぼうに答えた。「もちろんそうですと、わたしが答えたとしても、何もわからないじゃないですか」

コーネリー卿は笑った。

「いや、大丈夫。きみこそがわしが探していた男だ。きみは南アメリカのことを知っているか？」

彼は詳細を語った。三十分後、マクワーターは歩道に立っていた。興味深く、また並はずれて高い報酬の得られる仕事を与えられて。しかも将来性のある仕事を。

これまでしかめ面ばかり見せていた運命が、はじめて彼にほほえんだのだった。だが彼はほほえみを返す気分ではなかった。彼のうちには得意な気分など少しもなかった。もっとも、今の会見をふり返ると、さしもの彼も多少のユーモアは感じたが。まさに因果はめぐるだった。以前の雇い主が彼を口をきわめて非難したからこそ、今彼はこれほどまでの幸運に恵まれたのだ！

自分は運のいい男なのだと、彼は思った。だからといって、どうということはないが！　生きつづけていくという仕事を、彼は熱意や喜びをもってではなく、毎日毎日を淡々と過ごしていくことでこなそうとしていた。七カ月前、彼はみずから命を絶とうとした。偶然が、まったくの偶然が、彼の命を救った。だが、彼はそのことを格別ありがたいとは思っていなかった。確かに自分で自分の人生を終わりにしようという意志はもう消えていた。あの心境はもうすっかり過去のものだ。冷静な状態で自分の命を絶つことはできない。それは事実だ。絶望や悲しみにかられたり、自暴自棄になったり、情熱に突き動かされた状態でなければ、できることではない。人生とはおもしろくもないできごとが毎日くり返されるだけのものだと考えただけでは、自殺はできないのだ。

ただ、今度の仕事でイングランドを離れることになるのはありがたかった。九月の末に南アメリカに出航することになった。これからの二、三週間は必要なものをそろえたり、今度の仕事の何やら複雑な仕組みについて学んだりで忙しく過ごさなければならないだろう。

だが国をあとにする前に一週間の休暇を与えられた。その一週間をどう過ごそうか？　ロンドンにいる？　どこかへ出かける？

頭の中にある考えがわき起こった。

ソルトクリーク？

「あそこへまた行こうとは、おれもたいした根性の持ち主じゃないか」マクワーターはひとり言を言った。

彼は思った。きっと不思議な楽しみが味わえるぞ。

八月十九日

「これで休暇は夢と消えたか」バトル警視は憮然として言った。

ミセズ・バトルも残念そうだったが、警察官の妻という立場に長年身を置いてきた彼女には覚悟ができていて、落胆しつつもあきらめの心境だった。

「そうねえ」彼女は言った。「でも、仕方がないわよね。せめて興味の持てる事件だといいのだけれど」

「それも望み薄だよ。きみだってわかるだろう」バトル警視は言った。「何しろ外務省の連中が口をはさんできているんだから——例ののっぽでやせっぽちの若造どもが、あっちでもこっちでもひそひそ内緒話をしている。まあ、すぐに解決して、われわれのおかげで皆さん体面を保てるだろうがね。でも、回想録に含めるような事件とは思えないな。わたしが回想録を書くなどという愚かなふるまいにおよんだらの話だが」

「お休みの予定はとりやめにしても――」ミセズ・バトルはためらいがちに言いかけたが、警視はそれをさえぎって、きっぱりと言った。

「とんでもない。きみは娘たちを連れてブリットリントンへ行きなさい――ホテルはもう三月から予約してあったのだから――今からキャンセルするなんて、もったいない。わたしはこうするよ――この騒ぎが片づいたら、ジムのところに行って一週間泊まってくる」

ジムとはバトル警視の甥のジェイムズ・リーチ警部のことだ。

「ソルティントンはイースターヘッドベイとソルトクリークのすぐ近くだから」彼はさらに言った。「潮風を吸ったり、海水浴をしたりして過ごせると思うんだ」

ミセズ・バトルは鼻を鳴らした。「彼に事件の捜査を手伝わされるのが落ちよ！」

「この季節にあそこで事件なんか起こらないよ――女が〈ウルワース〉で小物を万引きするぐらいのことで。それにジムなら大丈夫だ――あいつの頭はよく切れて、人の手助けなんか必要ない」

「それはそうね」ミセズ・バトルは言った。「あなたのほうはそれで問題ないと思うけれど、でも、がっかりね」

「こういうことはわれわれに対する試練なんだよ」バトル警視は確信に満ちた口調で言

った。

雪白ちゃんと薔薇紅ちゃん

1

ソルティントンで列車を降りたトマス・ロイドを、メアリー・オルディンが迎えに来ていた。

彼はメアリーのことをおぼろげにおぼえていただけだったが、今こうして再会してみると、彼女がものごとをてきぱきと処理するようすが見ていて楽しく、内心いささか驚いたほどだった。

彼女ははじめから気さくに話しかけてきた。

「よく来てくれたわね、トマス。ほんとになつかしいわ」

「お招き、ありがとう。迷惑でないといいのだけれど」

「とんでもない。むしろ逆なのよ。あなたが来てくれて、とてもありがたいの。あれがあなたのポーター？　こっちへ運んでくるように言って。この先に車をとめてあるから」

荷物がフォードに積みこまれた。メアリーがハンドルをにぎり、トマスは隣にすわった。車が走りはじめて、トマスは彼女の運転ぶりに感心した。交通量の多いところでは手際よく、しかも慎重に車をあやつり、距離と間隔を的確に判断している。

ソルティントンはソルトクリークから十キロあまりのところだった。その小さな市場町を出て開けた道路を走り出すと、メアリーは先ほどの話の続きを始めた。

「ほんとうなのよ、トマス、今あなたが来てくれたことは天の恵みに思えるほどよ。面倒なことになっていてね――関係ない人が――ほとんど関係のない人がいてくれるとすごく助かるの」

「面倒というと？」

彼の態度は――いつもながら――無頓着で、無関心とさえ言えそうだった。今の質問も、答を知りたいからではなく、尋ねるのが礼儀だからしただけではないかと思えた。そんな相手の態度が、メアリー・オルディンにはことさらありがたかった。誰かに話をしたくてたまらなかったのだが――相手があまり強く関心を示さないでくれるといいと思っていたのだ。

彼女は言った。「えーと、人間関係がちょっと複雑になっているの。オードリーが来ているのよ。それはあなたもご存じじゃない？」

彼女が間を置いて答を待っていると、トマスはうなずいた。

「そこへネヴィルと新しい妻が来たの」

トマス・ロイドは眉を吊りあげた。しばらくして、彼は言った。「それは少々微妙な――」

「そうなのよ。ネヴィルが考えたことなの」

彼女はそこで口を閉じた。トマスは無言だった。だが、信じられないという彼の思いが伝わってきたかのように、彼女はもう一度念を押すように言った。「ほんとにネヴィルが考えたことなのよ」

「どうして？」

彼女は一瞬ハンドルから手をはなした。

「それが今ふうの考え方なんでしょ！　お互い分別を持って、友だちとしてつき合おうよ。そういう考え。だけど、わたしが思うには、あまりうまくいっていないみたい」

「それはむずかしいかもしれない」トマスは言った。「新しい奥さんというのは、どんな感じ？」

「ケイ？　美人よ、もちろん。とってもきれい。それに、若い」

「ネヴィルは新しい妻に熱をあげている？」

「ええ。もっとも結婚してまだ一年だから」

トマス・ロイドはゆっくりと横を向いて、彼女の顔を見た。口元にかすかに笑みを浮かべていた。メアリーはあわてて言った。

「そういう意味で言ったのではないのよ」

「いやいや、メアリー、そういう意味で言ったのだと思うよ」

「そう、正直言って、あのふたりにはほとんど共通点がないことは誰の目にも明らかなのよ。たとえばつき合っている友だちを見ても――」彼女はそこで言いよどんだ。

トマスは尋ねた。「確か、リヴィエラで出会ったのだよね？　その辺のいきさつについてはあまり知らないのだけれど。おふくろからの手紙には、ごくかいつまんだ事情しか書いてなくて」

「ええ、はじめて会ったのはカンヌよ。ネヴィルはついふらっとしたのだろうけれど、でも想像するに、そういうことは前にもあったと思うのよ。ネヴィルが自分で判断できる状況だったら、何も起きなかっただろうと今でもわたしは思っているわ。だって彼はオードリーを気に入っていたもの」

トマスはうなずいた。

メアリーは話を続けた。「彼は離婚する気はなかった──それはまちがいないと思う。だけど相手の娘は断固たる決意で。彼が妻のもとを去るまで手をゆるめなかったの。そんなことになって、男に何ができる？　そんなに迫られて、そもそも悪い気はしないだろうし」

「その女性はネヴィルに首ったけだったというわけ？」

「ええ、そうだと思うわ」

メアリーの口調には疑念がありありと表われていた。いぶかしげに見ているトマスの視線に気づいて、顔を赤らめた。

「わたしってていやな女ね！　でも、彼女のそばをいつもうろついている若い男がいたりして気になるの。ジゴロタイプの美男子で、彼女とは幼なじみだそうだけれど。どうしても思ってしまうのよ、ネヴィルがお金持ちで有名人だということが大きな意味を持っていたのではないかとね。だって彼女のほうは自分のお金なんかぜんぜんないみたいなのよ」

そこまで言って、彼女はばつの悪そうな顔をしたが、トマス・ロイドはただ考え深げに「なるほど」と言っただけだった。

「でも」メアリーは言った。「わたしが意地悪な見方をしているだけかもしれないわ。あの人は実にあでやかな美女で、中年のオールドミスは嫉妬心をかき立てられているのかもしれない」

トマスは彼女をじっと見つめたが、そのポーカーフェイスからはなんの反応も読みとれなかった。一、二分して彼は言った。「それで、具体的に言って今の状況のどういう点に問題があるのかな？」

「それが、わたしには見当もつかないのよ！　だから困っているの。もちろん最初にオードリーの考えを聞いたわ。そうしたら彼女はケイには何も悪感情をいだいていないということで、とても感じのいい応対だったの。実際彼女はこっちに来てからもずっと感じよくしているわ。あんなに人当たりのいい態度は誰にもまねできないほど。もちろんオードリーという人はなんでもすべて完璧にこなすのだけれど。ただ、とても控えめにしているので、本音のところはどうなのかは誰にもわからないの。でもはっきり言って、彼女はまったくこだわっていないと、わたしは思うわ」

「彼女がこだわる理由はないだろうし」トマス・ロイドは言った。そしてなぜか急いでつけ加えた。「もう三年も経つのだから」

「オードリーのような人が忘れると思う？　彼女はネヴィルをとても愛していたのよ」

トマス・ロイドは座席の上で身じろぎした。

「彼女もまだ三十二歳。人生、これからだよ」

「ええ確かにね。でも、あのときはとてもつらい思いをしたのよ。神経がひどくまいってしまって。聞いてるでしょうけれど」

「ああ、そのことならおふくろからの手紙に書いてあった」

「考えてみれば」メアリーは言った。「あなたのお母様がオードリーのお世話をすることになったのは、お母様にとってもいいことだったわね。自分の悲しみから気をそらすことができたから――つまり、あなたのお兄さんが事故で亡くなったので。あれはほんとうにお気の毒だったわ」

「ああ。エイドリアンのやつ、かわいそうに。いつもスピードを出しすぎていた」

言葉がとぎれた。メアリーは片手をのばして合図をし、道を曲がって、丘の斜面をソルトクリークに向かってくだりはじめた。

しばらくして、曲がりくねった坂道を走りながら、彼女は言った。「トマス――あなた、オードリーのことをよく知っているの？」

「そこそこかな。この十年間はあまり会っていないし」

「そうね。でも子供の頃は近しかったのでしょう？　あなたとエイドリアンにとっては妹のような存在で」

　彼はうなずいた。

「彼女――彼女、何かで精神のバランスをくずしたりしなかった？　いいえ、そんな強い意味で言っているのではないの。ただ、今の彼女を見ていると、どこかとても具合の悪いところがあるような気がしてならないのよ。周囲との間に完全に距離を置いていて、不自然なほど非の打ち所のない態度なのだけれど、そういう外面と裏腹に彼女の中で何かが起きているのではないかと思ってしまうの。何か強い感情をともなうことが。それが何かはまったくわからないのだけれど、でも彼女はふつうじゃない。何かあるのよ！　それが心配なの。あの家の今の雰囲気にはみんな影響を受けているわ。みんな神経質になって、おどおどしている。でも、その雰囲気の正体がわからない。そしてときどきわたし、怖くなるのよ、トマス」

「怖くなる？」ゆっくりと、いぶかしげに言う彼の声を聞いて、メアリーはぎこちなく笑って、態度をあらためようとした。

「馬鹿みたいよね、こんな言い方……でも、さっき言ったのはほんとうよ――あなたが来てくれたことにみんな感謝すると思う――気分を変えてくれるでしょうから。さあ、着いたわよ」

車は最後の角を曲がった。ガルズポイントは河口を見おろす岸壁の上に建てられていた。二方向が川に面した絶壁になっている。屋敷の左側に庭園とテニスコートがあった。ガレージは——あとから付け足したもので——道路の先の、屋敷の反対側にあった。

メアリーは言った。「車を置いてくるわ。ハーストールがあなたのお世話をするから」

年配の執事のハーストールは、旧友に再会したときのような喜びの表情でトマスに挨拶した。

「よくおいでくださいました、ミスター・ロイド。お久しぶりでございます。奥様もお喜びですよ。東の間をお使いください。皆様はお庭にいらっしゃると思いますが、まずお部屋にいらっしゃいますか？」

トマスは首をふった。客間を抜け、テラスに向かって開いたフランス窓のところに行った。しばらくそこに立ち、彼に気づかずにいる人々を観察した。

テラスにいるのは女性ふたりだけだった。ひとりは手すりの角に腰かけて川のほうを眺めていて、もうひとりはその女性を見ていた。

最初の女性はオードリーだった。となれば、もうひとりはケイ・ストレンジだろうとトマスは思った。人に見られていることを知らないケイは、表情をとりつくろうことをまったくしていなかった。トマス・ロイドは女性に関して特別観察眼に恵まれているわけではないが、このときばかりはケイ・ストレンジがオードリー・ストレンジをひどくきらっていることに気づかずにはいられなかった。

オードリーのほうは、川に目を向けたままで、そばにもうひとりいることはまったく意識していない、あるいはまるで無関心のようだった。

トマス・ロイドにとってオードリーと会うのは七年ぶりのことだった。トマスは彼女をじっと観察した。彼女は変わっただろうか？　変わったとしたら、どこが？

確かに変わったと彼は思った。さらに細く、青白くなって、まるで霊界の存在のようだ。だがほかにも何かあった。何か言葉ではとらえにくいものが。自分で自分をしっかりと管理して、あらゆる動きに気を配っている一方で、周囲で起きていることすべてを強く意識しているようだった。何か秘密をかかえた人物のようだと彼は思った。だが、どんな秘密だ？　この二、三年の間に彼女の身にふりかかったできごとについて、彼はある程度知っていた。悲しみや恨みつらみを訴えられるなら、彼も覚悟があった。だが、これはそれとはちがう。彼女はまるで、宝物をしっかりとにぎりしめているために、隠しておきたいものにかえって人の注意をひきつけてしまう子供のようだった。

次に彼はもうひとりの女性——現在のネヴィル・ストレンジ夫人に目を向けた。確かに美人だ。それはメアリー・オルディンの言ったとおりだった。だが危険な雰囲気もあった。彼女が手にナイフを持っていたら、けっしてオードリーのそばへは行かせないぞと彼は思った。

とはいえ、なぜ彼女がネヴィルの前妻を憎まなければならないのか？ すべては過去のことではないか。オードリーは現在の彼らの生活にはなんのかかわりも持っていない。テラスに足音が響き、ネヴィルが建物の角から現われた。暑そうで、手に絵入り新聞を一部持っていた。

「《イラストレイテッド・レビュー》だよ」彼は言った。「ほかのは手に入らな――」

ふたつのことが、まったく同時に起きた。

ケイは言った。「あら、よかった。ちょうだい」そしてオードリーは顔を動かさずに、まるでうわの空のようなようすで手を差し出した。

ネヴィルはふたりの女性の間で立ち止まった。当惑の表情がその顔に広がった。彼が何も言えないでいると、ケイが言った。声が高くなり、ヒステリーの前兆がうかがえるようだった。「わたしが見たいの。わたしにちょうだい！ ちょうだいったら、ネヴィル！」

オードリー・ストレンジは驚いた顔でふり返り、手を引っこめて、ほんのかすかにとまどった表情でつぶやいた。

「あら、ごめんなさい。わたしに言ったのだと思ったのよ、ネヴィル」

ネヴィル・ストレンジの首筋がレンガのように赤くなるのをトマス・ロイドは見た。

ネヴィルはすばやく三歩進むと、新聞をオードリーに差し出した。

オードリーはためらい、とまどいの表情を深めて、言った。「いえ、わたしは――」

ケイは椅子を乱暴にうしろに押しやり、立ちあがった。くるりと向きなおると、客間の窓のほうに向かってきた。気づかないままに自分に向かって歩いてきた彼女を、トマスは避けることができなかった。

びっくりして彼女はあとずさりした。あやまる彼をケイはじっと見つめた。そのときになって、なぜ彼女が自分に気づかなかったかが、トマスにもわかった。彼女の目には涙があふれていた――怒りの涙だと、彼は思った。

「どうも」彼女は言った。「どなたかしら？　ああ、そうそう、マレーから帰ってきた方ね！」

「ええ」トマスは言った。「マレーから帰ってきた男です」

「ああ、わたしもマレーに行きたいわ！」ケイは言った。「ここでなければ、どこでもいい！　こんないやらしい家、大きらい！　この家の連中も大きらい！」

人が感情を表に出す場面に接すると、トマスはいつも緊張してしまう。警戒するようにケイを見て、ぶつぶつと言った。「はあ、どうも」

「あの人たちが気をつけていてくれないと」ケイは言った。「わたし、誰かを殺しちゃうわ！　ネヴィルか、そこにいる真っ白な顔の雌猫を！」

彼女はトマスの横を通り抜け、部屋を出ると、ドアを叩きつけていった。

トマス・ロイドはその場に立ちつくした。どうしたらいいのかわからなかったが、若いミセズ・ストレンジがその場からいなくなったのはありがたかった。彼女が力いっぱい閉めていったドアを見つめた。今度のミセズ・ストレンジは山猫のような女性だ。

ネヴィル・ストレンジが開いたフランス窓の前に立ち、影がさした。少し息をはずませていた。

心ここにあらずというようすでトマスに挨拶した。

「ああ──えーと──やあ、ロイド。着いたの、気づかなかったよ。えーと、家内を見なかった？」

「ちょっと前にここを通っていったよ？」

ネヴィルも同じドアから客間を出ていった。困惑した表情を浮かべていた。

トマス・ロイドは開いたフランス窓から外に出て、ゆっくりと進んでいった。彼は足音を立てないほうだ。ほんの二、三メートルのところまで行って、はじめてオードリーは顔をあげた。

するとと間隔の開いた目が大きく見開かれ、唇が上下に分かれた。手すりからおり、両手を差し出して、彼女はトマスに歩み寄った。

「ああ、トマス」彼女は言った。「トマス！　よく帰ってきてくれたわ！」

彼がふたつの白い小さな手をつかみ、彼女の顔に顔を近づけたところで、メアリー・オルディンがフランス窓のところに来た。テラスにいるふたりを見て、急に立ち止まり、しばらくそのようすを見ていたが、向きなおると家の中に戻っていった。

2

二階にあがったネヴィルは、自分の寝室にいるケイをみつけた。この屋敷にはふたりで使える大きな寝室はひとつしかなく、それはレディ・トレシリアンの部屋だった。夫婦で滞在する者はいつも、屋敷の西側にある隣り合った寝室をあてがわれた。間にドアがあって行き来でき、共用の浴室がついていて、小さな独立した続き部屋になっていた。

ネヴィルは自分の寝室を通って妻の部屋に入っていった。ケイはベッドに身を投げ出していたが、涙によごれた顔をあげて、怒りもあらわに叫んだ。

「やっと来たのね！　そろそろ来てもいい頃だったわよ！」

「なんなんだ、この騒ぎは？　頭がおかしくなったのか、ケイ？」

ネヴィルの口調は静かだったが、鼻がひくついていて、怒りを抑えていることがうかがえた。

「なぜ《イラストレイテッド・レビュー》を彼女にあげちゃったの？」

「おい、ケイ、子供みたいなまねはやめろよ！　絵入り新聞一部でこの騒ぎなのか」

「わたしにはくれないで、彼女にあげちゃった」ケイは執拗にくり返した。

「それがどうした？　何が問題だと言うんだ？」

「わたしには問題なのよ」

「どうかしてしまったのか、きみは？　人の家に泊まっているときに、そんな感情的なふるまいはしないものだよ。人前でどうふるまうべきか、わからないのか？」

「どうしてオードリーにあげちゃったの？」

「彼女が欲しいと言ったからだよ」

「わたしだって言ったわ。おまけに、わたしはあなたの妻よ」

「だったら、よけいそうじゃないか。ひとつしかないものなら、年上で、家族ではない人にあげるべきだろう？」

「彼女の勝ちになってしまうじゃない！　彼女は欲しいものを手に入れた。あなたは彼女の味方をしたのよ！」

「子供がやきもち焼いているみたいな言い方だぞ。頼むから自分をコントロールして、人前では行儀よくしてくれよ！」

「彼女みたいにということ？」

ネヴィルは冷ややかに言った。「とにかくオードリーはレディらしいふるまいができる人だよ。人前で感情的になったりしない」

「彼女はあなたがわたしをきらいになるように仕向けているのよ！　わたしが憎くて、復讐をしようとしているの」

「なあ、ケイ、そんなメロドラマみたいな馬鹿なことを言うのはやめてくれよ。もううんざりだ！」

「じゃあ、ここを出ていきましょうよ！　明日出発しましょう。こんなところ、大きらい！」

「まだ来て四日しか経っていないじゃないか」

「もううんざりよ！　ねえ、もう帰りましょう、ネヴィル」

「よく聞くんだ、ケイ。もうこんな話はたくさんだ。ここへは二週間の予定で来た。だから二週間滞在するぞ」

「そんなことしたら」ケイは言った。「後悔するわよ。あなたも、あなたのオードリーも！　あなた、彼女がすてきだと思っているんでしょ！」

「彼女がすてきだなんて思っていないよ。彼女はとびきり感じのいい、やさしい人だと思っている。ぼくからひどい仕打ちを受けたのに、とても寛大に、ぼくを許してくれた」

「それがまちがいなのよ」ケイはベッドからおりた。怒りは消えていた。真顔で、重々しいほどの表情で、言った。

「オードリーはあなたを許してなんかいないわよ、ネヴィル。一度か二度、彼女があなたを見ているところを見たの……彼女がどんなことを考えているのかはわからない。でも、何かを考えているのは確かよ。彼女は本心をさらけ出さない人でしょう」

「そういう人が」ネヴィルは言った。「もっと増えてくれるといいのだがね」

ケイの顔は真っ白になった。

「わたしのことを言っているの？」その声には危険な響きがあった。

「だって――きみにはあまり自制心がないじゃないか。そうだろう？　少しでも機嫌が悪かったり、おもしろくないことがあったりすると、きみはすべて態度に出してしまう。自分を馬鹿に見せてしまうだけでなく、ぼくまで馬鹿に見せてしまうんだ！」

「ほかに言いたいことは？」

彼女の声は冷ややかだった。

ネヴィルも負けないくらい冷ややかな声で言った。「不当な非難を受けていると感じているなら、それは残念なことだと思う。でも、これが事実なんだ。きみの自制心のなさは子供にも劣るほどだよ」

「あなたはけっして癇癪を起こしたりしないのよね？　いつも自制心のある、魅力的な物腰の紳士ですものね！　要するにあなたには感情がないのよ。あなたは魚よ――冷血動物の魚！　たまには感情を爆発させたらどうなの？　どうしてわたしをどなりつけたり、ののしったり、くたばれと言ったりしないのよ？」

ネヴィルはため息をついた。肩をがっくりと落とした。

「ああ、まったく」彼は言った。

くるりと向きなおると、部屋を出ていった。

3

「十七歳のときと少しも変わってないじゃない、トマス・ロイド」レディ・トレシリアンは言った。「昔と同じきまじめな顔つき。そして相変わらず無口。どうしてなの？」

トマスはぼそぼそと答えた。

「さあ。昔からおしゃべりは苦手で」

「エイドリアンとは大ちがいね。あの子はとても口が達者で、よくしゃべった」

「たぶん、そのせいでしょう。いつもしゃべりはエイドリアンにまかせていたから」

「かわいそうなエイドリアン。前途洋々《ぜんとようよう》だったのに」

トマスはうなずいた。

レディ・トレシリアンは話題を変えた。彼女はトマスに謁見を許しているところだった。彼女はたいてい一回にひとりの相手と話をすることにしていた。そのほうが疲れないし、相手に注意を集中していられる。

「ここに来て二十四時間経ったわけね」彼女は言った。「現状をどう思う？」

「現状？」

「馬鹿のふりをするのはおやめなさい。わざとやっているのでしょう。わたしの言っている意味はよくよくわかっているはずよ。わたしの屋敷に生じた三角関係のことにきまっているでしょう」

トマスは慎重に言った。「確かに摩擦が生じているようで」

レディ・トレシリアンは少々意地悪そうな笑みを浮かべた。

「白状するとね、トマス、わたしはちょっと楽しんでいるのよ。こういう状況になったのは、わたしが望んだからではない。わたしはむしろなんとかこうならないようにしたかったのよ。ネヴィルが言い張ったの。あのふたりを一緒にしたいと言って聞かなかったのよ。そして今、そのつけを払わされているわけ」

トマス・ロイドは椅子の上で身じろぎした。

「確かに妙だ」

「はっきりものを言いなさい！」レディ・トレシリアンはぴしゃりと言った。

「ストレンジがそういうことをするとは思っていなかったので」

「あなたがそう言うとはおもしろいわね。わたしもまったく同じことを考えていたのよ。ネヴィルらしくないって。ネヴィルは、殿方の例にもれずに、気まずい思いや、みっともない場面はできる限り避けようとする子よ。だから、今度のはあの子が考えたことじゃないと思うの。でも、だったら誰が考えたのか？」いったん間を置いてから言ったひと言は、語尾がほんのわずかに高くなっているだけだった。「オードリーかしら？」

トマスはすぐさま答えた。「いや、オードリーではない」

「でも、あのかわいそうなお嬢さん、ケイが考えたとはとても思えないわ。あの子が天才的な女優なら話は別だけれど。ほんとうに、最近ではあの子がかわいそうに思えてしまうほどなのよ」

「彼女があまり好きではないのでしょう？」

「ええ。あの子は頭が空っぽで、まともな態度物腰を身につけていないと思うわ。だけど、今言ったように、だんだんかわいそうになってきたの。あの子はランプに飛び込んだ蛾のようにあばれているだけ。どんな武器を使えばいいかも考えていない。ただ癇癪を起こし、無礼にふるまい、子供みたいな乱暴な態度をとるだけ。そういうことをネヴィルのような男性相手にしていると、ろくなことにはならないわ」

トマスはそっと言った。「困った立場にあるのはオードリーのほうでしょう」

レディ・トレシリアンはトマスに鋭い視線を向けた。

「あなたはずっとオードリーが好きだったのでしょう。そうでしょ、トマス？」

まったく平静な声で彼は答えた。「そうだと思う」

「ふたりともまだ子供だった頃からね」

彼はうなずいた。

「そこへネヴィルが現われて、あなたの鼻先から彼女をさらっていってしまった」

トマスは椅子の上で居心地悪そうに体を動かした。

「いや、まあ――ぼくには望みがないことは前からわかっていたから」

「負け犬ね」レディ・トレシリアンは言った。

「ぼくはおもしろみのない男だし」

「いくじなし！」

「トマスっていい人！――オードリーはぼくのことをそう思っている」

「〝正直トマス〟」レディ・トレシリアンは言った。「あなたのあだ名はそうじゃなかった？」

その言葉を聞いて幼い頃の記憶がよみがえり、トマス・ロイドはほほえんだ。「驚いたな！　その言葉は何年も聞いたことがなかった」

「今度はそんなあなたの性格が有利に働くかもしれないわよ」レディ・トレシリアンは言った。

彼女はしっかりと、意図的に、トマスと視線を合わせた。

「忠実な男は」彼女は言った。「オードリーのような目にあった女性にとって、とても価値のある存在よ。生涯変わらぬ犬のような忠誠心を持つ男性は、ときにそれに報いられることがあるわ」

トマス・ロイドは視線を落とし、手にしたパイプをまさぐった。

「それを」彼は言った。「期待して帰ってきたんだ」

4

「これで全員そろったわけね」メアリー・オルディンは言った。

老執事のハーストールは額を拭った。彼が調理場に入っていくと、料理人のミセズ・スパイサーが彼の顔を見て大丈夫かと言った。

「大丈夫とは答えられないのが現実でね」ハーストールは言った。「わたしに言わせれば、最近この家で言われたり、なされたりすることは、みんなうわべとはちがう意味を持っているようなんだ——言っている意味、わかるかな？」

ミセズ・スパイサーはわからないようだった。そこでハーストールは言った。「今、みなさんが夕食の席に着いたとき、ミス・オルディンが言ったんだ。〝これで全員そろったわけね〟と。それを聞いて、わたしは思わずふり向いてしまったよ！　なんだか猛獣使いが動物を何頭も檻に入れて鍵をかけたところみたいだったんだ。突然自分が罠にとらえられたような気がした」

「おやおや、ミスター・ハーストール」ミセズ・スパイサーは言った。「何か消化の悪いものを食べたんでしょう」

「消化の問題ではないのだ。皆さん、ひどく緊張しているのだよ。さっきも玄関のドアがばたんと閉まったら、ミセズ・ストレンジが——つまり、こっちのミセズ・ストレンジ、ミス・オードリーが、まるで銃で撃たれたみたいに飛びあがった。それと、あの沈黙。実に奇妙な感じだ。まるで全員が、突然、口をきくのが怖くなってしまったみたいで。そうかと思うと、今度は全員がいっせいに、そのとき思いついたことを話しはじめる」

「それは居心地悪いわね」ミセズ・スパイサーは言った。

「ひとつの家にふたりのミセズ・ストレンジ。わたしに言わせればまともなことではないね」

ダイニングルームではハーストールが話していた沈黙の時間がふたたび訪れていた。

なんとかしなければという顔でメアリー・オルディンがケイのほうを向いて、言った。

「お友だちのミスター・ラティマーを明日のお夕食にお呼びしたわよ」

「まあ、うれしい」ケイは言った。

ネヴィルは言った。「ラティマー？　あいつもこっちに来ているのか？」

「〈イースターヘッドベイ・ホテル〉に泊まっているわ」ケイは答えた。

ネヴィルは言った。「いつか、あそこに夕飯を食べに行こうよ。フェリーは何時までなんだろう？」

「一時半までよ」メアリーが答えた。

「あそこでは夜はダンスをするんだろう？」

「泊まっている人のほとんどが百歳くらいよ」ケイは言った。

「きみの友だちにとっては、あまり楽しい場所じゃないみたいだな」ネヴィルはケイに向かって言った。

メアリーが急いで口をはさんだ。「そのうちイースターヘッドベイで海水浴をしましょうよ。まだとても暖かいし、あの砂浜はすてきよ」

トマス・ロイドが小声でオードリーに言った。「明日はボートに乗りにいこうと思っているのだけれど、一緒にどう？」

「いいわね」

「みんなでボートに乗りにいこうよ」ネヴィルが言った。

「あなたはゴルフに行くんじゃなかったの?」ケイが言った。

「確かにゴルフに行こうと思っていたよ。この間のウッドのショットはひどかったからね」

「それは悲劇だったわね!」ケイは言った。

ネヴィルは上機嫌で答えた。「ゴルフは悲劇的なスポーツなんだよ」

メアリーがケイに、あなたもゴルフをするのかと尋ねた。

「ええ——なんとかね」

ネヴィルが口をはさんだ。「ちょっと練習すれば、ケイはうまくなると思うんだ。もともとスイングがいいから」

ケイはオードリーに言った。「あなたはスポーツは何もしないの?」

「ええ、あまり。テニスはなんとかするけれど、でもとっても下手なの」

「ピアノは今も弾いているのかい、オードリー?」トマスが尋ねた。

オードリーは首をふった。「今はもう」

「うまかったじゃないか」ネヴィルが横から言った。

「あなたは音楽がきらいなんだと思っていたわ」ケイは言った。

「よく知らないんだよ」ネヴィルは曖昧に答えた。「ただ、いつも不思議だったんだ。オードリーがよく一オクターブ指が届くなって。そんなに小さな手なのに」

デザートナイフとフォークを置く彼女の手を、ネヴィルはじっと見ていた。

少し赤くなって、彼女は急いで言った。「小指がとても長いの。それで届くのだと思うわ」

「じゃあ、あなたはわがままね」ケイは言った。「わがままでない人は、小指が短いのよ」

「ほんとう？」メアリー・オルディンが尋ねた。「だったら、わたしはわがままじゃないわね。ほら、わたしの小指はとても短いでしょ」

「きみはぜんぜんわがままじゃないと思うよ」彼女をじっと見ながら、トマス・ロイドは言った。

彼女は顔を赤らめ、急いで言った。「この中で一番わがままでないのは誰？　小指を比べましょうよ。わたしのほうがあなたより短いわ、ケイ。でも、どうやらトマスには負けるみたい」

「ぼくはきみたちふたりに勝ってるよ」ネヴィルは言った。「ほら」彼は片手を広げて見せた。

「片手だけじゃない」ケイは言った。「左手の小指は短いけれど、右のほうはとても長いわ。あなたの場合、左手は生まれたときのままだけど、右手はその後発達したものよ。つまり、あなたはもともとわがままじゃなかったけれど、その後だんだんわがままになったわけよ」

「手相で運勢が読めるの、ケイ?」メアリー・オルディンが言った。彼女は片手のてのひらを上に向けて差し出した。「運勢を見てもらったら、わたしはふたりの夫と三人の子供を持つと言われたの。だったら、急がなきゃ!」

ケイは答えた。「この小さな×の形の筋は子供を表わしているんじゃないの。旅なのよ。つまり、あなたは水の上を行く旅を三回するということ」

「それはありそうにないわ」メアリー・オルディンは言った。

トマス・ロイドが彼女に尋ねた。「旅行は何度も?」

「いいえ、ほとんどしたことがないわ」

その口調に残念そうな響きがあることにトマスは気づいた。

「したいと思う?」

「ええ、何よりも」

トマスは彼らしいゆっくりしたテンポでメアリーのこれまでの人生を思い返してみた。いつも誰か老人の世話をしていた。物静かに、巧みに、てきぱきと家を仕切ってきた。興味をひかれて、彼は尋ねた。「レディ・トレシリアンのところに来てからずいぶん経つのかな？」

「十五年近く。父が亡くなったあと、ここに来たの。父は亡くなる数年前から寝たきりになってしまっていた」

そして、彼が胸にいだいた疑問に答えるように、彼女は言った。「わたしは三十六よ。それが知りたかったんでしょ？」

「いくつなのだろうと思ってはいた」彼は正直に言った。「あなたは何歳と言っても通りそうな人だから」

「それはふたつの解釈ができる言い方ね」

「そうだろうね。でもぼくが言ったのはいい意味でだよ」

彼はまじめな考えこんでいるような顔で、メアリーの顔を見つめつづけた。彼女は気詰まりな感じはしなかった。その視線はまったく自意識とは無縁のものだったからだ。ただ純粋に興味をひかれたものについて考えこんでいる者の視線だ。彼が髪に目を向けたのを感じて、メアリーは白髪の房に手を当てた。

「これは」彼女は言った。「うんと若い頃からこうだったのよ」

「きれいだ」トマス・ロイドはあっさり言った。

彼はそのままメアリーを見つめつづけた。とうとう彼女は、おもしろがっているような声で言った。「それで、あなたの値踏みの結果は？」

トマスは日焼けした顔を赤らめた。

「ああ、じっと見たりして失礼なことをしてしまった。あなたのことで考えていたんだ。あなたはほんとうはどんな人なんだろうと思って」

「やめてくださいな」彼女は急いで言い、テーブルを立った。オードリーと腕を組んで客間に向かっていきながら、言った。「明日はミスター・トレーヴもお夕食にいらっしゃるのよ」

「誰だい？」ネヴィルが言った。

「ルーファス・ロードの紹介状を持っていらした方よ。とっても楽しい老紳士。〈バルモラルコート・ホテル〉に泊まっていらっしゃるの。心臓が弱いそうで、見たところはとても弱々しいのだけれど、頭はまったく衰えを知らず、多士済々《たしせいせい》いろんな人とお知り合いなんですって。事務弁護士だったか、法廷弁護士だったか――どちらかだったわ」

「ここはお年寄りばかりね」ケイがつまらなそうに言った。

彼女はちょうど背の高い電気スタンドの真下に立っていた。トマスはそちらに目を向けた。そしてたまたま目にとまったものに対して彼がよくするように、興味深そうにじっと彼女を見た。

そのときになってケイの生気に満ちた圧倒的な美しさに彼は気づいた。鮮やかに彩られ、豊かな激しいエネルギーにあふれる美しさ。彼はケイからオードリーに目を移した。シルバーグレーのドレスをまとった白い肌のオードリーは、蛾を思わせる雰囲気だった。

トマスはひとりほほえんで、つぶやいた。

「雪白ちゃんと薔薇紅ちゃん」

「えっ？」すぐ横にいたメアリー・オルディンだった。

トマスは今の言葉をくり返した。「古い童話を思い出してね。つまり――」

メアリー・オルディンは言った。「それは言い得て妙ね……」

5

ミスター・トレーヴはうまそうにポートワインを飲んだ。すばらしい味だ。夕食の料理も給仕も申し分なかった。レディ・トレシリアンは明らかに使用人に恵まれていた。女主人が寝たきりなのにもかかわらず、屋敷の管理も行き届いていた。

少し残念なことと言えば、ポートワインが供されたところで女性たちがダイニングルームから出ていかないことぐらいだろう。彼は古風なしきたりに愛着があった。だが若い人たちにはそれなりのやり方があるのだ。

彼はあでやかな美しさの若い女性に目をやった。ネヴィル・ストレンジの妻だ。ケイは今夜の花形だった。ろうそくのともされた部屋で、彼女は華やかに輝くばかりの美しさだった。その隣でテッド・ラティマーが浅黒いハンサムな顔を彼女に向けていた。いかにも彼女にこびへつらっている。ケイは勝ち誇り、自信にあふれていた。

そのような生気あふれる場面を目にするだけで、ミスター・トレーヴは年老いた体にぬくもりを覚えた。

若さ――若さに代わるものはない！

夫が彼女にのぼせあがって、最初の妻のもとを去ったのも無理はない。オードリーは彼の隣にすわっていた。彼女もそれなりの魅力があり、優雅な女性だ。だが、ミスター・トレーヴの経験からすると、このタイプの女性はきまって男に捨てられるのだった。

彼はオードリーをちらりと見た。彼女はうなだれて、自分の皿に目を落としていた。

彼女がじっと微動だにしないでいることが、彼の注意をひいた。さらに注意深く彼女を見た。いったい何を考えているのだろうと思った。小さな貝殻のような耳の上に髪が結いあげられているところがチャーミングだ……

周囲の動きにはっとわれに返って、ミスター・トレーヴは急いで立ちあがった。

客間ではケイ・ストレンジがまっすぐにレコードプレーヤーのところに行き、ダンス音楽のレコードに針を落とした。

メアリー・オルディンは申し訳なさそうにミスター・トレーヴに言った。

「ジャズなんかおきらいでしょうねえ」

「そんなことありませんよ」ミスター・トレーヴは答えた。事実ではなかったが、礼儀にかなった言葉だった。

「あとで、よろしかったら、ブリッジをしません？」彼女は言った。「でも、今はまだだめ。レディ・トレシリアンがあなたとおしゃべりするのを楽しみにしているにきまっていますから」

「それは楽しみですな。レディ・トレシリアンは階下に降りていらっしゃることはまったくないのですか？」

「はい。以前は車椅子で降りてきたのですが。それでエレベーターを取り付けたのです。

でも最近は自分の部屋にいるのがいいと言って。そこで好きな相手とおしゃべりをするの。女王様みたいに相手を呼び出すのよ」

「それはぴったりの言い方ですね、ミス・オルディン。前々からレディ・トレシリアンの立ち居ふるまいには王族を思わせるものがあると思っていたのです」

部屋の中央で、ケイがゆっくりとダンスのステップを踏んでいた。

彼女は言った。「ねえ、そのテーブルをどかしてよ、ネヴィル」

その声は独裁者のようで自信満々だった。目がきらきら輝き、唇がわずかに開いていた。

ネヴィルは言われるままにテーブルを動かした。そして妻に歩み寄ろうとしたが、彼女はきっぱりとテッド・ラティマーのほうを向いた。

「さあ、テッド、踊りましょう」

テッドはすぐさま彼女を抱きかかえた。ふたりは踊りだした。体をゆらし、そらして踊るふたりのステップはぴったりと合っていた。見る者を魅了する動きだった。

ミスター・トレーヴはつぶやいた。「うーん――まるでプロだ」

その言葉にメアリー・オルディンはかすかに身ぶるいした。だがミスター・トレーヴはたんに彼らの技量がすばらしいという意味で言っただけだろうと思い直した。彼女は老人の賢そうな、目鼻が小さくまとまった顔を見た。何やらうつろな表情を浮かべているようで、頭の中で自分ひとりの考えにふけっているようだと彼女は思った。

ネヴィルはそこに立って一瞬躊躇《ちゅうちょ》していたが、窓のそばに立っていたオードリーに近づいていった。

「踊らない、オードリー？」

彼の口調は堅苦しく、冷ややかにさえ聞こえた。彼女にダンスを申し込んだのは、ただの礼儀からだと思われそうだった。オードリー・ストレンジは少し迷っていたが、うなずき、彼のほうに一歩踏み出した。

メアリー・オルディンは何かありふれたことを言ったが、ミスター・トレーヴはそれには答えなかった。これまで彼は耳が遠いらしい気配は見せていなかったし、その態度は丁重そのものだった――つまり何かに気をとられていてわからなかっただけだと彼女は思った。彼が踊っている者たちを見ているのか、部屋の反対側にひとりで立っているトマス・ロイドを見ているのか、メアリーには判然としなかった。

はっとしたようすでミスター・トレーヴは言った。「失礼しました。なんとおっしゃいました？」

「なんでもありませんわ。今年の九月はいつになく天気がよろしいですねと」

「いや、まったく――この辺の人たちは雨を待ち望んでいると、わたしのホテルで聞かされましたよ」

「そのホテルは居心地はいかが？」

「はい、それはもう。ただ、最初は腹が立ちましたがね。というのも――」

ミスター・トレーヴは急に口を閉じた。

オードリーがネヴィルから離れていた。すまなそうに軽く笑って、彼女は言った。

「ちょっと暑すぎて、ダンスは無理だわ」

開いたフランス窓に歩いていき、テラスに出た。

「さあ！ ついて行きなさい、お馬鹿さんね！」メアリーはつぶやいた。ただ口の中で言っただけのつもりだったが、ミスター・トレーヴが驚いた顔でふり向いて彼女を見た。

彼女は顔を赤らめ、きまり悪そうに笑った。

「思っていたことが口から出てしまって」失敗したという顔で彼女は言った。「でも、あの人にはときどきほんとにいらいらしてしまうんです。のろのろしているんですもの」

「ミスター・ストレンジが？」

「いいえ、ネヴィルじゃありません。トマス・ロイドです」

トマス・ロイドはようやく動き出そうとしているところだった。だがその前にネヴィルが、一瞬迷っただけで、オードリーを追ってテラスに出ていってしまった。

ミスター・トレーヴは興味津々という顔でしばらく窓を見つめていたが、やがて踊っているふたりに目を戻した。

「すばらしい踊り手ですな、あの若い、ミスター――ラティマーでしたか？」

「はい、エドワード・ラティマーです」

「そうそう、エドワード・ラティマー。古くからのお友だちなのですな、ミセズ・ストレンジの？」

「はい」

「それで、あのとても――ああ――優雅な若い紳士はどんな仕事をなさっているのかな？」

「それが、わたしはまったく存じませんの」

「なーるほど」ミスター・トレーヴの言い方だと、なんでもないひと言に実に深い意味がこもって聞こえた。

メアリーは話を続けた。「あの人は〈イースターヘッドベイ・ホテル〉に泊まっているんです」

「とてもいいホテルだ」

ややあって、ミスター・トレーヴはぼんやりした口調で言った。「あの頭の形はおもしろいな——頭頂部から首にかけての角度が珍しい——髪型で目立たなくなっているが、いや、実に珍しい」少しだまっていたが、さらにぼんやりした口調になって彼は言った。「あのような頭の人物は前にも見たことがあるが、その男は宝石商の老人に暴行を加えて懲役十年の刑を受けた」

「まさか」メアリーは大きな声を出した。「彼も同じだなどと——」

「とんでもない」ミスター・トレーヴは言った。「そんなことを言っているのではありませんよ。お宅の客人に対して失礼なことを申す気は毛頭ありません。わたしが言っているのは、暴力犯罪を平然と犯す犯罪者の中には、見たところはとても魅力的で愛想のよい若者がいるということです。不思議なことだが、それが事実なのです」

そう言って彼はやさしくほほえんだ。メアリーは言った。「ねえ、ミスター・トレーヴ、わたし、あなたが少し怖くなってきましたわ」

「そんな、何をおっしゃいます」

「でも、そうなんです。あなたは——とても鋭い観察眼を持っていらっしゃる」

「確かにわたしの目は」まんざらでもない顔で彼は言った。「この歳になっても衰えていないようだが」そこで間を置いて、さらに言った。「それがいいことなのか悪いことなのか、今はなんとも言えないが」

「どうしてそれが悪いことなのですか？」

考えこんで、ミスター・トレーヴは首をふった。

「人はいやおうなしに責任を引き受けなければならないことがあるものです。そんなとき、どう行動するのが正しいのか簡単に決められるとは限らない」

ハーストールがコーヒーの載ったトレーを運んできた。

メアリーと老弁護士にカップをわたすと、次に部屋の反対側のトマス・ロイドのところに行った。そしてメアリーに言われてトレーを低いテーブルに置くと、部屋を出ていった。

ケイがテッドの肩越しに大声で言った。「わたしたちはこの曲が終わってからにするわ」

メアリーは言った。「外のオードリーに持っていってあげるわ」

彼女はカップを手にフランス窓に歩いていった。ミスター・トレーヴは彼女についていき、窓の前で立ち止まった彼女の肩越しに外を見た。

オードリーは石の欄干の角に腰かけていた。明るい月の光を浴びて、彼女の美しさが映えていた——肌の色よりも顔の輪郭が生み出す美しさだ。あごから耳にかけての優美な線に、繊細な口元とあご先、そして実に愛らしい形の頭とまっすぐな鼻。オードリー・ストレンジは歳をとっても美しさを失わないだろう。彼女の美しさは表面をおおう肉に由来するものではない。骨そのものが美しいのだ。スパンコールをあしらった彼女のドレスが月光の効果を高めていた。彼女はじっとすわり、ネヴィル・ストレンジがその横に立って彼女を見ていた。

ネヴィルが一歩彼女に近づいた。

「オードリー」彼は言った。「きみ——」

彼女は体を動かし、軽やかに立ちあがると、片手を耳に当てた。「あら！　イヤリングが——落としてしまったみたい」

「どこで？　ぼくが探して——」

ふたりは同時に身をかがめた——ぎこちなく、ばつが悪そうに——そして体をぶつけてしまった。オードリーははじかれたように身をひいた。ネヴィルは大声を出した。「ちょっと待って——ぼくのカフスボタンが——きみの髪に引っかかってしまった。動かないで」

彼女はその場にじっと立ち、彼はボタンをまさぐった。

「うう——毛が抜けてしまうわ——ああ、不器用ね、ネヴィル。早くしてよ」

「ごめん。ぼく——指が思うように動かなくて」

そのようすを見ているふたりには、明るい月の光のおかげでオードリーには見えないものが——銀色の髪をボタンからはずそうとするネヴィルの手のふるえが見えた。

だがオードリーのほうもふるえていた。急に寒くなったようだった。

うしろからそっと声をかけられて、メアリーはぎくりとした。「ちょっと——」

トマス・ロイドがふたりの間を通り抜けて外に出ていった。

「ぼくがやろうか、ストレンジ?」彼は言った。

ネヴィルは身を起こし、オードリーから離れた。

「大丈夫だ。もうすんだよ」

ネヴィルの顔は白っぽくなっていた。

「寒そうだね」トマスはオードリーに言った。「中に入ってコーヒーを飲むといい」

オードリーはトマスのそばに行き、ネヴィルはふたりに背を向けて海を見た。

「あなたのコーヒーを持ってきたのだけれど」メアリーは言った。「でも、中に入ったほうがいいようね」

「そうね」オードリーは答えた。「そのほうがいいみたい」

一同が客間に戻ると、テッドとケイのダンスは終わっていた。

ドアが開き、黒い服を着た背の高いやせた女性が部屋に入ってきた。恭しく彼女は言った。「奥様から皆様にどうぞよろしくとのことでございます。ミスター・トレーヴ、よろしければ奥様のお部屋にお越しいただけますか？」

6

見るからにうれしそうに、レディ・トレシリアンはミスター・トレーヴを迎えた。

ふたりはすぐさま、さまざまな思い出話や共通の知人たちの噂話に花を咲かせた。

三十分ほどして、レディ・トレシリアンは満足げに深いため息をついた。

「ああ」彼女は言った。「楽しかった！　人の噂や、昔のスキャンダルの話ほどおもしろいことはないわね」

「ちょっとした悪口は」ミスター・トレーヴはうなずいた。「日々の生活にスパイスのようなものを加えてくれますな」

「ところで」レディ・トレシリアンは言った。「当家の三角関係についてはどう思われます?」

ミスター・トレーヴは慎み深く無表情を保った。「え——三角関係とおっしゃいますと?」

「気がついていないなんて言わせませんよ! ネヴィルとふたりの妻よ」

「ああ、あれですか! 現在のミセズ・ストレンジはすばらしく魅力的な若いご婦人ですな」

「オードリーだってそうでしょ」レディ・トレシリアンは言った。

ミスター・トレーヴはうなずいた。「彼女も確かに魅力的ではありますね」

レディ・トレシリアンは大声を出した。「というと、オードリーを捨てた男の気持ちがわかるとおっしゃるの? あれほどの人並みはずれた女性のもとを去って、ケイなどという女に走った男を?」

ミスター・トレーヴは静かに答えた。「ええ、わかりますよ。よくあることですし」

「まったく、もう。わたしが男だったら、ケイなんかにはすぐに飽きて、馬鹿なことをしたと後悔するでしょうよ!」

「それもよくあることでしてね。そのような情熱的な状態は」そう言うミスター・トレーヴ自身はおよそ情熱的ではなく、冷静そのものだった。「めったに長続きしないものです」

「では、そのあとはどうなるの？」レディ・トレシリアンは詰問するように言った。

「たいていは」ミスター・トレーヴは答えた。「その——ええ——当事者たちの間で再調整が行なわれます。しばしば二度目の離婚があります。そして男は三度目の妻を持つ——そうした事情に理解のある女性を」

「なんということ！　ネヴィルはモルモン教徒なんかじゃありませんよ。あなたの依頼人にはそんな人もいるのかもしれないけれど」

「最初の妻ともう一度結婚する男もときどきいますな」

レディ・トレシリアンは首をふった。

「そんなことあり得ないわ！　オードリーはとてもプライドが高いから」

「そう思いますか？」

「ええ、もちろん。そんなふうにいやみに首をふらないでくださいな！」

「わたしの経験から言えるのは」ミスター・トレーヴは言った。「恋愛沙汰となると、女性はまったく、あるいはほとんどプライドを問題にしないものです。プライドという言葉をしばしば口にしますが、彼女たちの行動にはほとんど影響をおよぼしません」

「あなたはオードリーをご存じないから。あの子はネヴィルを熱烈に愛していました。

たぶん愛しすぎたのでしょう。ネヴィルがあの女につかまってしまって（それについてはわたしもネヴィルをあまり責めるつもりはないのだけれど——何しろあの女が実に執拗で——そうなったら男には太刀打ちできませんものね！）オードリーはネヴィルとは二度と会いたくないと言っていたのよ」

ミスター・トレーヴはそっと咳払いした。「ところが」彼は言った。「彼女はここにいる！」

「ええ、そう」レディ・トレシリアンはうんざりした顔をした。「ああいう今ふうの考えが理解できるふりをするつもりはないわ。でも想像するに、オードリーが来たのは、自分はこだわっていないというところを見せたかったからじゃないかしら。もうどうでもいいことだと」

「あり得ますな」ミスター・トレーヴはあごをなでた。「ご自分ではそう思っていることでしょう、きっと」

「では、あなたは」レディ・トレシリアンは言った。「オードリーは実はまだネヴィルに未練があると思っていらっしゃるの？　そして、あの子が——いいえ！　そんなこと信じられません！」

「あり得ますよ」ミスター・トレーヴは言った。

「わたしは許しません」レディ・トレシリアンは言った。「この家で、そんなことは許しません」

「でも、もう平静を乱されているではありませんか」ミスター・トレーヴは鋭く指摘した。「緊張感がみなぎっています。こちらにうかがうと、ありありとそれが感じられます」

「では、あなたも感づいていらしたのね？」レディ・トレシリアンもすかさず切り返した。

「はい、正直申して、あれこれ考えていました。関係者の真意ははっきりしないままですが、わたしには火薬のにおいがはっきり感じられます。いつ爆発が起きてもおかしくない」

「そんなガイ・フォークス（十七世紀の〝火薬陰謀事件〟の首謀者）みたいなことをおっしゃっていないで、わたしはどうしたらいいのか教えてくださいな」レディ・トレシリアンは言った。

ミスター・トレーヴは両手をあげた。

「教えるだなんて、わたしにも何もわからないのです。どこかに中心点があるのは確かだと思うのです。それを抽出できれば——しかし今はまだ曖昧模糊《あいまいもこ》とした部分が多すぎる」

「わたしはオードリーに家に帰るように言うつもりはまったくありませんからね」レディ・トレシリアンは言った。「わたしが知る限りでは、あの子はむずかしい立場に置かれながら完璧にふるまっていると思いますわ。礼儀正しくしながら、昂然とした態度を貫いています。わたしに言わせれば申し分のないふるまいです」

「ええ、まったく」ミスター・トレーヴは言った。「まったくそのとおりです。ただ、もっとも顕著な影響を受けているのは、若いネヴィル・ストレンジなのですよ」

「ネヴィルの」レディ・トレシリアンは言った。「ふるまいは申し分ないとは言えません。それについてはいずれ本人に話をするつもりです。ただ、あの子をこの家から閉め出すことはどうしてもできませんでした。マシューはあの子をまるで義理の息子のように思っていましたから」

「そうですね」

レディ・トレシリアンはため息をつくと、小声で言った。

「マシューはここで溺れ死んだの。ご存じだった？」

「はい」

「わたしがその後もここに住みつづけているので、驚いた人がおおぜいいたわ。ものがわからない人たちよね。ここにいればマシューを身近に感じていられるの。家中に彼の気配が感じられる。ここ以外の場所に行ったら、寂しくて仕方がないでしょうよ」少し間を置いて、彼女は話を続けた。「最初のうちは、すぐにあの人のところに行けるだろうと思っていたの。自分の健康に衰えが見えだしたときは特にそう思ったわ。ところがわたしはどうやらキーキー音を立てる門扉のような人間だったらしくて、ずっと寝たきりなのにいっこうに死ねないの」彼女はいらだたしげに枕を叩いた。

「はっきり言えますが、こんなふうに生きていたってちっともいいことはありませんわ！　ずっと思っていました。最後の時はあっさり迎えたいものだと。死と正面から向き合って。うしろから忍び寄られるのではなく。死がいつもすぐうしろにいて、病気を一回するごとに尊厳を失っていくなどというのはごめんです。どんどん体の自由がきかなくなっていって、どんどん人に頼らなければならなくなるなんて！」

「でも、奥様のまわりには献身的な人たちがたくさんいるではありませんか。メイドも忠誠心篤いようだし」

「バレット？　あなたをこの部屋へお連れした者ですね。わが人生の慰め！　あの頑固ばあさんは全身全霊でわたしに仕えてくれています。大昔からわたしのそばにいて」

「それにミス・オルディンがいることも、運がよかったと言っていいのではありませんか？」

「まったくそのとおりですわ。メアリーがいてくれて、わたしはほんとうに運がよかったと思います」

「あの方はご親戚？」

「遠縁のね。生きている間常に誰か自分以外の者の犠牲になっているという、無私無欲のタイプの人。まず自分の父親の面倒をみた。頭のいい人だったけれど、とても要求が厳しかった。父親が亡くなると、どうかわたしのところに来て一緒に暮らしてちょうだいと懇願したわ。来てくれたときは天に感謝しましたよ。付き添い婦の中にどんなにひどい人間がいるか、あなたにはおわかりにならないわ。死ぬほど退屈させられたり、頭が空っぽでこちらの頭がおかしくなりそうな思いをさせられたりするの。ほかにできることが何もないから病人の付き添いをしているという連中よ。メアリーのようにちゃんと本も読んでいて頭のいい女性に世話をしてもらえるなんて、ほんとに幸せ。あの子はほんとは一流の頭脳を――男の頭脳を持っているのよ。広く深く本を読んでいて、論じることができないことなんか何もない。おまけに教養があるだけでなく家の中のことにも長《た》けている。この家を完璧に維持してくれて、使用人たちは喜んで働いているわ。あの子のおかげで使用人同士の諍《いさか》いや嫉妬はすっかりなくなってしまったの。どうやったのかはわからないけれど、とにかく人の扱いが上手なのよね」

「こちらにはもう長いこと？」

「十二年――いえ、もっとだわ。十三年か十四年か――そのぐらい。あの子がいてくれるので、ほんとに安心」

ミスター・トレーヴはうなずいた。

半ば閉じた目で彼を見ていたレディ・トレシリアンは突然言った。「なんですの？何か気になることでも？」

「ちょっとだけ」彼は答えた。「ほんのちょっとだけ。しかし、見逃しませんな」

「人を観察するのが趣味なんです」レディ・トレシリアンは言った。「マシューが何か気に病んでいると、すぐにわかりました」ため息をつき、枕に寄りかかった。「もう休むことにしますわ」――女王が〝さがってよろしい〟と言うのと同じで、礼儀にはずれたところはまったく感じられなかった――「とても疲れました。でも、とてもとても楽しかったわ。近いうちにまたぜひいらしてくださいな」

「そのようにご親切におっしゃってくださると、つけいりますぞ。長々とおしゃべりをしてしまいまして、さぞお疲れでしょう」

「いいえ、あなたのせいではありません。わたしは急に疲れてしまうのです。ベルを鳴らしてくださる？」

ミスター・トレーヴは端に大きな房飾りの付いた太い古風な引き紐を引いた。

「今では珍しいですな」彼は言った。

「そのベル？　今の電気のベルはきらいで。二回に一回は故障していて、何度も何度も押すはめになる！　それは故障知らずですよ。階上のバレットの部屋で鳴るようになっています。あの人のベッドの上でね。ほとんど待たせずに来てくれますよ。万一待たされたら、すぐにもう一度引っ張りますが」

ミスター・トレーヴが部屋を出ていくと、もう一度紐を引く気配がして、上のほうのどこかでかすかにベルの音がした。見あげると、天井にワイヤーが張ってあるのがわかった。バレットが急いで階段を降りてきて、彼の横を通って女主人の部屋に行った。

ミスター・トレーヴはくだりなので小さなエレベーターを使うことはせずに、ゆっくりと階段を降りていった。その顔に思い悩むような表情が浮かんだ。

階下では全員が客間に集まっていた。すぐにメアリー・オルディンがブリッジはどうかと言葉をかけてきたが、ミスター・トレーヴはもうそろそろおいとましなければならないからと丁重に断わった。

「わたしのホテルは」彼は言った。「古風なところでして。客は十二時前に戻ってくるものと決めてかかっているのです」

「でも、十二時まではまだだいぶありますよ——今まだ十時半ですから」ネヴィルが言った。「それに、別に玄関に鍵をかけられてしまうわけではないのでしょう？」

「ああ、それはもちろん。そもそも夜になっても鍵などかけないのかもしれません。玄関の扉は九時に閉められますが、ノブをまわせば誰でも入れます。ずいぶん無防備だなと思いますが、きっと土地の人間に悪人はいないと信じているのでしょう」

「昼の間はどの家でも鍵をかけていないのは確かね」メアリーが言った。「うちの玄関も昼間は開けっ放しだけれど、夜は鍵をかけますわ」

「〈バルモラルコート・ホテル〉はどんな感じです？」テッド・ラティマーが尋ねた。

「建物はビクトリア朝ふうにとりすましているけれど」

「名前に恥じない格式のホテルだと思いますよ」ミスター・トレーヴは答えた。「サービスの内容もビクトリア朝を思わせるしっかりしたものですし。寝心地のよいベッドに、うまい食事、広々としたビクトリア朝のクローゼットに、マホガニー張りの大きな浴室」

「最初何かトラブルがあったとおっしゃいませんでした？」メアリーが言った。

「ああ、はい。手紙で予約をして、一階に二部屋とっておくように念を押しておいたのです。ご承知の通り心臓が弱いので、階段をのぼることができませんから。ところが到着してみると、一階の部屋には入れないと知らされたので腹が立ちました。代わりに最上階の二部屋を（とてもいい部屋だと、それだけは認めますが）あてがわれましてね。けしからぬではないかと言ったのですが、今月ホテルを引き払ってスコットランドに行くはずだった年寄りの滞在客が病気になって、部屋が空かなくなってしまったためだとわかりました」

「ミスター・ルカンのことかしら？」メアリーが言った。

「確かそういう名前でした。そういう事情だったので、やむなく譲歩したわけです。幸いホテルにはちゃんとした自動エレベーターが設置してあったので、実はぜんぜん困ってはいないのです」

ケイが言った。「テッド、あなたも〈バルモラルコート〉に泊まればいいじゃない。そのほうがずっとこの家に近いわ」

「うーん、でもあそこはぼく向きの場所とは思えないな」

「そうですね、ミスター・ラティマー」ミスター・トレーヴは言った。「あそこはあなたのお国の雰囲気とは相容れないと思いますよ」

なぜかテッド・ラティマーは赤面した。

「それはいったいどういう意味です？」彼は言った。

張りつめた雰囲気を感じとったメアリー・オルディンが、新聞で大きく扱われているできごとを持ち出して、急いで話題を変えた。

「ケンティッシュ・タウンのトランク事件の容疑者がつかまったそうね」

「容疑者はふたり目だろう」ネヴィルが言った。「今度は真犯人だといいけれど」

「たとえ真犯人であっても、有罪にはできないかもしれませんぞ」ミスター・トレーヴは言った。

「証拠不十分？」トマス・ロイドが尋ねた。

「ええ」

「でも」ケイは言った。「警察は最後には必ず証拠をつかむじゃない」

「必ずとは言えませんよ、ミセズ・ストレンジ。犯罪を犯したのに、なんの罰も受けずに自由にその辺を歩きまわっている者がどれほどたくさんいるか、知ったら驚きますよ」

「尻尾をつかまれなかったから？」

「そうとは限りません。たとえば、こんな男がいました」――彼は二年前に評判になった事件を話題にした――「あの子供たちを殺したのが誰なのか、警察は知っています――一点の疑いもなく――ですが、警察は無力でした。その男にはアリバイがあるとふたりの人物が証言したのです。偽証なのですが、それを立証することができなかった。殺人犯は今も自由の身です」

「恐ろしいこと」メアリーは言った。

パイプから灰を叩き出しながら、トマス・ロイドはいつもの静かな考え深げな口調で言った。「ぼくが常々考えていたことが正しいと、今の話で証明されたな。ときには自分自身の手で法を執行することが許される場合があるという」

「それはどういう意味かな、ミスター・ロイド？」

トマス・ロイドはパイプにたばこを詰めはじめた。自分の手の動きをじっと見ながら考え、とぎれとぎれに話した。

「たとえば――ある人間が罪を犯したことを知っていて――でも、今ある法律では罰することができないとして――そいつは無罪放免になってしまうとわかったら――そいつを個人的に罰することが許されると思う」

ミスター・トレーヴは激しい口調で応じた。「それはこの上なく有害な考え方ですぞ、ミスター・ロイド！　そのような行為はけっして許されるものではない！」

「どうしてそんなに反対されるのかな？　いいですか、ぼくが言っているのは、犯罪の事実ははっきりしているのに、法が無力な場合のことなんですよ」

「それでも個人による処罰は許されない」

トマスは笑顔を見せた。とてもやさしい笑顔だった。

「ぼくはそうは思いません」彼は言った。「首をへし折られて当然の人間がいたら、ぼくが責任をもってこの手でへし折ってやりますよ！」

「そして今度はあなたが法の裁きを受ける立場になるわけだ」

笑顔のまま、トマスは言った。「もちろん慎重にやらなければならない……実際、かなり狡猾《こうかつ》な手段を用いざるを得ないでしょう……」

オードリーがきっぱりと言った。「そして、結局はつかまるのよ、トマス」

「ところが」トマスは言った。「ぼくはつかまらないんだ」

「以前こんな事件がありました」言いかけてミスター・トレーヴは言葉を切った。そして恐縮したように言った。「犯罪学が趣味なものですから」

「聞かせてちょうだい」ケイが言った。

「刑事事件はずいぶんたくさん見てきましたが」ミスター・トレーヴは言った。「心から興味をそそられたのはほんの二、三件です。殺人犯のほとんどが嘆かわしいほど平凡で、実に視野が狭いのです。ところがです！　ひとつだけ、とても興味深い事件がありました」

「ああ、早く話して」ケイは言った。「わたし、殺人事件って大好き」

ミスター・トレーヴはゆっくりと話をした。あきらかに細心の注意をはらって言葉を選んでいた。

「子供がかかわった事件でした。その子供の性別も年齢も伏せておきます。こういう事件でした。ふたりの子供が弓矢で遊んでいた。ひとりが放った矢がもうひとりの子供に当たった。場所が悪くて致命傷となり、子供は亡くなった。審問が開かれたが、加害者となった子供はひどく悲嘆にくれていて、そのようすに関係者は同情し、事故と断定した上で、なんとか子供を慰めてやろうとしたほどだった」彼はそこでいったん口を閉じた。

「それだけですか？」テッド・ラティマーが言った。

「それだけです。不幸な事故。だが、このできごとには別の一面がありました。ある農夫が、その事故のしばらく前に、近くの森を歩いていると、森の中の小さな空き地で子供が弓矢の練習をしていたというのです」

彼はそこでまた少しの間だまり、今の言葉の意味を聞き手がしっかり理解するのを待った。

「つまり」メアリー・オルディンが信じられないという口調で言った。「それは事故ではなかったと——故意になされたことだと？」

「わかりません」ミスター・トレーヴは答えた。「結局わからずじまいでした。ただ、審問の場での証言によれば、子供たちはふたりとも弓矢に不慣れで、その結果としてあらぬほうへ矢が飛んでしまったのだろうということになっています」

「だが、それは事実ではなかった？」

「ふたりの子供のうちのひとりに関しては、確かに事実ではありませんでした！」

「その農夫はどうしたのですか？」息を詰まらせてオードリーが言った。

「何もしなかった。それが正しい行動だったかどうか、わたしにはわかりません。子供の一生がかかっていました。彼としては、子供には疑わしきは罰せずの原則で対するべきだと考えたわけです」

オードリーは言った。「でも、あなたご自身はことの真相について疑念はいだいていらっしゃらない？」

重々しい声でミスター・トレーヴは言った。「個人的には、これはとびきり巧妙な殺人だったと考えています——子供が、前もって細部にいたるまで綿密に計画を立てて実行した殺人だと」

テッド・ラティマーが言った。「理由はあったんですか？」

「ええ、動機はありました。子供っぽいことです。からかわれたとか、悪口を言われたとか——それだけでも憎悪をかき立てるには十分でした。子供はちょっとしたことで人を憎んで——」

メアリーが大きな声を出した。「でも、そんなに計画的に——」

ミスター・トレーヴはうなずいた。

「はい、実に悪質な計画的犯行です。殺人の意図を胸に秘めて、毎日黙々と練習を重ねる子供。そして実行——不慣れなふりをして矢を射る——惨事となり、悲しみと絶望をよそおう。まったく信じがたいことです。あまりに信じがたいことで、法廷に持ち出しても誰も信じなかったでしょう」

「どうなったの——その子供は?」ケイが興味津々で尋ねた。

「確か名前を変えたと思います」ミスター・トレーヴは答えた。「審問が公開されたので、そのほうがよいであろうという判断で。今ではもうおとなになっているはずで、地球のどこかで生活しているでしょう。問題は、その人物が今も殺人者的傾向を持っているのかどうかです」

彼は考えこみながら、付け加えた。「ずいぶん前のことですが、今でもその殺人犯を見ればわかると思いますよ」

「まさか、そんな」トマスが言った。

「いいえ、わかります。体にある特徴があるので。具体的なことは差し控えますが。愉快な話ではないし。さあ、ほんとうにそろそろおいとましないと」

彼は立ちあがった。

メアリーが言った。「一杯召しあがってからになさいません？」

部屋の隅のテーブルに飲み物が用意されていた。近くにいたトマス・ロイドがテーブルに近づき、ウィスキーのデキャンターの栓をはずした。

「ウィスキーのソーダ割りでしょうか、ミスター・トレーヴ？　ラティマー、きみは？」

ネヴィルがオードリーに小声で言った。「気持ちのいい晩じゃないか。ちょっと外に出ないか？」

彼女は窓辺に立って、月に照らされたテラスを眺めていた。ネヴィルはその横を通って外に出て、待った。オードリーは部屋の中に向きなおり、すばやく首をふった。

「いいえ。疲れているので。わたし――わたし、もう休もうと思うの」

彼女は部屋を横切って、出ていった。ケイが大きくあくびをした。

「わたしも眠いわ。あなたはどう、メアリー？」

「ええ、わたしも休むことにするわ。お休みなさい、ミスター・トレーヴ。トマス、ミスター・トレーヴのお世話をしてさしあげてね」

「お休みなさい、ミス・オルディン。お休みなさい、ミセズ・ストレンジ」

「わたしたち、明日お昼を食べにいくわよ、テッド」ケイが言った。「今日みたいな天気が続いていたら海水浴もできるわね」

「いいね。待ってるよ。お休みなさい、ミス・オルディン」

ふたりの女性は部屋を出ていった。

テッド・ラティマーは愛想よくミスター・トレーヴに声をかけた。「帰り道は同じ方角ですよ。フェリー乗り場に行くので、あなたのホテルの前を通っていきましょう」

「ありがとう、ミスター・ラティマー。ついてきていただければ、ありがたいですよ」

もう帰ると言いながらも、ミスター・トレーヴは急ぐようすはなかった。楽しそうにちびちびと酒を飲みながら、マレーでの生活についてトマス・ロイドからせっせと話を聞き出そうとした。

トマスはどの質問にも一語で答えていた。それだけ苦労して聞き出さなければならないとは、その土地での日常生活の細部は国家機密なのだろうかと思われた。トマスのほうも何かの考えに心を奪われているらしく、苦労して気持ちを切り替えては質問に答えているようだった。

テッド・ラティマーがもじもじしはじめた。退屈し、いらいらして、早く帰りたがっていた。

突然人の話をさえぎって、彼は大声を出した。「忘れるところだった！　ケイが欲しがっていたレコードを持ってきたのだった。廊下に置いてきてしまった。とってくるから、明日の朝彼女に言ってくれるかな、ロイド？」

トマス・ロイドはうなずき、ラティマーは部屋を出ていった。

「あの若者は落ち着きのない性格ですな」ミスター・トレーヴはぽつりと言った。

トマスは答える代わりにうなり声を発した。

「ミセズ・ストレンジの友だちなのですね？」老弁護士はさらに言った。

「ケイ・ストレンジのね」トマスは答えた。

ミスター・トレーヴはほほえんだ。

「ええ」彼は言った。「そういう意味で言ったのですよ。彼が最初のミセズ・ストレンジの友だちとはとうてい考えられないですね」

トマスは強い口調で言った。「それはないでしょう」

そして、相手がもの問いたげな目をしているのに気づいて、顔を赤らめた。「いや、今言った意味は――」

「いや、あなたがどういう意味でおっしゃったのかはよくわかっていますよ、ミスター・ロイド。あなたもミセズ・オードリー・ストレンジのお友だちなのですよね？」

トマス・ロイドはゆっくりとパイプにたばこを詰めた。目を手元に向けたまま、言うというより、つぶやいた。「ああ――ええ。一緒に育ったようなもので」

「若い頃からさぞ魅力的な方だったでしょうな？」

トマス・ロイドは〝ああ、うん〟と聞こえるような声を発した。

「一軒の家にふたりのミセズ・ストレンジというのは、少々まごつきますすな」

「ええ――はい、いささかね」

「最初のミセズ・ストレンジにとってはむずかしい状況だ」

トマスの顔が赤くなった。

「とてもむずかしいですよ」

ミスター・トレーヴは身を乗り出し、単刀直入に尋ねた。「彼女はなぜ来たのかな、ミスター・ロイド？」

「それは――思うに――」答える声は曖昧だった。「彼女は――拒絶するのがいやだったのでしょう」

「拒絶するって、誰を？」

トマスは居心地悪そうに身じろぎした。

「いや、まず何よりも、彼女は毎年今頃ここに来るのが習慣だったらしいですよ——九月のはじめにね」

「それなのにレディ・トレシリアンがネヴィル・ストレンジと新しい妻にも同じ時期に来るように言った？」老人の口調には、信じられないと思いつつもそれを言っては失礼にあたると遠慮しているというような、繊細な響きがあった。

「いや、それはネヴィルが言い出したことのようですよ」

「というと、彼がこの——〝再会〟を望んだと？」

トマスはまた身じろぎした。相手と目を合わせずに答えた。「そうらしいです」

「それはおもしろい」ミスター・トレーヴは言った。

「こんなことをするなんて、馬鹿な話ですよ」トマス・ロイドはいつになく長い言葉を発した。

「お互い気まずいだろうとは思わなかったのかな？」ミスター・トレーヴは言った。

「そう——最近はそういうことをする人がいるみたいで」トマス・ロイドは漠然と答えた。

「思うに」ミスター・トレーヴは言った。「もしかしてネヴィルではない別の誰かの考えだったのではないでしょうか？」

トマスは相手をじっと見た。

「誰かというと？」

ミスター・トレーヴはため息をついた。

「世の中、友だちと言ってもさまざまでしてね――中には人の人生を仕切ってやることに情熱を燃やすタイプの人間もいる――こうするといいなどと見当はずれのアドバイスをしたりする――」ネヴィル・ストレンジがフランス窓から入ってきたのを見て、彼は口を閉じた。同時に廊下側のドアからテッド・ラティマーが入ってきた。

「やあ、テッド、何を持っているんだ？」ネヴィルは尋ねた。

「ケイに持ってきたレコードだよ。彼女に頼まれてね」

「ああ、そう？　ぼくは何も聞いていないけれど」ほんの一瞬、ふたりの間に緊張が走った。それからネヴィルは飲み物の載ったテーブルのところに行って、ウィスキーのソーダ割りを作った。何かで気を昂ぶらせていて、しかも憂鬱そうで、大きく息をしていた。

ミスター・トレーヴは誰かがこう言うのを聞いたことがあった。〝ネヴィルというのは実に恵まれた男だよ。この世で望む限りのものをすべて手に入れているのだから〟だがこのときは少しも幸福そうではなかった。

トマス・ロイドはネヴィルが戻ってきたことでホスト役としての自分の任務は完了したと思ったようだった。お休みと言おうともせずに部屋を出ていった。それもいつもより速い足取りで。まるで逃げ出すようだった。

「今夜はとても楽しかった」グラスを置きながら、ミスター・トレーヴは丁重に言った。

「実に——ああ——勉強になった」

「勉強に？」ネヴィルは眉をわずかに吊りあげた。

「マレーの現状についてね」にんまりと笑って、テッド・ラティマーが横から口をはさんだ。「無口なトマスから情報を引き出すのはたいへんだけど」

「ユニークな男だよ、あのロイドというのは」ネヴィルは言った。「ずっとあんな調子だったのだと思う。あのひどい古いパイプを吸いながら人の話をじっと聞いていて、ときどき〝ああ〟とか〝うう〟とか言って、フクロウみたいに賢そうな顔をしている」

「きっと考えの深い方なのでしょう」ミスター・トレーヴは言った。「さあ、ほんとうにもうおいとましなければ」

「またレディ・トレシリアンに会いにいらしてください」ふたりの客を案内して廊下を

歩きながら、ネヴィルは言った。「あなたと会えて、彼女はとても元気が出たようです。今では外の世界との接触がほんのわずかになってしまって。でも、すてきな人でしょう？」

「ええ、とても。あの方との会話は刺激に満ちていますよ」

ミスター・トレーヴは注意深くコートとマフラーを身につけた。もう一度お休みと挨拶すると、テッド・ラティマーとともに外に出ていった。

〈バルモラルコート・ホテル〉は道路をほんの百メートル足らず行ったところの、カーブの先にあった。さびれつつある田舎の街道筋に、歩哨《ほしょう》のように姿勢を正して堂々とそびえていた。

テッド・ラティマーがフェリーに乗る場所は、ホテルのさらに二、三百メートル先の、川幅がもっとも狭くなっているところだった。

ミスター・トレーヴは〈バルモラルコート・ホテル〉の玄関で立ち止まり、テッド・ラティマーに手をさし出した。

「お休みなさい、ミスター・ラティマー。こちらにはしばらくご滞在で？」

白い歯を見せてラティマーはほほえんだ。「どうでしょうかね。今までのところは退屈はしていないけれど――まだね」

「ああ、なるほど——そうでしょうな。昨今の若者同様に、あなたも退屈をこの世で最悪のものとして恐れているのですね？　しかし、断言できるが、もっと恐ろしいものがあるのですよ」

「たとえば？」

テッド・ラティマーの声はやわらかく、快活だった。だがその奥に何かがあった——何か言葉では言い表わしがたいものが。

「いや、それはご想像におまかせしますよ、ミスター・ラティマー。あなたにアドバイスしようなどという気は起こしません。わたしのような年寄りのアドバイスなど、馬鹿にされるにきまっていますから。馬鹿にされて当然なのかもしれませんが。ただ、われわれ年寄りは、経験から何かを学んだと思いたいのですよ。これまで生きてくる間にはいろいろ見聞きしていますからね」

月を雲がおおっていて、道路はとても暗かった。暗がりから男の姿が現われ、斜面をのぼってふたりのほうへ近づいてきた。

トマス・ロイドだった。

「フェリー乗り場まで散歩してきました」彼は言ったが、言葉がはっきりしなかった。パイプをくわえたままだったからだ。

「ここにお泊まり？」彼はミスター・トレーヴに言った。「締め出されたみたいじゃないですか」

「いや、そんなことはないと思いますよ」ミスター・トレーヴは答えた。

彼が大きな真鍮製のドアノブを動かすと、ドアは開いた。

「中までお供しますよ」トマスは言った。

三人は玄関に入った。電気が一ヵ所だけついていて、薄暗かった。人の姿はなく、夕食に出された料理の名残のにおいと、少々ほこりっぽいビロードと上質の家具磨き剤のにおいがただよっていた。

突然ミスター・トレーヴがいらだたしげな声を発した。

エレベーターのドアに貼り紙がしてあった。

故障中

「なんと」ミスター・トレーヴは言った。「いや、けしからん。延々と階段をのぼっていかなければならない」

「それはたいへんだ」トマスは言った。「業務用のエレベーターはないのですか？　荷物用とか?」

「ないと思うな。この一台で全部すましているから。仕方がない、ゆっくりのぼっていくとしよう。お休みなさい」

幅の広い階段を、彼はゆっくりとのぼっていった。トマスとラティマーは挨拶を返し、暗い道路に出ていった。

少し間があって、いきなりトマスが言った。「じゃ、お休み」

「お休み。また明日」

「ああ」

テッド・ラティマーは軽い足取りでフェリー乗り場に降りていった。トマス・ロイドは少しの間そのうしろ姿を見ていたが、それからゆっくりと逆方向へ、ガルズポイントのほうへ歩きだした。

雲の陰から月が顔を出し、ソルトクリークはふたたび銀色の光に包まれた。

7

「まるで夏みたい」メアリー・オルディンはつぶやいた。

彼女とオードリーは〈イースターヘッドベイ・ホテル〉の堂々たる建物のすぐ真下にすわっていた。オードリーは白の水着姿で、繊細な象牙の彫刻のようだった。メアリーは海水浴はしていなかった。ふたりから少し離れたところでケイがうつぶせになり、ブロンズ色の肢体を太陽にさらしていた。

「うう」彼女は起きあがった。「水がすっごく冷たいの」責めるように言った。

「それはまあ、もう九月なんだから」メアリーが言った。

「イングランドっていつも寒いんだもの」ケイは不満そうに言った。「南フランスに行きたいわ。あそこはとても暖かいのよ」

テッド・ラティマーが彼女のうしろでつぶやいた。「ここの太陽なんて、ほんとの太陽じゃないよ」

「あなたは海には入らないの、ミスター・ラティマー？」メアリーは尋ねた。

ケイは笑った。

「テッドは絶対に水に入らないの。トカゲみたいに日向ぼっこしているだけ」

ケイは脚をのばし、爪先でラティマーをつついた。彼は飛びあがった。

「散歩しようよ、ケイ。寒いよ」

ふたりは並んで海岸を歩いていった。

「トカゲみたい？　妙なものと比べたものね」ふたりのうしろ姿を見ながら、メアリー・オルディンは言った。

「似てると思う？」オードリーは尋ねた。

メアリー・オルディンは顔をしかめた。

「そうでもないわ。トカゲというと、おとなしいというイメージがあるじゃない。あの人はけっしておとなしいというタイプじゃない」

「そうね」オードリーは考えこみながら言った。「同感だわ」

「あのふたり、お似合いね」遠ざかっていくふたりを見ながら、メアリーは言った。

「まるでカップルよね。そう思わない？」

「ええ、そうね」

「好みもぴったりだし」メアリーはさらに言った。「ものの考え方もよく似ている――同じ言葉で話しているし。ほんとに災難だったわよね――」

彼女は急に口をつぐんだ。

オードリーは語気鋭く尋ねた。「なんのこと？」

メアリーはゆっくりと答えた。「今言いかけたのは、ネヴィルがあの人と出会ったのは災難だったということだと思うわ」

オードリーは身を固くして背筋をのばした。メアリーがこっそり〝オードリーの凍りついたような顔〟と呼んでいる表情を浮かべていた。メアリーは急いで言った。「ごめんなさい、オードリー。つまらないことを言って」

「悪いけれど——この話はしたくないのよ」

「そうよね。よくわかるわ。わたしが馬鹿だった。わたし——わたし、あなたになんとか乗り越えてもらいたいと思って」

オードリーはゆっくりと顔を動かしてメアリーを見た。平静な、表情を消した顔で彼女は言った。「乗り越えなければならないものなんか、何もないわよ。わたしには——わたしにはなんのこだわりもないの。むしろ——むしろ、ケイとネヴィルがいつまでもふたりで幸せでいられるようにと心から祈っているわ」

「まあ、とてもやさしいのね、オードリー」

「やさしいかどうかじゃないのよ。ただ、そう思うの。だけど、意味ないじゃない——過去のことにいつまでもとらわれていたって。〝ああいうことになって残念だった——それだけ！〟もうすべてすんだことよ。なぜいつまでも引きずっているの？　今を生きるべきじゃない」

「たぶん」メアリーはさらりと言った。「ケイやテッドのような人を見ていてわくわくするのは、きっと――なんというか、わたしがこれまでに出会ったどんなものとも、どんな人ともちがっているからだと思うわ」

「ええ、きっとそうね」

「あなただって」メアリーの口調が急に苦々しげになった。「わたしには一生味わえないような暮らしや経験をしてきているじゃない。あなたがつらい思いを――とてもつらい思いを――してきたのはわかっているわ。でもわたしは、それだってまだいいんじゃないかと――何もないよりはいいんじゃないかと思ってしまうわ。無よりは！」

最後のひと言を彼女は強く叩きつけるように言った。

オードリーの大きく見開いた目に驚きの表情が浮かんだ。

「あなたがそんなふうに感じているとは夢にも思わなかったわ」

「あら、そう？」メアリー・オルディンはすまなそうに笑った。「今のはちょっと不満が爆発しただけ。本気で言ったわけじゃないのよ」

「楽しい生活とは言えないわよね」オードリーはゆっくりと言った。「あの屋敷にカミーラと一緒に住んでいるのだから――カミーラはとてもいい人だけれど。本を読んであげたり、使用人の管理をしたりで、旅行にも行けない」

「わたしは衣食住を保証されているわ」メアリーは言った。「それが得られない女性がおおぜいいるのに。それにね、オードリー、ほんとはわたしはとても満ち足りた毎日なのよ。わたしには」一瞬口元に笑みが浮かんだ。「わたしだけの楽しみがあるの」

「秘密の悪事？」オードリーも笑みを浮かべて言った。

「計画を立てるの」メアリーは曖昧に答えた。「頭の中でね。ときには実験をすることもある——人を使って。試してみるのよ——わたしの言ったことに対して思った通りの反応を起こさせることができるかを」

「なんだかサディスティックね、メアリー。わたし、あなたのことをちっとも知らずにいたわ」

「いいえ、なんの害もないことなのよ。ただの子供っぽい気晴らし」

興味をひかれたようすでオードリーは尋ねた。「わたしで実験したことある？」

「いいえ。あなただけはどうしても予測が立たないの。あなたがどんなことを考えているかがぜんぜんわからないのよ」

「あら、そう」重々しい声でオードリーは言った。「それはよかったわ」

彼女が身ぶるいするのを見て、メアリーは声をあげた。「寒いんじゃない？」

「ええ。もう着替えてくるわ。なんといっても、もう九月ですものね」

ひとりになったメアリー・オルディンは、水に反射する光を見ていた。海は引き潮だった。砂の上に寝そべって、目を閉じた。

ホテルでとった昼食は満足できるものだった。夏のピークは過ぎているのに、まだ人でいっぱいだった。奇妙な、見るからに雑多な人々の集まりだ。そう、今日は外出できた。決まり切った毎日の単調な生活に変化をつけることができた。わずかの間とはいえ、あの張りつめた雰囲気から、少し前からガルズポイントをおおっているぴりぴりした空気から解放されたのもうれしい。あれはオードリーのせいではなく、ネヴィルの――

いきなり隣にテッド・ラティマーがどさりと腰をおろして、彼女のもの思いは中断させられた。

「ケイはどうしたの?」メアリーは尋ねた。

テッドはぼそりと答えた。「法律上の所有者が連れていった」

その口調に、メアリーは思わず起きあがった。金色に輝く砂地を見すかすと、ネヴィルとケイが波打ち際を歩いていた。それから隣の男をちらりと見た。

彼女はその男のことを得体の知れない風変わりな相手と見ていて、危険なところさえあるのではと思っていた。今はじめて、心に傷を負った若者という別の顔をかいま見た。

彼女は思った。〝この人はケイを愛していた――心から愛していた。そこへネヴィルが現われて、彼女をさらっていってしまった……〟

彼女はやさしく言った。「あなたも楽しんでくれている？」

それはありふれた言い方だった。メアリー・オルディンはありふれた言葉はめったにつかわない――いつも彼女独特の言い方をしていた。だが言葉はありふれていても、そこには彼女がテッド・ラティマーにはじめて示した友人としての気持ちがこもっていた。

テッドはそれに反応した。

「まあ、そこそこね。ここじゃなくても同じくらいの楽しみはあると思うけど」

メアリーは言った。「それは残念ね」

「あんたにとってはどうでもいいことのくせに！　ぼくは部外者だ――部外者がどう感じ、どう思おうと、どうでもいいはずだ」

彼女は首をまわして、憤懣《ふんまん》やるかたないようすのハンサムな若い男を見た。

彼はその目を挑むように見返した。

ああそうだったのかという口調で、彼女はゆっくりと言った。「なるほど。あなた、わたしたちがきらいなのね？」

テッドは軽く笑った。

「好きだと思っていたのか？」

考えながら彼女は答えた。「そうね、たぶん、そう思っていたわ。人間って思いこみが多すぎるから。もっと謙虚にならなければね。そう、確かに、あなたがわたしたちを好きでないかもしれないとは少しも考えていなかったわ。わたしたちはあなたを快く受け入れようとしていた――ケイのお友だちとして」

「そういうこと――ケイの友だちとして!」

鋭い、毒を含んだ声で、彼はメアリーの言葉をさえぎった。

メアリーは相手の心を開かせようと真剣に言った。「お願いだから――心からお願いするから――なぜわたしたちが好きでないのか、その理由を教えてくれない? わたしたちが何をしたからなのか。わたしたちのどこがいけないのか」

テッド・ラティマーはたった一言、吐き出すように言った。「お高くとまって!」

「お高くとまって?」メアリーは不快そうな表情は見せずに、法律家が人の訴えを検分するように相手の言葉について考えた。

「そうね」彼女は言った。「わたしたちにはそういうところがあるかもしれないわね」

「ああ、そのとおりさ。あんたたちは当たり前の顔をして結構な生活を楽しんでいる。狭い場所をロープで囲って下々の者を締め出して、えらそうに自分たちだけで楽しんでいる。ぼくのような人間は外の世界の動物も同然なんだ!」

「それは残念ね」メアリーは言った。

「でも、そのとおりだろう？」

「いいえ。ちがうと思うわ。わたしたちは愚かで、もしかすると想像力に欠けているかもしれない――でも、人に悪意をいだいてはいないわよ。わたしはつまらない人間で、少なくとも表面的には、あなたの言葉を借りるなら〝お高くとまって〟いるかもしれない。でもほんとうは、心の中はまっとうな人間のつもりよ。今はあなたがつらい思いをしていたと知ってとても悲しく思っている。なんとかしてあげられないかと心から思っているわ」

「いや――そういうことなら――あんたの気持ちには感謝するよ」

しばらく沈黙が続いたが、メアリーがやさしく言った。「ずっとケイを愛していたの？」

「ああ」

「彼女のほうも？」

「そうだと思っていたよ――ストレンジが現われるまではね」

やさしい口調のままメアリーは言った。「今も彼女を愛しているの？」

「見ればわかると思うけど」

少し間を置いてから、メアリーはそっと言った。「あなた、ここを離れたほうがいいと思わない？」

「どうして？」

「ここにいたら、ただ不幸に身を浸しているだけじゃない」

テッドは彼女を見て笑った。

「あんたはやさしい人だ」彼は言った。「でも、小さな囲いの外をうろついている動物のことはよく知らないみたいだな。そのうちいろんなことが起こるよ」

「どんなこと？」メアリーはきつい声を出した。

「それは見てのお楽しみ」

8

着替えをしたオードリーは浜辺を歩いて岩場まで行った。トマス・ロイドがそこでパイプを吸っていた。ガルズポイントから川をはさんで真向かいの場所で、対岸に白い屋敷がどっしりと建っていた。

オードリーが近づいていくと、トマスはふり向いて彼女を見た。だがその場を動こうとはしなかった。オードリーは無言で彼の隣に腰をおろした。ふたりとも黙っていたが、それはほんとうに親しい者同士の間ならではの快い沈黙だった。

「とても近く見えるでしょう」しばらくして沈黙を破ってオードリーが言った。

トマスは対岸のガルズポイントを見た。

「ああ、泳いで帰れそうだ」

「今の潮の状態ではだめよ。以前カミーラが雇ったメイドで水泳が大好きな子がいて、よくここを泳いでわたっていたわ。でも、潮の状態がいいときしかできなかった。満潮のときか干潮のときのどちらかならいいのだけれど、その途中はだめ。引き潮だと河口まで流されてしまうの。そのメイドも一度流されてしまって——ただ幸い冷静でいられたので、イースターポイントで岸に泳ぎ着けた。疲れ切っていたけれどね」

「そんな危険があるのに、注意書きも何もないね」

「こちら側は大丈夫なのよ。流れが速いのは向こう側。崖の下のところがとても深くて。この冬、あそこで自殺未遂があったのよ。男の人がスタークヘッドから飛び降りたのだけれど、崖の途中の木に引っかかって、沿岸警備隊に救助されたの」

「かわいそうに」トマスは言った。「その男、助けた連中に感謝なんかしなかっただろうね。人生を終わりにしようと決心したのに、その邪魔をされてしまうとは。きっと馬鹿みたいな気がしたと思うよ」

「今ではよかったと思っているかもしれないわ」ぼんやりした声でオードリーは言った。

あの男は今どこで何をしているのだろうと、彼女は漠然と考えた。

トマスはさかんにパイプをふかしていた。顔を少し動かすだけでオードリーを見ることができた。気がつくと彼女はもの思いに沈んで川面を見つめていた。清楚な頬の線をたどっていくと長いブラウンの睫毛が、そして貝殻のような耳があった。

その顔を見てトマスはあることを思い出した。

「ああ、そういえば、きみのイヤリングがあるよ。ゆうべなくしたと言っていたのをみつけたんだ」

彼はポケットに手を入れた。オードリーは片手をさし出した。

「あら、うれしい。どこにあったの？　テラス？」

「いや。階段の近くだった。食事に降りてくるときに落としたのだろう。食事のときには、きみはもうイヤリングをつけていなかったよ」

「戻ってうれしいわ」

彼女はイヤリングを受け取った。彼女の小さな耳には似合わない、大きくて無骨なイヤリングだとトマスは思った。今日つけているのも大きかった。

彼は言った。「海水浴をするときもイヤリングをつけているんだね。なくすのが心配じゃない？」

「あら、これは安物だから。これがあるから、いつもつけていたいのよ」

彼女は左耳に手を触れた。トマスは思い出した。

「ああ、そうか。バウンサーに嚙まれたところ」

オードリーはうなずいた。

ふたりはだまって子供の頃の思い出にふけった。脚の細い少女オードリー・スタンディッシュ（当時はそういう名前だった）が、足を腫らしていた老犬バウンサーに顔を近づけていく。するといきなり犬が嚙みつく。彼女は耳を縫ってもらわなければならなかった。今ではほとんどわからなくなっていて、ほんの小さな傷跡が残っているだけなのだが。

「だって、きみ」トマスは言った。「そんな傷跡、ほとんど見てもわからないよ。どうしてそんなに気にするんだ？」

見るからに真剣な顔で考えてから、彼女は答えた。「それはわたしが――わたしが欠点があることに耐えられないからだと思う」

トマスはうなずいた。彼の知っているオードリーの性格にぴったりの言葉だった。完璧主義者の彼女。彼女自身が完璧に仕上げられた品物なのだ。

突然トマスは言った。「きみのほうがケイよりずっときれいだよ」

彼女はさっと向きなおった。

「そんなことないわ、トマス。ケイは——ケイはほんとうにきれいだわ」

「外側はね。でも、中はちがう」

「あなたが言うのは」かすかにおかしそうな表情を浮かべてオードリーは言った。「わたしの美しい魂のことなの？」

トマスはパイプの灰を叩き出した。

「ちがうよ」トマスは答えた。「きみの骨のことを言っているんだ」

オードリーは笑った。

トマスはパイプに新しくたばこを詰めた。五分間、ふたりとも口をきかなかったが、その間にトマスは一再ならずオードリーの顔を見た。だがとてもさりげなかったので、見られているオードリーは気づかなかった。

トマスは静かに言った。「どうしたんだ、オードリー？」

「どうした？　どうしたって、どういう意味？」

「きみのことだよ。何かあるんだろう?」

「いいえ、何もないわよ。何も」

「そんなはずはない」

彼女は首をふった。

「話してくれないのか?」

「話すことなんかないもの」

「こんなこと言うべきでないのはわかっているけれど——でも言わないではいられないんだ——」そこで言いよどんだが、続けて言った。「オードリー——忘れられないのか? 過去のこととしてすますわけにはいかないのか?」

彼女は小さな手を固くにぎりしめた。

「あなたにはわかっていない——これからもわかることはないわ」

「そんなことはないよ、オードリー。ぼくにはわかっている。ほんとだ。わかる、わかるんだよ」

小さな顔に疑いの表情を浮かべて、オードリーは彼を見た。

「きみがどういう思いを味わってきたか、ぼくにはありありとわかるんだ。その経験がきみにとってどういう意味を持つものだったかも」

彼女は顔面蒼白になっていた。唇まで真っ白だった。

「そうなの」彼女は言った。「思いもよらなかったわ――わかる人がいるなんて」

「ぼくには、わかる。それについて話をするつもりはない。ただ、これだけはきみに言っておきたい。すべては過去のことなんだ。全部終わったことだ――すんでしまった、過ぎ去ったこと」

オードリーは低い声で言った。「過ぎ去りはしないこともあるのよ」

「聞いてくれ、オードリー。考えこんだり思い出したりしているのはよくないよ。きみが地獄を見たのはよくわかる。でも、その体験を何度も何度も反芻《はんすう》していてはいけないよ。前を見るんだ――うしろではなく。きみはまだ若い。きみにはきみの人生があるんだ。しかもその人生の大部分はまだこれからなんだよ。明日のことを考えるんだ、きのうのことではなく」

彼女は大きく見開いた目でじっとトマスを見た。その目からは彼女の内心はまったくうかがい知ることができなかった。

「それで、もし」彼女は言った。「わたしにはそうはできないと言ったら？」

「しなきゃだめだよ」

オードリーはやさしく言った。「やはりあなたにはわからないと思ったわ。わたしは

――わたしはふつうじゃないのよ――あることに関してはね。たぶん――」

トマスは乱暴な口調で彼女をさえぎった。「馬鹿馬鹿しい。きみは――」そこで口を閉じた。

「わたしが――何？」

「子供の頃のきみのことを考えていたんだ。ネヴィルと結婚する前のきみを。なぜネヴィルと結婚したんだ？」

オードリーはほほえんだ。

「彼に恋したからよ」

「ああ、ああ、それはわかってるよ。でも、なぜ彼に恋したんだ？　どこに一番ひかれた？」

今はもう死んでしまった少女の目を通して見るように、彼女は目をこらした。

「それはきっと」彼女は言った。「彼がとても〝前向き〟だったからだと思うわ。彼は何から何までわたしと正反対だった。わたしは自分が影のようだと感じていた。現実の存在ではないみたいに。ネヴィルはとても現実的な存在だった。そしてとても陽気で自信にあふれていた。すべてわたしにはないものばかりだった」そしてほほえみながら言った。「それに、とってもハンサムだった」

トマス・ロイドは苦々しげに言った。「ああ、理想のイギリス人男性だ——スポーツが得意で、謙虚で、ハンサムで、どんなときでも陽気な紳士——なんでも思い通りにできる」

オードリーは背をぴんとのばしてすわり、トマスの顔を見つめていた。

「彼がきらいなのね」彼女はゆっくりと言った。「大きらいなんでしょう?」

トマスは彼女の視線を避け、マッチの炎を手でかこって、消えてしまったパイプに火をつけなおした。

「そうだとしても驚くにはあたらないだろう?」はっきりしない声で彼は言った。「ぼくの持っていないものをすべて持っている男なんだから。スポーツ万能、水泳もダンスも得意。おしゃべりも。こっちは舌も腕も満足に動かせない。彼はいつも輝いて、何をやってもうまくいく。ぼくはいつだってぱっとしない。そしてぼくが好きになったたったひとりの女性を妻にしてしまった」

彼女はかすかに声をもらした。トマスは乱暴に言った。「ずっと気づいていたんだろう? きみが十五歳のときからずっときみを好きだったことを知らないはずがない。わかってるはずだ、ぼくが今もきみを——」

オードリーは彼を制止した。

「だめ。今はだめ」

「どういう意味だ――今はだめって？」

オードリーは立ちあがった。静かに、考えながら言った。「それは――今は――わたしがちがう人間だから」

「ちがうって、どんなふうに？」

彼は立ちあがり、オードリーに向かい合った。

オードリーはすばやく、少し息をはずませて言った。「わからないかしら。わたしには説明できないわ……わたしはいつも自分に自信がなかった。わたしに言えるのは――

――」

彼女はそこで急に口をつぐみ、トマスに背を向けて、ホテルに向かって足早に岩場を歩いていった。

崖の角をまわりこんだところにネヴィルがいた。地面に腹這いになって潮だまりをのぞきこんでいた。顔をあげて、にやりとした。

「やあ、オードリー」

「あら、ネヴィル」

「カニを見ていたんだ。ちょこまかよく動くやつだよ。ほら、そこにいる」

オードリーは膝をつき、彼が指さしたところを見た。

「見える?」

「ええ」

「たばこ、どう?」

彼女がたばこを受け取ると、ネヴィルが火をつけてやった。しばらく沈黙が続き、オードリーが彼のほうを見ずにいると、ネヴィルはおどおどした口調で言った。「ねえ、オードリー?」

「うん?」

「大丈夫だよね。つまり——ぼくたちの間だけど?」

「ええ。ええ、もちろん」

「だから——ぼくたちは今も友だちだよね?」

「ええ——もちろん、そうよ」

「きみとはずっと友だちでいたいんだ」

彼は不安そうにオードリーを見た。彼女は気まずそうに軽くほほえんだ。

軽い口調で彼は言った。「今日は楽しかったね。天気もよかったし」

「ええ——ええ、ほんとうに」

「ほんと、九月にしては暑いよね？」

「そうね」

言葉がとぎれた。

「オードリー――」

彼女は立ちあがった。

「奥さんが呼んでるわよ。あそこで手をふってる」

「誰――ああ、ケイか」

「あなたの奥さんよ」

ネヴィルはあわてて立ちあがり、オードリーを見た。

とても低い声で言った。「ぼくの奥さんはきみだよ、オードリー……」

彼女は顔をそむけた。ネヴィルは砂浜をケイのところに走っていった。

9

一同がガルズポイントに戻ると、ハーストールが玄関に出てきてメアリーに言った。

「すぐに奥様のお部屋にいらしていただけますか？　たいへんお気持ちが昂ぶっていらして、お戻りになったらすぐにお話ししたいとおっしゃいまして」

メアリーは二階に急いだ。部屋に行ってみると、レディ・トレシリアンは顔面蒼白で、ひどく動揺していた。

「ああ、メアリー、帰ってきてくれたのね。とても悲しいことがあったのよ。お気の毒に、ミスター・トレーヴが亡くなったの」

「亡くなった？」

「そうよ。恐ろしいことじゃない？　こんなに突然に。ゆうべは着替えもなさらなかったようなの。部屋に戻ったとたんに倒れてしまわれたのね」

「まあ、ひどい。お気の毒に」

「お体が弱いのは、もちろんみんな知っていましたけれど。心臓が弱っていると。うちにいらしたときに何かあって、それが原因だったのではないでしょうね。何か消化の悪いものをお出ししたとか」

「それはないと思うわ——ええ、まちがいない。とてもお元気そうで、ご機嫌もよかったわ」

「ほんとうに悲しいわ。ねえ、お願い、〈バルモラルコート・ホテル〉に行って、ミセズ・ロジャーズと話をしてきてくれない？　わたしたちにできることが何かないか尋ねてみて。お葬式のことも。マシューのためにも、できるだけのことをしてさしあげたいの。こういうとき、ホテルでは満足なことができないでしょう」

メアリーはきっぱりと言った。

「わかったわ、カミーラ、何も心配しないで。たいへんなショックだったでしょう？」

「ええ、ほんとうに」

「すぐにホテルに行くわ。戻ってきたら、わかったことをすっかり話してあげる」

「ありがとう、メアリー。あなたはいつも、そんなふうにのみこみが早くて行動力があって、とても助かるわ」

「今はなるべくゆっくり休むようにしてね。こんなふうにショックを受けると体によくないから」

メアリー・オルディンは部屋を出て階下に降りていった。客間に入ると、全員に聞こえるように言った。「ミスター・トレーヴが亡くなりました。ゆうべ、ホテルの部屋に戻ったあとで亡くなったそうです」

「気の毒に」ネヴィルが大声を出した。「原因は？」

「心臓らしいわ。部屋に戻ってすぐに倒れたみたいなの」

トマス・ロイドが考えこみながら言った。「階段をのぼったせいだろうか？」

「階段？」メアリーはいぶかしげに彼を見た。

「ああ。ラティマーとぼくがホテルを出たとき、彼は階段をのぼりはじめるところだった。ゆっくりあがるように言ったのだけれど」

メアリーは叫んだ。「でも、どうしてそんなことを。なぜエレベーターを使わなかったの？」

「故障していたんだ」

「ああ、そうだったの。それは運の悪いことに。お気の毒ね」

メアリーはさらに言った。「今からホテルに行ってくるわ。わたしたちにできることがないかどうかきいてくるように、カミーラに頼まれたの」

トマスは言った。「ぼくも一緒に行くよ」

ふたりは〈バルモラルコート・ホテル〉に向かって歩いていった。メアリーは言った。

「あの方、ご親戚はいらしたのかしら。知らせてあげなければいけないでしょう？」

「そういうことは何も言っていなかったな」

「そうね。ふつうは、こういう人がいるぐらいのことは言うでしょうにね。〝姪が〟とか〝いとこが〟とか」

「結婚はしていたのかな？」

「していないと思うわ」

開け放たれていた玄関のドアから、ふたりはホテルに入った。オーナーのミセズ・ロジャーズは背の高い中年の男と話をしていた。男は親しげに手をあげてメアリーに挨拶した。

「こんにちは、ミス・オルディン」

「こんにちは、レイズンビー先生。こちらはミスター・ロイド。何かわたしたちにできることはないでしょうかとお尋ねするようにと、レディ・トレシリアンから言われて参りました」

「それはご親切に、ミス・オルディン」ホテルのオーナーは言った。「わたしの部屋にいらしてくださいな」

四人でこじんまりした居心地のよい居間に行った。レイズンビー医師は言った。「ミスター・トレーヴはゆうべおたくで食事をしたのですね？」

「はい」

「どんなようすでした？　具合が悪そうなところはありましたか？」

「いいえ。とてもお元気でご機嫌でした」

医師はうなずいた。

「なるほど。心臓発作はそれが酷なところでね。ほとんどの場合、突然の死をもたらすのです。部屋にあった処方箋を見ましたが、かなりぎりぎりの健康状態だったようです。もちろん、ロンドンの主治医に連絡をとります」

「いつもご自分の健康にはとても注意なさっていましたわ」ミセズ・ロジャーズは言った。「そして、わたしどももできる限りのお世話をしたと自信を持って申しあげられますよ」

「もちろん、そうでしょう、ミセズ・ロジャーズ」医師はそつなく言った。「何かちょっとした負担が余計に加わったのにちがいありません」

「階段をのぼるとか」メアリーは言った。

「そう、そのようなこと。それならほぼ確実だったでしょうな——つまり、四階まで階段をのぼったら、あの人の心臓は耐えられなかったでしょう。しかし、まさかそんなことはしていませんよね？」

「もちろんですわ」ミセズ・ロジャーズは言った。「必ずエレベーターを使っていました。必ず。エレベーターでなければ困ると強くおっしゃって」

「でも」メアリーは言った。「ゆうべはエレベーターが故障していたから——」

ミセズ・ロジャーズは驚いて彼女の顔を見た。

「いいえ、きのう一日エレベーターはちゃんと動いていましたよ」

トマス・ロイドが咳払いをした。

「失礼」彼は言った。「ゆうべミスター・トレーヴをお送りしてきたのですよ。エレベーターには〝故障中〟という札がかかっていましたよ」

ミセズ・ロジャーズは呆然と相手を見つめた。

「それは変ね」彼女は言った。「エレベーターにはなんの異常もなかったと断言できますわ。あったはずがありません。何かあれば必ずわたしの耳に入りますから。うちのエレベーターはずっと故障知らずで（そこで彼女は魔よけのために手近の木材に手を触れた）、もう——ええと、十八カ月間、トラブルなしで動いています。とてもしっかりした機械で」

「もしかして」医師は言った。「ポーターかベルボーイが持ち場を離れるのでその札を出したのでは？」

「エレベーターは自動式なんですよ、先生。操作する者がいる必要はないんです」

「ああ、そうだった。うっかりしていた」

「ジョーを呼びましょう」ミセズ・ロジャーズは言い、そそくさと部屋を出ていった。

外から彼女の声が聞こえた。「ジョー――ジョー」

レイズンビー医師は興味をひかれたようすでトマスを見た。

「失礼ながら、まちがいはないのですね、ミスター――ああ――」

「ロイド」メアリーが横から言った。

「まちがいありません」トマスは答えた。

ミセズ・ロジャーズがポーターを連れて戻ってきた。前の晩エレベーターには何も異常はなかったと、ジョーは力説した。トマスが言うような札は用意してあるが、フロントのカウンターの下にしまいこんだまま、もう一年以上使っていないとのことだった。

一同は顔を見合わせて、なんとも不思議なことだと言い合った。医師はホテルの客の誰かがいたずらで札を出し、何かの事情でそのままにしてしまったのではないかと言った。

メアリーの質問に答えてレイズンビー医師が説明したところによれば、ミスター・トレーヴの運転手から彼の顧問弁護士の名前を聞き、そちらに連絡したということだった。医師はあとでレディ・トレシリアンのところに行って、葬儀のことなども話をすると言った。

それだけ話すと、陽気な医師は忙しげに帰っていき、メアリーとトマスはゆっくりと歩いてガルズポイントに戻っていった。

メアリーは言った。「確かに故障中と書いてあったの？」

「ぼくだけじゃなくラティマーも見ているよ」

「なんて不思議なことでしょう！」メアリーは言った。

10

その日は九月十二日だった。「あと二日の辛抱だわ」メアリー・オルディンは言った。そして唇を嚙んで顔を赤くした。

トマス・ロイドは彼女の顔を見て考えこんだ。

「そう思っていたのかい？」

「わたし、どうしちゃったのかしら？」メアリーは答えた。「今まで、お客様が早く帰ってくれたらいいと思ったことなんか一度もなかったのよ。それにネヴィルが来ているときはいつもとても楽しかった。オードリーが来たときも」

トマスはうなずいた。

「でも今回は」メアリーはさらに言った。「まるでダイナマイトの上にすわっているような気分だった。いつ爆発するかわからないという感じで。だから、今朝起きたとたんにひとり言を言ってしまったの。〝あと二日の辛抱〟って。オードリーは水曜にここを発って、ネヴィルとケイは木曜日」

「そしてぼくは金曜日においとまする」トマスは言った。

「あら、あなたはこの際対象外よ。あなたが頼りだったわ。あなたがいなかったら、どうしていいかわからなかった」

「ぼくがクッションの役を務めたのかな？」

「それだけじゃないわ。あなたはとてもやさしくて、とても――とても静かだった。変な言い方だけど、でもそれがわたしの感じたままの言葉よ」

いささかきまりが悪そうではあったが、トマスはうれしそうな顔をした。

「でも、そもそもどうしてわたしたちはこんなに神経質になってしまったのかしら？」考えこんで、メアリーは言った。「だって、かりに起きたとしても――爆発が――気まずい思いをさせられたり、体裁が悪かったりはするでしょうけれど、でも、結局はそれだけのことじゃない」

「だけど、きみはもっと精神的に動揺していただろう？」

「ええ、そうね。強い不安を感じていたわ。使用人たちまで同じことを感じていた。今朝は台所の下働きの女の子が突然大泣きして、辞めると言い出したの——なんの理由もなしに。料理人は不機嫌——ハーストールはぴりぴりしているわ。バレットさえ、彼女はふだんは実に落ち着いていてまるで大きな軍艦みたいなのに、今はなんだか心配そうな顔をしている。それもこれもネヴィルが、前の妻と今の妻が友だちになれば、自分の良心の痛みがやわらぐなんておかしな考えをいだいたからよ」

「いいアイディアのようだったけれど、結果は完全な失敗だった」トマスは言った。

「ええ。ケイは——ケイはどんどん常軌を逸していっている。ほんと、かわいそうになってしまうほどよ」少し間を置いてから、彼女は言った。「ゆうべオードリーが二階にあがっていったとき、ネヴィルがどんな顔で見送っていたか、気づいた？　まだ彼女のことが好きなのよ。はじめからすべてが悲劇的なまちがいだったわけ」

トマスはパイプにたばこを詰めはじめた。

「彼もそのぐらい前もって考えるべきだったんだ」トマスはきつい声を出した。

「ええ、そうよね。そう言われても仕方がないわ。でも、すべてが悲劇だという事実に変わりはないわ。やはりネヴィルをかわいそうに思ってしまうの」

「ネヴィルのような人間は——」トマスは言いよどんだ。

「何？」

「ネヴィルのような人間は、なんでも自分の好きなようにできると思っているんだ。そして欲しいものはなんでも手に入ると思っている。今度のオードリーとのことに直面するまで、彼は生まれてから一度も挫折を経験していないと思うよ。まあ、今になって挫折を味わっているわけだけれど。オードリーは彼のものにはならない。彼女に手は届かない。それについて嘆き悲しんだところでどうにもならない。ぐっとこらえるほかないんだ」

「あなたの言うとおりだと思うわ。ただ、あなたの言い方はちょっときつすぎない？　結婚したとき、オードリーはネヴィルに夢中だったのよ。そのあともずっととても仲がよかった」

「だけどオードリーの熱ももうさめただろう」

「どうかしら」メアリーは口の中でつぶやいた。

トマスは話しつづけた。「それだけじゃない。ネヴィルはケイに用心したほうがいい。あの若い女性は危険なところがある――実に危険だ。かっとなったら何をするかわからないというタイプだ」

「まあ、たいへん」メアリーはため息をつき、期待をこめて先ほどの言葉をくり返した。

「あと二日の辛抱」

これまでの四、五日はとてもたいへんだった。ミスター・トレーヴの死のショックでレディ・トレシリアンの健康状態は悪化した。葬儀はロンドンで行なわれることになって、メアリーは内心ほっとした。そのほうがレディ・トレシリアンは早く今回の悲劇を忘れることができるだろうから。家中の者がいらだち、ぴりぴりしていて、今朝はメアリーもほんとうに疲れ、意気消沈していたのだった。

「お天気のせいもあるのだけれど」彼女は声に出して言った。「こんな天気、ふつうじゃないわ」

確かに九月にしては異常な好天続きで気温が高かった。日陰でも気温が二十度を超えている日もあった。

彼女がそう言ったところへ、ネヴィルが家からぶらりと出てきて話に加わった。

「いまいましい天気の話？」彼は言い、空を見あげた。「確かに信じがたい天候だ。今日はまた気温があがっているだろう。風もないし。これじゃ誰だっていらいらするよ。でも、もうすぐ雨が降ると思うよ。こんな南洋みたいな天候が長続きするはずがない」

トマス・ロイドはそっと、さりげなくその場を離れ、家の角をまわりこんで姿を消した。

「仏頂面のトマス、退場」ネヴィルは言った。「ぼくと一緒にいたくないと思っているのは一目瞭然だな」

「いい人よ」メアリーは言った。

「そうは思わないね。心の狭い、偏見に満ちた男さ」

「あの人はずっとオードリーを妻にしたいと思っていたのだと思うわ。そこへあなたが来て、彼女をさらっていってしまった」

「やつがプロポーズする度胸を固めるのに七年はかかったと思うよ。決心がつくまで彼女を待たせておくつもりだったのか？」

「もしかすると」メアリーはゆっくりと言った。「今度はうまくいくかもしれない」

ネヴィルは彼女の顔を見て、片方の眉を吊りあげた。

「真の愛が報われる？　オードリーがあのむっつり野郎と結婚する？　彼女とあいつじゃ格がちがいすぎるよ。オードリーが仏頂面トマスと結婚するなんて、あり得ない」

「オードリーはあの人のことがほんとうに好きなのだと思うわよ、ネヴィル」

「きみたち女ってのは、どうしてそうやたらに人の縁結びをしたがるんだ！　オードリーにしばらくの間自由な境遇を楽しませてやろうとは思わないのか？」

「彼女が楽しんでいるのだったら、もちろんそうするわよ」

ネヴィルは反射的に言った。「彼女は今幸せじゃないと思うのか？」

「正直言って、わたしには見当がつかないの」

「ぼくもだ」ネヴィルはゆっくりと言った。「オードリーがどう感じているかは誰にもわからない」いったん口を閉じたが、また言った。「だけどオードリーは百パーセントの純血種だ。どこまでも純白」

そして、メアリーにというよりも自分に向かって言った。「まったく、われながら馬鹿なことをしたものだ！」

家の中に戻ったメアリーは、さらに少し不安になっていた。気持ちを落ち着けてくれる言葉をまた口にした。「あと二日の辛抱」

ネヴィルは庭やテラスをそわそわと歩きまわっていた。

庭の端まで行った彼は、低い塀に腰かけて下の川を眺めているオードリーをみつけた。上げ潮で川の水位はあがっていた。

彼女はさっと立ちあがり、ネヴィルのほうに歩いてきた。

「家に戻ろうと思っていたところ。もうすぐお茶の時間でしょ」

ネヴィルのほうを見ずに、彼女はぎこちなく早口で話した。

彼は無言でオードリーと並んで歩いた。

テラスまで来てはじめて、彼は言った。「話したいことがあるんだけど、オードリー」

彼女はすぐさま答えた。その手はテラスの手すりをつかんでいた。「やめたほうがいいわ」

「ということは、ぼくが何を言おうとしているかわかっているんだね？」

彼女はそれには答えなかった。

「どうだろう、オードリー？　ふたりでもとに戻れないだろうか？　これまでのことは全部忘れて」

「ケイのことも忘れるの？」

「ケイは」ネヴィルは言った。「話せばわかってくれると思う」

「わかるって、どういうこと？」

「簡単なことさ。彼女にありのままに話をする。そして彼女の寛大さにすがるんだ。彼女にほんとうのことを、ぼくが愛した女はきみひとりだということを話す」

「ケイと結婚したときには彼女を愛していたじゃない」

「ケイと結婚したことは、ぼくが犯した最大の過ちだ。ぼくは――」

彼はあわてて口を閉じた。ケイが客間からテラスに出てきていた。ふたりのほうに歩いてくる彼女の目の怒りの表情に、さしものネヴィルも少々ひるんだ。

「感動的な場面を邪魔してごめんなさい」ケイは言った。「でも、この辺で邪魔しなきゃいけないと思ったのよ」

オードリーはその場から離れていった。「あとはふたりでどうぞ」彼女は言った。

顔も声も表情がなかった。

「そうさせてもらうわ」ケイは言った。「あなたはもう好きなだけ悪さをしているものね？　あなたとはあとで話をするわ。今はまずネヴィルと話をつけたいの」

「なあ、ケイ、オードリーはこのこととはまったく関係ないんだよ。彼女は悪くない。責めたければ、ぼくを責めて――」

「ええ、責めるわよ」ケイは言った。燃えるような目でネヴィルをにらみつけた。「あなたは自分がどんな男だと思っているの？」

「だめな男だと」苦々しげにネヴィルは答えた。

「妻のもとを去って、わたしに飛びつき、妻と離婚した男。ちょっとの間、わたしに夢中になって、すぐにあきてしまった男！　今度はあなたは、あの真っ白な顔の、か細い声を出す、悪だくみが得意な性悪女のところに戻りたいと――」

「やめろ、ケイ！」

「で、あなたの望みはなんなの？」

ネヴィルは顔面蒼白になった。彼は言った。「ぼくのことは好きなだけこきおろしてくれていい。だけど今のままじゃだめだよ、ケイ。ぼくはもう限界だ。ぼくは、実は、ずっとオードリーを愛していたのだと思う。きみに対する愛情は、狂気のようなものだったんだ。とにかく、今のままではよくないよ。きみとぼくは別の世界の人間なんだ。長い目で見たら、ぼくはきみを幸せにはできない。わかってくれ、ケイ、ぼくたちの過ちをここでただすのが一番なんだ。つらいけれど、気持ちよく別れようよ。心を広く持ってくれないか」

ケイは穏やかな声をよそおって言った。「具体的に言ってくれない？　わたしにどうしろというの？」

ネヴィルはケイから目をそらしていた。だが、あごの角度に強い意志が表われていた。

「離婚しよう。ぼくが夫としての義務をはたしていないと、きみから離婚を申し立てるといい」

「すぐにはだめよ。少し待ってもらわないと」

「待つよ」ネヴィルは言った。

「それで、三年かそこら経ったら、愛しいオードリーにもう一度結婚を申し込むわけ

うなるのよ?」ケイは憎々しげに言った。「わたしはど

「彼女はあなたを選ぶにきまってるでしょ!」

「彼女がぼくを選んでくれればね」

?」

「ぼくよりましな男をみつければいい。もちろん、きみには十分な生活費を――」

「わたしを買収しようとしてもむだよ!」次第に自制心を失ってきたケイの声が大きくなった。「いいこと、ネヴィル。わたしにそんなまねは許さないわよ! 離婚なんかしない。あなたを愛しているからこそ、わたしはあなたと結婚したんだから。あなたがいつからわたしをうとましく思うようになったか、わたしにはわかっているわよ。あなたがエストリルに行くと知って、わたしもあそこに行ったのだと打ち明けてからのことよ。あなたはすべて運命だったのだと思っていたかった。いい、わたしが計画したことだと知って、あなたは自尊心を傷つけられたのよ! でも、わたしは自分のしたことを恥じたりはしないわよ。あなたはわたしに恋して、わたしを妻にした。今になって、あのずるがしこい雌猫の爪にひっかかって、彼女のところに戻りたいなんて言ったって、わたしが許さないわ。今度のことは彼女が仕組んだのよ――だけど思いどおりにはさせない! それぐらいならあなたを殺す。聞こえた? あなたを殺すわよ。あの女も殺す。ふたりとも

殺してやる。わたしは――」

ネヴィルは一歩前に出てケイの腕をつかんだ。

「黙れ、ケイ。いい加減にしろ。ここでそんな醜態は許さないぞ」

「許さない？　わたし、あなたなんかに――」

ハーストールがテラスに出てきた。その顔はまったく無表情だった。

「客間にお茶のご用意ができております」彼は言った。

ケイとネヴィルはゆっくりと客間のフランス窓のほうに歩いていった。

ハーストールは横に動いてふたりを通した。

空には雲がたちこめてきていた。

11

七時十五分前頃、雨が降りだした。ネヴィルは自分の寝室の窓から雨を眺めていた。

あれ以来ケイとは話をしていなかった。お茶のあとは互いに避け合っていた。

夕食は堅苦しく、気詰まりだった。ネヴィルはうわの空でだまりこんでいた。ケイは彼女にしては珍しいほどの厚化粧をしていた。オードリーは凍りついた幽霊のようににじっとすわっていた。メアリー・オルディンはなんとか会話を続けようと必死になり、自分に協力しようとしないトマス・ロイドに少々いらだっていた。

ハーストールは神経質になり、野菜を取り分ける手がふるえていた。

食事が終わると、ネヴィルはわざとらしく気軽な口調で言った。「あとで〈イースターヘッドベイ〉のラティマーのところに行ってくるよ。ビリヤードでもやろうと思って」

「玄関の鍵を持っていらっしゃいよ」メアリーは言った。「遅くなるかもしれないでしょ」

「ありがとう。そうするよ」

客間に移って、コーヒーを飲んだ。

ラジオがつけられ、ニュースが流れると、一同気がまぎれてほっとした。

食事の最中からおおげさにあくびをしていたケイは、もう休むと言った。頭痛がするからと。

「アスピリン、ある？」メアリーが尋ねた。

「ええ、持ってるわ。ありがとう」

ケイは部屋を出ていった。

ネヴィルはラジオを音楽番組の局に変えた。しばらくだまってソファにすわっていた。オードリーのほうは一度も見なかった。不機嫌な小さな男の子のように、椅子の上で丸くなっていた。理性の声とは別に、メアリーはどうしても彼をかわいそうに思ってしまった。

「さて」ようやく立ちあがって、ネヴィルは言った。「行くのだったら、もう出かけないとね」

「車で行くの？　それともフェリー？」

「ああ、フェリーで行くよ。二十五キロも遠まわりするなんて意味ないよ。ちょっと歩くのも気持ちがいいし」

「でも、雨が降ってるわよ」

「わかってる。レインコートがあるから」彼は戸口に向かった。

「それじゃ、行ってくる」

廊下に出ると、ハーストールが近づいてきた。

「よろしければ、レディ・トレシリアンのお部屋にいらしていただけますか？　あなた様に特にお話があるそうで」

ネヴィルは置き時計をちらりと見た。もう十時近い時間だった。

彼は肩をすくめ、階段をあがり、廊下を歩いてレディ・トレシリアンの部屋の前まで行くと、ドアをノックした。彼女の返事を待っている彼の耳に、下の廊下から話し声が聞こえてきた。今夜は誰もが早く床につこうとしているようだった。

「どうぞ」レディ・トレシリアンの明瞭な声がした。

ネヴィルは部屋に入り、ドアを閉めた。

レディ・トレシリアンは眠りにつく用意ができていた。ベッドの横の読書灯以外の明かりはすべて消してある。読書していたらしいが、今は本を置いていた。めがねの縁の上からネヴィルを見た。なぜかその視線は迫力満点だった。

「あなたに話があるの、ネヴィル」彼女は言った。

思わずネヴィルは薄笑いを浮かべてしまった。

「はい、校長先生」彼は言った。

レディ・トレシリアンは笑わなかった。

「ネヴィル、この家にはこれだけは許さないとわたしが決めていることがいくつかあるのよ。人のプライベートな会話に聞き耳を立てる気は毛頭ないけれど、あなたとケイがわたしの部屋の真下で怒鳴り合ったのでは、話の中身が筒抜けでしょう。どうやらあなたはケイと離婚して、オードリーと再婚したいと考えているようね。それはね、ネヴィル、このわたしが許しませんし、そんな話は二度と聞くつもりはありませんよ」

ネヴィルは癇癪を起こしそうになるのを必死で抑えているようだった。

「騒ぎを演じたことはあやまります」少しして、彼は言った。「それ以外のことは、あなたの口出しすることじゃない！」

「いいえ、そんなことはないわよ。あなたはオードリーと接点を持つために、わたしの家を利用したじゃない――というより、オードリーが利用したのかしら――」

「彼女はそんなことはしていない。彼女は――」

レディ・トレシリアンは片手をあげて、彼を制した。

「とにかく、そんなことは許しません。あなたの妻はケイです。彼女にはあなたが奪い去ることのできない権利があります。今のことに関しては、わたしは完全にケイの味方ですからね。人は自分が整えたベッドに寝なければいけないのです。あなたにはケイに対する義務があることを、わたしはあなたにはっきりと――」

ネヴィルは一歩前に出て、大声で言った。「あなたにはなんの関係もないことで――」

「それから」相手の言葉は無視してレディ・トレシリアンは話しつづけた。「オードリーには明日この家を出ていってもらいます」

「そんなことはさせないぞ！　ぼくは絶対に――」

「わたしに向かって大声を出すんじゃありません、ネヴィル」

「いいか、ぼくは絶対にそんなことは承知しないと――」

廊下のどこかでドアが閉まる音がした……

12

くすんだ灰色の目をしたメイドのアリス・ベンサムが取り乱したようすでミセズ・スパイサーのところにやってきた。

「ああ、ミセズ・スパイサー、わたし、どうしていいかわからなくて」

「どうしたの、アリス？」

「ミス・バレットなんです。一時間以上前にお茶を持っていったんですけど、ぐっすり眠っていて目をさまさないんです。邪魔してもいけないと思って、そのままさがってきました。ですけど、奥様のお茶の支度はすっかりできていて、ミス・バレットに持っていってもらわなければならないんで、五分前にまた行ってみたんです。そしたら、まだ眠っていて、いくら起こそうとしてもだめなんです」

「肩をゆするか何かしたの？」

「はい、ミセズ・スパイサー。頭をゆすりました。それでも目をさまさなくて、おまけに顔の色がひどいんです」

「まあ、たいへん。死んでいるんじゃないでしょうね？」

「いいえ、ミセズ・スパイサー。息の音が聞こえますから。ただ、変な息の仕方です。病気か何かじゃないかと思って」

「わかったわ。わたしが見にいきます。あなたは奥様にお茶をお持ちしなさい。新しく淹れなおしたほうがいいわね。奥様もどうしたのだろうと思っていらっしゃるでしょうよ」

アリスが言われたことをしている間に、ミセズ・スパイサーは三階にあがっていった。トレーを持ってレディ・トレシリアンの部屋まで行ったアリスは、ドアをノックした。二回ノックしても返事がないので、ドアを開けて中に入った。一瞬ののち、食器が割れる音と、激しい悲鳴が立て続けに聞こえた。部屋を飛び出してきたアリスが階段を駆けおりると、ハーストールがダイニングルームに向かって廊下を歩いていた。

「ああ、ミスター・ハーストール――泥棒が入って、奥様が亡くなって――殺されています。頭に大きな穴が開いて、あたりが血だらけで……」

みごとなイタリアふう書体……

1

バトル警視は休暇を楽しんでいた。まだ三日残っていたのだが、そこで天候が変わって雨が降りだし、少々がっかりさせられた。とはいえ、ここはイングランドだ。この程度は当然だろう。それにこれまではとびきり幸運に恵まれていた。

甥のジム——ジェイムズ・リーチ警部と朝食をとっているところへ電話がかかってきた。

「すぐに参ります」ジムは言って、電話を切った。

「重大事件か？」甥の表情に気づいて、バトル警視は言った。

「殺人事件だよ。被害者はレディ・トレシリアン。かなりの高齢で、このあたりでは広く知られた人だった。体が弱って寝たきりだったけれど。ソルトクリークの崖の上に建っている屋敷の主だよ」

バトルはうなずいた。

「おやじのところに行ってくる」（リーチ警部は警察署長を陰ではこう呼んでいた）

「おやじは被害者と友だちだったんだ。一緒に現場に行く」

玄関に向かっていきながら、彼は懇願するように言った。「手伝ってくれるよね、伯父さん？　こういう事件ははじめてなんだ」

「ここにいる間はできるだけのことをするよ。侵入盗犯事件なんだな？」

「まだわからない」

2

三十分後、警察署長のロバート・ミッチェルは伯父と甥のふたりに向かって重々しい口調で言っていた。

「まだ結論を出すには早いが、ひとつだけはっきり言えるようだ。これは外部の者の犯行ではない。何もなくなっていないし、押し入った形跡もない。今朝は窓もドアもすべてきっちり閉まっていた」

彼はバトルの目を見つめた。

「もしわたしがスコットランドヤードに依頼したら、きみに本件を担当させてくれるだろうか？　きみはもう現場にいるのだし。それにこのリーチの縁者でもある。もちろん、きみが引き受けてもいいと言えばの話だが。休暇を縮めてしまうことになるのでね」

「それはかまいません」バトルは言った。「スコットランドヤードについては、サー・エドガーに話していただかないと（サー・エドガー・コットンは副警視総監だ）確かサー・エドガーとはお友だちでしたよね」

ミッチェル署長はうなずいた。

「ああ、エドガーならこちらの言い分を聞いてくれるだろう。じゃあ、それできまりだな！　今すぐ話をつけよう」

電話の受話器をとって、彼は言った。「スコットランドヤードにつないでくれ」

「重要事件になるとお考えで？」バトルは尋ねた。

ミッチェルは暗い声で言った。「けっしてまちがいを犯すわけにはいかない事件になる。絶対の確信を持って犯人だと名指しできなければならない。この男の仕業だと――あるいはこの女という可能性もあるが、もちろん」

バトルはうなずいた。相手の言葉の裏には何か事情があることが彼にはわかっていた。〝誰が犯人か知っているようだ〟彼は胸の内でつぶやいた。〝そしてことの展開に戸惑っている。誰か有名で人気のある人物だ。そうにきまっている！〟

3

バトルとリーチは立派な家具調度の備わった居心地のよさそうな寝室の戸口に立っていた。ふたりの前の床の上で、警官がゴルフクラブに指紋がついていないか注意深く調べていた。クラブは太い九番アイアンで、ヘッドの部分に血が付着して、白い毛髪が一、二本ついていた。

ベッドのそばでは、この地域の司法医でもあるレイズンビー医師がレディ・トレシリアンの死体の上にかがみこんでいた。

医師はため息をついて身を起こした。

「疑いの余地はないな。彼女は前方から力いっぱい殴られている。最初の一発で骨が砕かれ、彼女は絶命した。だが犯人は念には念を入れて、もう一回殴っている。小難しい言葉を並べることはしないよ――ただ単純な事実だけ指摘しておく」

「死んでどのくらい経ってます？」リーチが尋ねた。

「死亡推定時刻は昨夜十時から午前零時の間ぐらいだろうな」

「もっとせばめられませんか？」

「むずかしいな。あらゆる要素を勘案しなければならないから。今では死後硬直の具合だけで人を絞首刑にしたりはしないんだ。十時より早くはなく、午前零時より遅くはなかったとしか言えない」

「で、凶器はゴルフクラブ？」

医師はクラブをちらりと見た。

「おそらくね。犯人がそれを残していったのは運がよかったな。傷を見ただけでは九番アイアンで殴られたとはわからなかったと思うよ。というのも、クラブヘッドのとがった部分は頭に当たっていないんだ。その裏側で殴られたのだと思う」

「そんなふうに殴るのはむずかしいのでは？」リーチは尋ねた。

「意図的にその部分を使おうとしてもむずかしいだろうね。まあ、これはただの推測だが、偶然そうなっただけではないかな」

リーチは犯行を再現しようとして、無意識に手をあげていた。

「妙なやり方だな」彼は言った。

「そう」考えこんで医師は言った。「何もかも妙な具合なんだ。ほら、彼女は右のこめかみを打たれている。だけど、犯人はベッドの右側に立っていたにちがいないんだ。そしてベッドの頭のほうを向いていた。左側には立つ余地はないのだから。壁に近すぎて」

リーチは耳をそばだてた。

「左利き？」彼は言った。

「わたしだったら、そう決めてかかることは避けるね」レイズンビーは言った。「辻褄《つじつま》の合わないことが多すぎるんだ。それはまあ、犯人は左利きだったというのが一番簡単な説明かもしれないが――しかし、別の説明もできると思う。たとえば、被害者が顔を少し左に向けたところを殴られたとか。あるいは犯人がベッドを動かしておいて、左側に立って犯行におよび、またあとでベッドを戻しておいたとか」

「それはあまりありそうもないな」

「まあ、ちがうだろうがね。ただ、可能性はあるだろう。この種のことにはいささか経験があるので言うとだね、お若いの、犯人は左利きだったという推理には落とし穴がいっぱいあるものだよ」

床にかがんでいたジョーンズ巡査部長が言った。「このクラブはふつうの右利き用のものです」

リーチはうなずいた。「といっても、その持ち主の男が犯人とは限らない。男ですよね、先生?」

「そうとは限らないよ。九番アイアンのような重みのある凶器を使えば、女性でも十分に重い傷を負わせることができる」

バトル警視が静かに言った。「しかし、それが凶器と決めつけるわけにはいかないでしょう、先生」

レイズンビーは興味深そうに警視をちらりと見た。

「確かに。わたしに言えるのは、それが凶器である可能性があり、おそらく凶器であろうということだけだ。付着している血液を調べて、血液型が一致するかどうか見てみる――毛髪も」

「そうですね」バトルは満足そうに言った。「いつでも徹底的に調べたほうがいいですから」

レイズンビーは怪訝そうに尋ねた。「そのゴルフクラブに何か不審な点でもあるのかな、警視?」

バトルは首をふった。

「ああ、いやいや。わたしは単純な人間でして、見たとおりのことを信じたいほうなんです。被害者は重いもので殴られている。そのクラブは重い。血と毛髪が付着している。おそらく被害者の血と毛髪だろう。だったら——そのクラブが犯行に用いられた凶器だ」

リーチが尋ねた。「殴られたとき、被害者は眠っていたのでしょうか、目をさましていたのでしょうか？」

「わたしは目ざめていたと思うな。顔に驚きの表情が浮かんでいる。これはたんなる個人的な意見にすぎないが、彼女にとってはまったく思いがけない展開だったのではないかな。争った痕跡はまったくない。恐怖の表情もない。推測で言ってよければ、彼女は眠りからさめたばかりで頭がぼんやりして、起こっていることがきちんと理解できずにいたか、あるいは彼女はその相手から危害を加えられるとはまったく思っていなかったか」

「ベッドの脇の電気がついていて、ほかに明かりはなかった」リーチが考えこみながら言った。

「そうだ。それも二通りの可能性がある。突然何者かが部屋に入ってきて、彼女がつけたか、あるいは最初からついていたか」

ジョーンズ巡査部長が立ちあがった。満足そうにほほえんでいた。

「クラブにきれいな指紋がついてますよ」彼は言った。「それもくっきりと！」

リーチは大きなため息をついた。

「それでことが簡単になる」

「親切な犯人だな」レイズンビー医師は言った。「凶器を残していっただけでなく、指紋までつけておいてくれた。名刺を置いていかなかったのが不思議なくらいだ！」

「もしかすると」バトル警視は言った。「犯人は逆上して理性を失っていたのかもしれない。そういう例もときどきある」

医師はうなずいた。

「それはあり得るね。さてと、わたしはほかの患者を診にいかなければならない」

「患者というと？」急に興味をひかれたように、バトルは言った。

「死体が発見される前に執事に呼ばれてこちらに向かっていたのだよ。レディ・トレシリアンのメイドが今朝意識不明の状態になっていた」

「どうしたのですか？」

「バルビツールを大量に飲まされていた。ひどい状態だが、回復するだろう」

「メイドが？」バトルは言った。彼のどこか牛に似た目が、ベルの太い引き紐にじっと向けられた。大きな房飾りが死んだ女性の手のそばの枕の上に載っていた。

　レイズンビーはうなずいた。

「まさしく。レディ・トレシリアンは危険を感じたらまっさきにそうしただろうね――紐を引いてメイドを呼ぶ。実際必死で引いたのかもしれない。だがメイドには聞こえなかった」

「人に飲まされたというのは」バトルは言った。「確かなのですか？　睡眠薬を常用していた可能性はない？」

「それはないね。彼女の部屋にはそのような薬物はまったくなかったし、彼女がどうやって薬を盛られたかもわかったんだ。センナ（豆科の植物。緩下剤として用いる）の煎《せん》じ汁だよ。彼女は毎晩センナの煎じ汁を飲む習慣があった。薬はその中に入れられていた」

　バトル警視はあごを掻いた。

「うーん」彼は言った。「犯人はこの家の事情に通じていたようだな。ねえ、先生、ずいぶん風変わりな殺人事件ですよね」

「いやあ」レイズンビーは言った。「そういうことはあなたの専門だから」

「いい人なんだよ、あの先生は」医師が部屋を出ていくと、リーチは言った。

今はその場にいるのはふたりだけだった。写真は撮り終え、室内の配置も記録にとどめられた。ふたりは犯罪現場の部屋の状態について、あらゆる事実を知った。

甥の言葉に応えて、バトルはうなずいた。彼は何かに首をひねっているようだった。

「指紋がついた状態のクラブを――手袋か何かはめて――持って、犯行を行なうことが可能だったと思うか？」

リーチは首をふった。

「ぼくは不可能だと思う。伯父さんだって同じでしょう。あの指紋を消さずにクラブを持つことはできない――ましてや使うなんて。指紋にはこすられた跡はない。実に鮮明に残っている。伯父さんも見たでしょう」

バトルはうなずいた。

「それじゃ丁重に礼儀正しくお願いするとしようか。皆さん指紋を採らせてください。もちろん、強制ではありませんがと。全員が応じるだろうな――そして結果はふたつにひとつだ。誰の指紋とも一致しないか、あるいは――」

「目指す男がつかまるか」

「そういうことだ。女かもしれないが」

リーチは首をふった。

「いや、女じゃないでしょう。クラブの指紋は男のだ。女にしては大きすぎるよ。それに、これは女が犯す類の犯罪じゃない」

「そうだな」バトルは同意した。「実に男っぽい。力ずくの、乱暴な犯行。犯人はスポーツマンタイプで、あまり頭がよくない。この家にそういう人物はいるかな？」

「まだ家の者のことは調べていないよ。ダイニングルームに集めてあるはずだけど」

バトルは戸口に歩いていった。

「じゃあ、ちょっと挨拶してくるか」そしてふり向いてベッドを見ると、首をふって、言った。「そのベルの引き紐が気に入らないな」

「どういうこと？」

「どうもしっくりこないんだ」

ドアを開けながら、彼はさらに言った。「それに、誰がその人を殺そうと思うかね？　頭を殴られそうな口うるさいばあさんなら、よそにおおぜいいるよ。その人はそういうタイプには見えない。むしろ彼女は好かれていた、いいと思うよ」そこで少しだまっていたが、甥に尋ねた。「裕福だったのだろう？　遺産の相続人は？」

質問の意図を理解して、リーチは言った。

「それだ！　それが答だ。相続人が誰なのか、まっ先に探り出さなければ！」

一緒に階下に降りていきながら、バトルは手に持ったリストを見て、読みあげた。

「ミス・オルディン、ミスター・ロイド、ミスター・ストレンジ、ミセズ・ストレンジ、ミセズ・オードリー・ストレンジ。ふーん、ストレンジ家は大家族なのか?」

「ふたりの女性はストレンジの元の妻と今の妻だと思うよ」

バトルは眉を吊りあげて、つぶやいた。「このストレンジという男は青髭の生まれ変わりか?」

家の者はダイニングルームのテーブルのまわりに集められ、食事をするふりをしていた。

自分のほうに向けられたいくつもの顔を、バトル警視はじっくりと観察した。彼なりの独自の方法で相手を値踏みしているのだった。彼にどう見られているかを知ったら、本人たちは驚いたことだろう。それは偏見に満ちた見方だった。いくら法が表向きは、人は有罪と立証されるまでは無罪だなどと称していても、バトル警視の目には殺人事件の関係者は全員が犯人の可能性ありと見えるのだった。

テーブルの上座に青白い顔をして背筋をぴんとのばしてすわっているメアリー・オルディンを彼は見た。次にその隣でパイプにたばこを詰めているトマス・ロイドを。オードリーは椅子をさげてすわり、右手にコーヒーカップを、左手にたばこを持っていた。

ネヴィルは呆然として、まごついたような顔で、ふるえる手でたばこに火をつけようとしていた。ケイはテーブルに肘をついていた。化粧をしているが、見るからに顔が青ざめていた。

バトル警視はこう考えた――

ミス・オルディンが犯人だとしてみよう。冷静なタイプだ。有能な女性と言えるのだろう。簡単にすきを見せはしない。隣の男がダークホースかもしれない。腕が悪いようだ。ポーカーフェイスをきめこんでいるが、劣等感をいだく人物なのかもしれない。あれが妻のうちのひとりだな。死ぬほどおびえている――そう、ひどくおびえているぞ。あのコーヒーカップはなんだか妙だ。あれがストレンジか。どこかで見た顔だぞ。あいつもぴりぴりしている――神経が切れそうになっている。隣の赤毛の若い女は気性が激しそうだ――かっとなったら何をするかわからない。だがしかし、癇癪持ちなだけでなく頭もよさそうだ。

バトル警視がこうして関係者を値踏みしている間に、リーチ警部が堅苦しい調子で短い挨拶をした。メアリー・オルディンが全員の名前を言った。

最後に彼女は言った。「わたしたちはもちろんたいへんなショックを受けています。ですが、できる限り警察に協力するつもりでおります」

「ではまず」リーチは言って、手に持っていたものをかかげた。「どなたか、このゴルフクラブに心当たりは？」

小さな悲鳴をあげて、ケイが言った。「まあ、恐ろしい。それが――？」彼女は言いよどんだ。

ネヴィル・ストレンジが立ちあがり、テーブルのこちら側に来た。

「ぼくのみたいだ。見せてもらえる？」

「い、いや、今はもうさわってもいいです」リーチ警部は言った。「どうぞ手にとってください」

意味ありげに言われた〝今はもう〟という言葉には誰も反応しなかった。ネヴィルはクラブを見た。

「バッグに入れておいた、ぼくの九番アイアンみたいだ」彼は言った。「すぐにわかるよ。一緒に来てくれる？」ふたりの警察官は彼のあとについて階段の下の大きな戸棚のところに行った。ネヴィルが扉を開けたのを見ると、中はテニスのラケットでいっぱいで、バトル警視はまごついた。だが同時に、ネヴィル・ストレンジをどこで見たのか思い出した。

彼は言った。「ウィンブルドンの試合を見ましたよ」

ネヴィルは軽くふり向いて言った。「ああ、そう？」

彼はラケットを何本か脇にどけた。ゴルフバッグが二個、釣り道具に立てかけて置いてあった。

「ゴルフをするのは妻とぼくだけなんだ」ネヴィルは言った。「そして、それは男性用のクラブだ。やっぱりそうだ――それはぼくのだ」

彼は自分のゴルフバッグを戸棚から引っ張り出した。中には少なくとも十四本のクラブが入っていた。

リーチ警部は内心思った。〝こういうスポーツマンは自分は大物だと思っているのだろうな。こういうやつのキャディを務めるのはごめんこうむりたいものだ〟

ネヴィルは言った。「それはセント・エスパートの〈ウォルター・ハドソン〉で作っている九番アイアンだ」

「ありがとう、ミスター・ストレンジ。これでひとつ解決しました」

ネヴィルは言った。「わからないのは、何も盗まれていないってことだよ。それに無理矢理押し入った形跡もないんだろう?」彼は当惑したようすだった――だが、おびえてもいた。

バトルは思った。〝誰もがそれを考えていたわけだ。全員が……〟

「使用人の中に」ネヴィルはさらに言った。「あんな悪さをするような者はいないし」

「使用人のことはミス・オルディンから聞くことにします」リーチ警部がそつなく言った。「その前に、レディ・トレシリアンの顧問弁護士は誰か、教えてもらえませんか？」

「〈アスクウィズ&トレロウニー法律事務所〉の弁護士だよ」ネヴィルは即座に答えた。「セント・ルーの」

「ありがとうございます、ミスター・ストレンジ。レディ・トレシリアンの財産については彼らに尋ねることにします」

「それはつまり」ネヴィルは尋ねた。「誰が彼女の遺産相続人かということ？」

「そうです。遺言状とか、そういうものも」

「遺言状については、ぼくは何も知らない」ネヴィルは言った。「ぼくの知る限りでは、彼女自身はあとに遺すほどの財産は持っていなかったと思う。ここの財産がどうなるかは、ぼくが話してあげられるよ」

「そうですか？」

「故サー・マシュー・トレシリアンの遺志により、財産はぼくとぼくの妻のものになる。レディ・トレシリアンは存命中の生活費をその財産から支出してもらっていただけなんだ」

「ほう、そうだったんですか」自分のコレクションの中に意外なお宝が混ざっているかもしれないと知ったときのような顔をして、リーチ警部はネヴィルを見た。その顔を見て、ネヴィルはおびえたようすで身をすくめた。不自然に親しげな口調でリーチ警部は話を続けた。

「全部でいくらぐらいの額になるかなんて、ご存じないでしょうねえ、ミスター・ストレンジ？」

「今ここできかれてもね。十万ポンドぐらいだと思うけれど」

「ほほう。ご夫妻それぞれに？」

「いや、ふたりで分けることになる」

「なるほど。でも、そうとうな額ですよね」

ネヴィルはほほえんだ。静かに言った。「金なら自分のがたっぷりあるよ。死んだ人の財布の中身なんかあてにしなくてもね」

リーチ警部は、そんなふうに受け取られていたとは心外だという顔をして見せた。

ダイニングルームに戻ると、リーチ警部はもう一度全員に向かって話をした。今度は指紋についてだった——いつでもやることです——被害者の部屋に残っていた指紋からこの家の人のものを除外するために必要なことでして。

全員が異論なく——みずからすすんで——指紋採取に応ずると答えた。読書室へ行くように指示され、行ってみるとジョーンズ巡査部長が採取キットを用意して待っていた。

バトルとリーチは使用人にとりかかった。

たいした収穫はなかった。ハーストールは夜どのように戸締まりをするかを説明し、朝見たときにはどの鍵にも異常はなかったと断言した。こじあけて侵入した痕跡はまったくなかった。玄関の扉は鍵をかけただけだった。つまり、かんぬきはかけなかった。ミスター・ネヴィルが〈イースターヘッドベイ・ホテル〉に出かけていて、遅く帰ってくるかもしれなかったからだ。

「何時頃帰ってきたか、わかるか？」

「はい、二時半頃だったと思います。どなたかと一緒だったようです。話し声がして、車が走っていく音がして、それから玄関の扉が閉まって、ミスター・ネヴィルが二階にあがってこられました」

「ここを出たのは何時頃？」

「十時二十分頃です。やはり玄関の扉の音が聞こえました」

リーチはうなずいた。とりあえず今はこれ以上ハーストールにきくことはなかった。ほかの使用人たちから話をきいた。誰もが不安そうで、おびえていた。だが状況を考えれば、それはごく自然なことだった。

最後のひとり、台所の下働きをしている少々ヒステリー気味の若いメイドが部屋を出ていってドアが閉まると、リーチはもの問いたげに伯父を見た。

バトルは言った。「メイドをもう一度呼べ――目が飛び出ているのではなく――背が高くてやせて仏頂面をしていたほう。あの女は何かを知っている」

エマ・ウェイルズは見るからにそわそわしていた。今度はいかつい年配の大男から質問されるとなって、よけいおびえたようだった。

「ちょっとアドバイスをしてあげようと思ったんだよ、ミス・ウェイルズ」バトルは快活な口調で言った。「警察に隠し事をすると自分のためにならないのだよとね。そんなことをすると警察ににらまれてしまう。言っていること、わかるだろう？」

エマ・ウェイルズは抗弁しようとした。憤然として、だが不安そうに。「そんな、わたしは何も――」

「まあ、まあ」バトルは大きな、ごつごつした手をあげた。「何かを見るか聞くかしたんだろう？　何かな？」

「聞いたわけじゃありません――いえ、ですから、聞こえてきてしまったんです。ミスター・ハーストールも聞いてました。それに殺人事件とは関係ないと、ぜんぜん関係ないと思うんです」

「ああ、きっとそうだね。ただ、ありのままに話をしてくれないか」

「ええと、床に入ろうとしてたんです。十時ちょっと過ぎで——その前にミス・オルディンのベッドに湯たんぽを入れに行きました。夏冬を問わず、あの方は湯たんぽが必要なので。で、そのためには奥様のお部屋の前を通らなければなりません」

「それで?」バトルは言った。

「そしたら奥様とミスター・ネヴィルが言い争っているのが聞こえたんです。大きな声で、というより怒鳴り合っていました。もう、喧嘩と言っていいくらいで!」

「どんなことを言っていたか、おぼえているか?」

「別に聞き耳立てていたわけではないので」

「それはわかってるよ。でも、何か言葉が聞こえてきただろう」

「奥様は、この家ではそんなことは許さないとおっしゃって、ミスター・ネヴィルは〝彼女のことを悪く言うな〟と言ってました。とても興奮したようすで」

無表情な顔を保ったまま、バトルはさらに質問したが、それ以上のことを聞き出すことはできなかった。メイドはそれでさがらせた。

伯父と甥は顔を見合わせた。一、二分してリーチは言った。「そろそろジョーンズが指紋について報告してくるんじゃないかな」

バトルは尋ねた。「部屋の捜索は誰がやっている？」

「ウィリアムズ。しっかりした男だよ。あいつなら何も見落とさない」

「部屋は空けるように言ってあるだろうな」

「うん。ウィリアムズが調べ終えるまでは自分の部屋に戻ってはいけないと言ってある」

そう言ったとたんにドアが開き、若いウィリアムズ刑事が部屋をのぞきこんだ。

「見てもらいたいものがあります。ミスター・ネヴィル・ストレンジの部屋です」

ウィリアムズのあとについて二階にあがり、西側の続き部屋に行った。

床に固まって落ちている服を、ウィリアムズは指さした。紺の上着とズボン、そしてベストだった。

リーチが鋭い声で尋ねた。「どこでこれを？」

「洋服ダンスの一番下に丸めて詰めこんでありました。これを見てくださいよ」

上着を取りあげると、ウィリアムズは袖口をふたりに示した。

「ここに黒っぽいしみがあるでしょう。これはまちがいなく血ですよ。それにこっちも、ほら、袖全体に飛び散っている」

「ふん」相手の熱を帯びた目から視線をそらしてバトルは言った。「ネヴィル君にとっては不利な展開のようだな。この部屋にほかにスーツは？」

「チャコールグレーのピンストライプが椅子にかけてありました。そこの洗面台のまわりの床は水でびしょびしょです」

「大急ぎで手についた血を洗い流そうとした？　なるほど。しかし、そのそばに窓があるじゃないか。きのうはだいぶ雨が降っていたから」

「床が水たまりになるほどの雨ではなかったですよ。まだ乾いていないんですから」

バトルはだまりこんだ。ある光景が目に浮かんだ。手と袖に血をつけた男が、むしりとるように服を脱ぎ捨て、血まみれの服をタンスに詰めこみ、手と腕に必死で水をかけている。

彼は反対側の壁のドアに目を向けた。

それを見てウィリアムズが言った。「ミセズ・ストレンジの部屋です。鍵がかかっています」

「鍵が？　こちら側から？」

「いいえ。向こう側からです」

「女房のほうから？」

バトルはしばらく考えこんでいた。そして、言った。「執事のじいさんをもう一度呼んでくれ」

ハーストールも不安そうだった。厳しい口調でリーチが言った。

「なぜだまっていたんだ、ハーストール？　ミスター・ストレンジとレディ・トレシリアンがゆうべ言い争っていたのを聞いたんだろう？」

老人はしきりにまばたきした。

「気にも留めていなかったのでございますよ、ほんとうに。あれは口論などというものではありませんで、ただ親しい同士で意見のくいちがいがあったというだけのことです」

〝意見のくいちがいが聞いてあきれら！〟と言いたいのをがまんして、リーチ警部は質問を続けた。

「ゆうべの夕食のとき、ミスター・ストレンジはどんなスーツを着ていた？」

ハーストールは躊躇した。バトルがそっと言った。「紺のスーツか、それともピンストライプ？　あんたがおぼえていないとしても、誰かにきけばわかることだぞ」

ハーストールは口を開いた。

「今思い出しました。紺のほうでした。当家では」家の体面にかかわると思ったのか、彼は付け加えて言った。「夏の間はタキシードやイブニングドレスに着替えない習慣でいらっしゃるのです。お夕食のあともよく外出なさいますし——お庭に出られたり、川岸にいらっしゃったり」

バトルはうなずいた。ハーストールは部屋を出ていった。戸口でジョーンズ巡査部長とすれちがった。ジョーンズは興奮したようすだった。

彼は言った。「決まりですよ。全員の指紋を採りました。一致するのはひとりだけです。もちろん、今はまだおおざっぱな比較しかできていませんが。でも、まちがいないと断言できます」

「それで？」バトルは言った。

「九番アイアンについている指紋は、ミスター・ネヴィル・ストレンジのものです」

バトルは椅子の背に寄りかかった。

「なるほど」彼は言った。「それで解決のようだな？」

4

彼らは警察署長室に集まっていた――心配そうに顔をくもらせた三人の男が。

ミッチェル署長がため息まじりに言った。「どうやら彼を逮捕する以外にないようだな」

リーチ警部が小声で言った。「そのようですね、署長」

ミッチェルはバトル警視を見た。

「元気を出せよ、バトル」署長はなぐさめるように言った。「別にきみの親友が死んだわけじゃないんだから」

バトル警視はため息をついた。

「どうも気に入らない」彼は言った。

「気に入らないのは誰もが同感だと思うよ」ミッチェルは言った。「だが、逮捕状を請求するのに十分な証拠がそろっているのだから」

「十分以上でしょう」バトルは言った。

「これで逮捕状を請求しなかったら、いったいどういうことなんだと言われるにきまっている」

バトルは浮かぬ顔でうなずいた。

「もう一度おさらいしてみよう」署長は言った。「まず動機がある――ストレンジとその妻は、老女の死によって莫大な財産を手にすることになる。生きている被害者と最後に会ったのは彼だ。おまけに被害者と口論しているのを聞かれている。当夜ストレンジが着ていたスーツには血痕があった。そして、何よりも、凶器には彼の指紋が残っていて、ほかの誰の指紋もついていなかった」

「でも、署長」バトルは言った。「あなただって気に入らないんでしょう」

「もちろんだ」

「どんな点が気に入らないのですか？」

ミッチェル署長は鼻をこすった。「これでは犯人があまりに馬鹿すぎるじゃないか」彼は言った。

「しかし署長、犯罪者はときにひどく愚かなふるまいに出ることがありますよ」

「ああ、それはわかっている——わかっているよ。そうでなかったら警察はお手上げさ」

バトルはリーチに言った。「おまえはどんな点が気に入らない、ジム？」

リーチは困った顔で身じろぎした。

「ミスター・ストレンジのことはずっと好きだったんだ。昔からこの辺でときどき見かけていた。立派な紳士だよ——それにスポーツマンだ」

「そうは言っても」バトルはゆっくりと言った。「すぐれたテニスプレーヤーが殺人犯であっても不思議はないだろう？　いくらでもあり得ることだ」少し間を置いて、彼は言った。「いい、わたしが気に入らないのは九番アイアンだよ」

「九番アイアン？」いぶかしげにミッチェルは言った。

「はい、署長。あるいは、ベル。ベルか、九番アイアン。両方ではない」

ゆっくりと、言葉を選びながら、彼は話した。

「何があったのだと思いますか？　ミスター・ストレンジは彼女の部屋に行き、口論して、かっとなって彼女を九番アイアンで殴った？　もしそうなら、計画的犯行ではないことになるが、だったら彼はなぜゴルフクラブなど持っていったのか？　夜、家の中をゴルフクラブを持ってうろうろしたりしないでしょう？」

「スイングの練習をしていたとか？」

「それはあり得るが、誰もそういう証言はしていない。誰も彼がゴルフの練習をしているところを見ていない。彼が九番アイアンを手にしているところを最後に人が見たのは、一週間ほど前に彼が砂浜でバンカーショットの練習をしたときだった。わたしが思うに、両方ということはあり得ません。口論になって理性を失ったのか――ですが、わたしは彼のテニスの試合を見たことがありましてね、スタープレーヤーが集まって闘うトーナメントで、みんな神経が張りつめています。そこで理性を失ったら、見ていてすぐにわかります。わたしはストレンジが感情的になるのを見たことがありません。彼は感情をよくコントロールできる人間なのだと思います——その点では並はずれている——それなのに、われわれは彼がかっとなって体の弱い老女の頭を殴って殺したと考えている」

「だがもうひとつの可能性があるぞ、バトル」署長は言った。

「はい、そうですね。計画的犯行という考え方です。彼は老夫人の財産をねらったのだという。そう考えればベルのことは説明がつく。メイドが薬を飲まされたことも。だが、今度はゴルフクラブと口論の説明がつかない！　もし彼女を殺すつもりでいたのなら、彼女とはけっして口論などしないように細心の注意をはらったはずだ。メイドを薬で眠らせ、夜中に被害者の寝室に忍び込む——となれば、相手を殴り殺したあとで強盗が入ったように見せかけ、ゴルフクラブをきれいに拭いて、元あったところに戻しておくはずだ！　まるで辻褄が合わない。非情な計画的犯罪と、一時の感情的な暴力がごっちゃになっているんだ。相容れないふたつの要素が！」

「きみの言うことはもっともだと思うよ、バトル——だが、ほかにどう考えたらいい？」

「やはりあの九番アイアンがあやしいと思うのです、署長」

「ネヴィルの指紋を消さずに別の者があのクラブで被害者の頭を殴ることは不可能だ——それはまちがいない」

「であれば」バトル警視は言った。「被害者は何か別のもので殴られたのでしょう」

ミッチェル署長は大きく息を吸った。

「それは少々とっぴな発想ではないかな？」

「むしろ常識的な発想だと思いますよ。ストレンジが九番アイアンで被害者を殴ったか、あるいは誰もあのクラブは使っていないか、そのどちらかです。もし後者が正しければ、あのクラブはわざと現場に置かれたということになる。血と毛髪をこすりつけて。レイズンビー医師もあの九番アイアンが凶器とは考えたくないようだった。ただ、あまりにあからさまに現場に残されていたし、明確にあれが凶器ではないと言うことはできないから、そのままにしたのです」

ミッチェル署長は椅子の背にもたれた。

「続けたまえ、バトル」彼は言った。「自由に考えを述べてくれ。その先はどうなる？」

「あのクラブが凶器ではないとしてみましょう」バトルは言った。「次はなんだ？　まず、動機です。ネヴィル・ストレンジにはレディ・トレシリアンを殺そうとする動機がほんとうにあったのでしょうか？　確かに遺産は受け取るが、問題は彼がその金を必要としていたかどうかではないかと思うのです。彼は必要ないと言っている。そこを確認しましょう。彼の経済状態を調べるんです。もし経済的に危機に瀕していて、金が必要な状態だったら、彼が犯人と考えるに足る十分な根拠になります。しかし、もし彼の言うとおりで、彼は金に困っていなかったら――」

「そうだったら？」

「そうだったら、あの家の彼以外の人間に動機がないか、探ってみる必要がありますね」

「つまり、ネヴィル・ストレンジは罠にはめられたと言いたいのかね？」

バトル警視は目をぐるりとまわした。

「どこかで読んで、頭にこびりついてしまった言葉がありましてね。みごとなイタリアふう書体という言い方についての話で、中世イタリアで発達した書体で書かれた美しい文字が、しばしば巧妙な攪乱《かくらん》戦術という意味で使われるようになったというのです。今度の事件にそれを感じます。一見したところ単純な突発的暴力事件のようだが、何か別のものが見え隠れしているような気がする――みごとなイタリアふう書体で書かれた筋書きがあるような……」

長い沈黙が続き、警察署長はバトルの顔をじっと見つめた。「きみの言うとおりかもしれない」しばらくして、彼は言った。「この事件には何かおかしなところがある。で、きみの考えはどうなんだ？　今後の捜査の進め方に関して」

バトルはいかついあごをなでた。

「そうですね」彼は言った。「あたりまえのやり方でいくのが一番と常々わたしは考えています。ミスター・ネヴィル・ストレンジが犯人だとわれわれに思いこませるように すべてが仕組まれています。ですから彼が犯人だと思っていましょう。逮捕まですることはないでしょうが、逮捕するかもしれないぐらいのことは言ってみる。彼を尋問し、おびえさせる。そうしておいて、ほかの者の反応を見るんです。彼の言うことの裏をとり、事件の夜の彼の行動を詳細に検証する。その間、われわれが何をしているかを見ている者によくわかるようにしておく」

「実にマキャベリ的手法だな」ミッチェル署長はかすかにほほえんだ。「名優バトルが強面《こわもて》刑事を演ずるわけか」

バトル警視はにやりとした。

「こいつはこうするだろうと思われていることを、そのままするのが好きなんです。今回は少しゆっくり目にしようと思います。時間をかけて、あれこれ詮索してまわります。

ミスター・ネヴィル・ストレンジが怪しいと思っているとなれば、あれこれ詮索してまわっても不自然ではないでしょう。どうもあの家ではおかしなことが起きていたという気がしてならないのです」

「痴情の線を追うのか？」

「そういう言い方をなさりたいなら、そういうことです」

「好きなようにやってくれたまえ、バトル。きみとリーチのふたりで」

「ありがとうございます、署長」バトルは立ちあがった。「弁護士と話をして、何か収穫は？」

「何もなしだ。電話したんだがね。トレロウニー弁護士とは親しい仲なんだ。サー・マシューの遺言状の写しを送ってくれるそうだ。レディ・トレシリアンのも。彼女は年に約五百ポンドの収入を得ていた——優良株への投資で得た配当金だ。その一部をメイドのバレットに遺贈し、さらに少額を執事のハーストールに与えて、残りはメアリー・オルディンに与えることになっている」

「その三人に目をつけておきます」バトルは言った。

ミッチェルはおもしろそうな顔をした。

「疑り深いんだな、きみは」

「五万ポンドの遺産にばかり気をとられているわけにはいきません」バトルは無表情に言った。「殺人の多くが五十ポンド以下の金をめぐって起きているのです。問題はどれくらい切実に金を必要としているかです。被害者の死でバレットには遺産が入る。彼女は疑いがかからないようにと、自分で薬を飲んだのかもしれない」

「だが彼女はそのために死にかかったんだぞ。レイズンビーはまだ尋問を許可していないくらいだ」

「薬の知識がなくて、量をまちがえたのかもしれない。それに、わかりませんよ、ハーストールがどうしても金が必要な状態だった可能性だってある。あるいはミス・オルディン。彼女自身の収入源がなかったのだとすると、歳をとって何もできなくなってしまわないうちにちょっぴり人生を楽しみたいと思ったのかもしれない」

署長は疑わしげな顔をした。

「ともかく」彼は言った。「きみたちにまかせるから、しっかり仕事をしてくれ」

5

ガルズポイントに戻ったふたりは、ウィリアムズとジョーンズから報告を受けた。どの寝室からも怪しげなものは発見されなかった。使用人たちが仕事に戻らせろと騒いでいる。許可していいだろうか？

「かまわないだろう」バトルは言った。「ただ、その前に上の階をひとまわりしてみたい。片づけていない部屋を見ると、その部屋の主についてあれこれわかって、それが捜査に役立つことがあるんだ」

ジョーンズ巡査部長は小さなボール箱をテーブルに置いた。

「ミスター・ネヴィル・ストレンジの紺のスーツに付着していたものです」ジョーンズは言った。「赤い毛髪は袖口に、ブロンドのほうは襟の内側と右の肩についてました」

バトルは二本の長い赤い髪と、数本のブロンドの髪を手にとり、眺めた。そして、言った。目にかすかにおかしそうな表情を浮かべていた。「あつらえたようじゃないか。一軒の家にブロンド、赤毛、ブルネットの女性がひとりずついるとは。赤毛は袖口、ブロンドが襟だって？　ミスター・ネヴィル・ストレンジはやはり青髭タイプの男のようだな。ひとりの女を腕に抱き、同時にもうひとりの頭を肩に載せさせている」

「袖の血痕は鑑識にまわしました。結果が出たらすぐに電話してきます」

リーチはうなずいた。

「使用人たちについてはどうだった？」

「ご指示のとおりに調べてみました。くびになった者はいませんし、被害者に恨みをいだいている者も見あたりません。厳しい主人でしたが、皆に好かれていました。いずれにしても使用人を仕切っているのはミス・オルディンです。彼女も使用人の信望を集めています」

「一目見て有能な女性だなと思ったよ」バトルは言った。「彼女が犯人だったら、有罪にするのはむずかしいだろうな」

ジョーンズは驚いた顔をした。

「でも、ゴルフクラブの指紋は、ええと――」

「ああ、わかってる――わかってるよ」バトルは言った。「あれは妙に捜査に協力的なミスター・ネヴィル・ストレンジのものだ。スポーツマンは概して頭がよくないと広く信じられているが（ちなみに、それはおおまちがいだ）、わたしにはネヴィル・ストレンジがそこまで底抜けの愚か者とは思えないんだ。メイドのセンナの煎じ汁についてはどうだった？」

「いつも三階の使用人用の浴室の棚に置いてあったそうです。昼の間に水に浸しておいて、寝るときに自分の部屋に持っていくのだそうで」

「つまり誰でも細工することができたわけだ。つまり、この家の者は誰でも」

「内部の者の犯行にきまってるよ！」リーチは断言した。

「ああ、わたしもそう思う。しかしこれはいわゆる密室の犯罪ではない。それはちがう。鍵さえあれば誰でも玄関から入ってこられる状況だったのだから。ゆうべはネヴィル・ストレンジがその鍵を持っていたわけだが。合い鍵を作るのは簡単だろうし、やり方を知っている者なら針金一本であんな鍵は開けられる。だが外部の者がベルの引き紐のことやセンナの煎じ汁のことを知っていたとは考えられない。それは家の者だけが知っていることだ！

さあ、行くぞ、ジム。階上《うえ》に行って問題の浴室を見てみよう。ほかの部屋も全部」

彼らは三階から始めた。最初に見たのは納戸で、古い壊れた家具類をはじめ、雑多ながらくたでいっぱいだった。

「ここはまだ調べていないのです」ジョーンズは言った。「わからないので――」

「何を探したらいいのかが？　確かにそうだ。時間をむだにするだけだ。床に積もったほこりから見て、ここには少なくとも半年前から誰も足を踏み入れていないな」

使用人の部屋はすべて三階にあった。小さな浴室が付いたふたつの寝室もあるが、使われていなかった。バトルは各部屋をざっと見ていった。ぎょろ目のメイド、アリスは窓を閉め切って寝ていたことがわかった。やせたメイドのエマは実におおぜいの親戚がいるらしく、タンスの上は彼らの写真でいっぱいだった。ハーストールは、ひびは入っているもののドレスデンやクラウンダービーの陶器のささやかなコレクションを持っていた。

調理人の部屋は整然と片づいており、台所の下働きの女性の部屋は散らかりほうだいだった。次にバトルは、階段をあがってすぐのところにある浴室を調べた。洗面台の上の長い棚をウィリアムズが指さした。棚には歯磨き道具やブラシ、さまざまなクリームや入浴剤やヘアローションの瓶が並んでいた。棚の端に口の開いた乾燥センナの包みがあった。

「その包み紙やセンナ用のグラスに指紋はついていなかったんだな?」

「持ち主のもの以外には。彼女の指紋は部屋で採取しました」

「グラスにさわる必要はなかっただろう」リーチが言った。「ただ薬を入れればいいのだから」

リーチを連れてバトルは階段をおりていった。階段の途中の妙な位置に窓があった。踊り場の隅に、先に鉤のついた棒が立てかけてあった。

「一番上の窓を閉めるのに、あの棒を使うんだ」リーチが説明した。「でも、泥棒よけの金具がついていて、窓はあそこまでしか開けられない。あそこから侵入するのは不可能だ」

「外から侵入した者がいると思っているわけではないよ」バトルは言った。何か一心に考えこんでいるようだった。

二階におりて一番手前の寝室に入っていった。オードリー・ストレンジの部屋だった。きちんと片づいて清潔な部屋だ。化粧台には象牙の柄のブラシが並んでいた。服がその辺にほうり出してあるなどということもない。バトルは衣装ダンスを見た。無地のジャケットとスカートのスーツが二着、イブニングドレスが二、三着、そしてサマードレスが一、二着あった。ドレスはどれも安物で、あつらえのスーツはいい仕立ての高価そうなものだが、古かった。

バトルはうなずいた。書き物机の前に立ち、吸い取り紙台の左側にあったペントレーを探った。

ウィリアムズが言った。「吸い取り紙にもくずかごの中の紙にも、役に立ちそうなことは何もなかったと思います」

「きみがそう言うなら、それで十分だ」バトルは言った。「ここはもういい」

彼らは別の部屋に移っていった。

トマス・ロイドの部屋は乱雑で、服が散らかっていた。どのテーブルにもパイプが転がり、パイプたばこの灰がこぼれていた。ベッドの脇のテーブルにはキプリングの『キム』がページを開いたまま置いてあった。

「現地人の召使いにあとかたづけをさせる習慣が身についているんだ」バトルは言った。「昔からの愛読書をくり返し読むタイプらしい。保守的な人間だな」

メアリー・オルディンの部屋は狭いが居心地がよさそうだった。棚に並ぶ旅行書と、ところどころにへこみのある古風な銀の柄のブラシにバトルは目を留めた。部屋の調度と配色は屋敷のほかの部分に比べるとより現代的だった。

「彼女はあまり保守的ではないな」バトルは言った。「写真も飾ってない。過去に生きるタイプではないわけだ」

使われていない部屋が三、四室あった。どれもよく手入れされ、掃除が行き届いていて、すぐに使える状態だった。さらに浴室がふたつあった。次がレディ・トレシリアンの大きな寝室だった。そこがすむと、階段を三段おりて、ストレンジ夫妻に割り当てられている浴室付のふたつの部屋に行った。

バトルはネヴィルの部屋には長居しなかった。開け放たれた窓から外を見た。窓の下は断崖絶壁だ。窓は西向きで海に向かってそそり立つスタークヘッドの荒涼たる姿が望まれた。

「午後は日が射すだろうが」バトルはつぶやいた。「朝の眺めはなんだか陰気だな。引き潮になると海草のいやなにおいがしてくるだろうし。それにあの岩の姿は不気味だ。あそこが自殺の名所なのも無理はない！」

鍵がはずされていたドアを通って、彼は大きいほうの寝室に入った。

室内は大混乱の状態だった。服が山になっていた——シースルーの下着、ストッキング、ジャンパースカートなどが散らかっていて、試しに身につけてはそのままほうり出したらしい。プリント地のサマードレスが椅子の背にかけてあった。バトルは衣装ダンスをのぞいてみた。毛皮やイブニングドレスやショートパンツ、テニスウェア、遊び着などがぎっしり詰まっていた。

恐れ入りましたという顔で、バトルはさっと扉を閉めた。

「高価なものばかりだ」彼は言った。「金のかかる女房だな」

リーチは暗い声で言った。「もしかして、それが原因で——」

彼は最後まで言わなかった。

「彼が十万ポンド——というより五万ポンドを手に入れようとした？　そうかもしれない。まずはあの男の言い分を聞こう」

彼らは読書室に降りていった。ウィリアムズに、使用人たちにふだんの仕事に戻っていいと伝えにいかせた。また誰でも自室に戻りたければ自由に戻ってよいと告げるともに、家の者から順に個別に話を聞きたいというリーチ警部の意向を伝えさせた。まず一番手はミスター・ネヴィル・ストレンジだと。

ウィリアムズが部屋を出ていくと、バトルとリーチはどっしりしたビクトリア朝のテーブルの奥に陣取った。若い警官がノートを用意して部屋の隅にすわり、鉛筆を構えた。

バトルが言った。「まずはおまえがやってみろ、ジム。しっかりな」

甥がうなずくのを見ながら、バトルはあごをなでて眉をひそめた。

「どうしてさっきからエルキュール・ポアロのことばかり考えてしまうのかな？」

「あのじいさんのこと？　ベルギー人の？　あの小男はなんだか滑稽じゃない？」

「滑稽だなんて、とんでもない」バトル警視は言った。「あの男はコブラのように危険で、雌豹《めひょう》のように抜け目ないんだ。そうとも、やつが相手の裏をかこうと動きはじめたら、まさに雌豹だ。彼がここにいてくれたらなあ——この手のことは彼がもっとも得意とするところなんだ」

「どんなところが？」

「心理学だよ」バトルは言った。「ほんものの心理学——何も知らない連中がしたり顔で語っているいい加減なものではなく」彼はミス・アンフリーと娘のシルヴィアのことを思い出して憤りを新たにした。「そうではなくて、ほんとうに人間の心理に通じた者、人間の行動の裏を知り尽くしている者の心理学だ。殺人犯に話しつづけさせろ――ポアロはそう言っている。そうすれば誰でも遅かれ早かれほんとうのことを話すものだと。なぜなら、結局はありのままに話すほうが嘘をつきつづけるより楽だからだ。そして話しているうちにちょこっと口をすべらせたりする。本人はたいしたことではないと思っているが、それが命取りになるんだ」

「つまりネヴィル・ストレンジはしばらく自由に泳がせておくわけだね？」

バトルはうわの空でうなずいた。それから顔をしかめ、何やら途方にくれたようすで言った。

「しかし気になるな。なぜエルキュール・ポアロのことばかり考えているのだろう？それが問題だ。階上で見た何かが、あの小男のことを思い起こさせたのだが、それが何かがわからない」

ネヴィル・ストレンジが部屋に入ってきて、話は中断した。

彼は顔色が悪く、不安そうだった。だが朝食のときほどそわそわしてはいなかった。

バトルは彼をじっと見つめた。信じがたいことだ。自分が殺人の凶器に指紋を残したことを知っていて――知っているはずだ。わずかなりとも思考能力のあるものなら、必ずわかるはずだ――その後警察に指紋を採取されたのに、ひどくおどおどするわけでもなければ、逆にはったりで切り抜けようともしないとは。ネヴィル・ストレンジはきわめて自然なようすだった――ショックを受け、不安をいだき、悲しんでいる――そしてほんのわずかに、このような場では当然といえる程度に、おどおどしている。

ジム・リーチは西部地方訛りをあらわにして、快活に話した。

「いくつか質問に答えていただけますか、ミスター・ストレンジ？　まず昨夜のあなたの行動について。それからいくつかの事実に関して。その前にあなたに理解しておいてもらいたいことがあります。これから尋ねられることに対して、答えたくなければ答えなくてもいいということと、あなたが希望するなら弁護士を同席させられるということです」

リーチは椅子の背によりかかって、今の言葉の効果を見きわめようとした。

ネヴィル・ストレンジはあからさまに当惑の表情を浮かべていた。

〝われわれの意図にまったく感づいていないな。そうでないとしたら、たいした役者だ〟リーチは内心思った。そしてネヴィルが何も答えないので、言った。「どうです、ミスター・ストレンジ？」

ネヴィルは言った。「なんでもきいてくれ。かまわないよ」

「おわかりかな」バトルが陽気な声で言った。「あなたが言うことはすべて書き留められて、いずれ法廷に証拠として提出される可能性があるのですよ」

一瞬ストレンジの顔にいらだちの色が浮かんだ。鋭い口調で彼は言った。「ぼくを脅しているのか？」

「いやいや、とんでもない、ミスター・ストレンジ。警告しているのですよ」

ネヴィルは肩をすくめた。

「これが決まりどおりの手順なんだろうな。で、何が聞きたいのかな？」

「供述をする心の準備はできていますか？」

「なんでも話すよ。それを供述と呼びたいなら、好きにすればいい」

「では、昨夜何をしたか、正確に話してください。つまり、夕食のあとのことを」

「ああ、いいよ。食事のあと、みんなで客間に移った。そこでコーヒーを飲み、ラジオを聞いた。ニュースや何かをね。それからぼくは〈イースターヘッドベイ・ホテル〉に泊まっている男を訪ねていこうと思い立った。友だちをね」

「そのお友だちの名前は？」

「ラティマー。エドワード・ラティマー」

「親しい友人？」

「いや、そこそこのつきあいかな。彼がこっちに来てからはしょっちゅう会っているけれど。彼はこのうちに昼食や夕食をとりに来たし、ぼくたちが彼のところに行ったこともある」

バトルが尋ねた。「ちょっと遅かったんじゃありませんか？　イースターヘッドベイまで出かけていくには」

「ああ、でもにぎやかなところで、夜遅くまで人が集まっているんだ」

「しかし、このお宅は皆さん早く休みますよね」

「ああ、ほとんどがね。でもぼくは玄関の鍵を持っていた。誰も起きて待っている必要はなかったんだ」

「奥さんは一緒に行くとは言わなかった？」

そこでわずかな変化が生じた。ネヴィルの口調がこわばった。

「いや、家内は頭痛がしていて。その前に寝室に引っこんでしまっていた」

「それで？」

「ぼくは着替えをしに階上に――」

リーチが口をはさんだ。

「すみません、ミスター・ストレンジ。着替えるというと、タキシードを着た？　それともタキシードを脱いで外出用の服を着た？」

「どちらでもないよ。夕食のときは紺のスーツを着ていた。ここに持ってきているうちでは一番上等な服だ。ところが雨が降っていたし、フェリーで行ってあとは歩くつもりだった——一キロぐらいあるだろう——だから古いほうのスーツ、チャコールグレーのピンストライプに着替えたんだ。こんな詳しいことまで知りたいというなら話すけれど」

「細かい点まではっきりさせる必要があるもので」リーチはすまなそうに言った。「どうぞ、その先を」

「今言ったように二階にあがろうとしていた。そこへハーストールが来て、レディ・トレシリアンがぼくに話があると言われた。それで彼女の部屋に行って、しばらくおしゃべりしたんだ」

バトルがやさしい声で言った。「生きている彼女を最後に見たのはあなたのようですね、ミスター・ストレンジ？」

ネヴィルは顔を赤らめた。

「ああ――そう――そのようだね。そのときはとても元気だったよ」

「どのくらい彼女のところにいました？」

「二十分か三十分か、そのくらいだと思う。それから部屋に行き、着替えて、急いで出かけた。玄関の鍵を持ってね」

「それは何時頃？」

「十時半ぐらいだと思う。急いで土手をくだっていって、向こう側にわたるフェリーにちょうど間に合った。ホテルに行って、ラティマーを探し、一緒に一杯飲んでビリヤードをした。あっという間に時間が経って、一時半に出る最後のフェリーに乗り損なってしまったんだ。そこでラティマーが親切に車を出してくれて、ここまで送ってくれた。知ってのとおり、車だとソルティントンまで行って、ぐるりとまわってこなければならない――二十五キロあるよ。ホテルを二時に出て、ここには二時半に着いたと思う。ラティマーに礼を言って、一杯飲んでいかないかと誘ったのだけれど、すぐに帰るということだった。それで家に入って、まっすぐ寝室にあがった。何もおかしな点はなかったよ。すっかり寝静まっているようだった。そして今朝、メイドの悲鳴がして――」

リーチが話をさえぎった。

「なるほど。では、少し話を戻して――レディ・トレシリアンと話をしたというところに――彼女はふだんと変わったようすはなかったのですね？」

「ああ、ぜんぜん」

「どんな話をしました？」

「いやあ、あれこれと」

「なごやかに？」

ネヴィルの顔が赤くなった。

「もちろん」

「ひょっとして」リーチはさりげない調子で言った。「激しく言い争ったなんてことはありませんか？」

ネヴィルはすぐには答えなかった。リーチは言った。「ありのままに話したほうがいいですよ。こちらも正直に言いますが、あなたたちの話を聞いていた者がいるのです」

少しして、ネヴィルは言った。「ちょっと意見の相違があった。別になんでもないことだよ」

「何について意見がちがったのですか？」

ネヴィルは必死で自分の気持ちを抑えた。そしてほほえんだ。「早い話が」彼は言った。「ぼくはお小言をちょうだいしたんだよ。よくあったことでね。誰かのしたことが気に入らないとなると、彼女は本人にずばずば言ったんだ。古い世代の人だから、今ふうのことや今ふうのものの考え方には眉をひそめる傾向があった。つまり、離婚とかね。議論になって、ぼくも少々熱くなった。でも最後には仲良く話を終えたよ。それぞれ考え方がちがうのは仕方がないということで」そして少しむきになってつけ加えた。「議論をして逆上して彼女の頭を殴るなんて、そんなことはぼくは絶対にしないよ。まさかそんなふうに疑っているんじゃないだろうね！」

リーチはバトルをちらりと見た。バトルはもったいぶってテーブルに身を乗り出した。そして言った。「あなたは今朝、あのゴルフクラブは自分のものだと言いましたね。あれにあなたの指紋がついていたことを、説明できますか？」

ネヴィルは相手の顔を見つめた。そしてきつい声で言った。「だって――あたりまえじゃないか――ぼくのクラブなんだから――しょっちゅう手にしていたものだよ」

「いえ、そうではなくて、この事実が説明できるかというのです。あなたがあのクラブに触れた最後の人物だということを」

ネヴィルは身じろぎもしなかった。顔から血の気が失せていった。

「そんなはずはない」しばらくして彼は言った。「あり得ない。ぼくのあとでさわることができたはずだ。手袋をはめて」

「いいえ、ミスター・ストレンジ、あのクラブをあのように扱うことは不可能でした。あれで人を殴ることは。そうしたら必ずあなたの指紋は消えてしまった」

沈黙が続いた。とても長い沈黙が。

「ああ、なんてこった」ネヴィルは悲痛な声を発し、大きく身ぶるいした。両手で目をおおった。バトルとリーチはそのようすをじっと見ていた。

やがて目から手をはなすと、ネヴィルは背筋をのばした。

「そんなはずはない」静かに言った。「そんなことはあり得ないんだ。ぼくが殺したと思っているのだろうが、ぼくは殺していない。誓って言うが、殺していない。何かひどいまちがいがあったんだ」

「あなたは指紋のことを説明できないのですね？」

「どうしてぼくにできる？　まったく狐につままれたみたいな気分だよ」

「あなたの紺のスーツの袖と袖口に血がついていたという事実は説明できますか？」

「血が？」彼は恐怖のあまりささやき声になって言った。「そんな馬鹿な！」

「たとえば何かで怪我をしたなどということはない？」

「ない。ぜんぜんないよ」

バトルとリーチは少し待った。

ネヴィル・ストレンジは額にしわを寄せて考えこんでいるようだった。やがて恐怖にかられた表情で顔をあげた。

「途方もない話だ！」彼は言った。「まったく途方もない話だ。何もかも嘘なのだから」

「今言った事実に嘘はありません」バトル警視は言った。

「でも、なぜぼくがそんなことをするんだ？　考えられない——信じられないよ！　カミーラとはぼくが赤ん坊のときからのつきあいだったんだよ」

リーチは咳払いした。

「確かご自分で言ったではありませんか、ミスター・ストレンジ。レディ・トレシリアンが亡くなれば莫大な財産が自分のものになると」

「そんな理由だと言うのか——だけど、ぼくは金なんか欲しくないぞ！　金は必要ないんだ！」

「あなたは」また軽く咳払いしながら、リーチは言った。「そうおっしゃっていますがね、ミスター・ストレンジ」

ネヴィルはさっと立ちあがった。

「なあ、それならぼくにも証明できるよ。ぼくには金は必要ないことを。取引銀行の頭取に電話させてくれないか——あんたたちが直接彼と話をすればいい」

電話をかけた。回線は混雑しておらず、すぐにロンドンにつながった。ネヴィルが話した。「きみか、ロナルドソン？　ネヴィル・ストレンジだ。声でわかるよね。頼みがあるんだけど、警察の人に——今ここにいるんだよ——ぼくの経済状態について洗いざらい話してあげてくれないか——ああ、そう、頼むよ」

リーチが受話器を受け取り、静かに話をした。しばらく問答が続いた。

そして受話器を置いた。

「それで？」ネヴィルは身を乗り出した。

リーチは気のない声で答えた。「あなたの口座にはかなりの額の残高がある。あなたの投資はすべて銀行が管理しているが、収支は良好だ」

「じゃあ、ぼくの言うとおりだとわかっただろう！」

「そう見えますがね——ですが、ミスター・ストレンジ、あなたには何か支払いを迫られていることが、借金があるかもしれない——金をゆすりとられているとか——人に知られないところで何か金が必要な事情があるのかもしれない」

「ないよ、そんなもの！　絶対にない！　いくら調べたって何も出てこないぞ！」

バトル警視はそのがっしりした肩を動かした。やさしい、父親のような口調で言った。

「ミスター・ストレンジ、あなたにもおわかりだと思うが、われわれの手元にはあなたに対する逮捕状を請求するに足る証拠が集まっているのです。ですが、請求はしていません――今は、まだ。あなたに対しては疑わしきは罰せずでいきたいと思いましてね」

ネヴィルは苦々しげに言った。「それは要するに、ぼくが犯人だと確信しているけれど、動機の点をもっとはっきりさせて、ぼくを確実に有罪にできるようにしたいということだろう？」

バトルは無言だった。リーチは天井を見あげた。

ネヴィルは絶望の表情を浮かべた。「まるで悪い夢を見ているようだ。ぼくは何を言っても何をしてもだめなんだ。まるで――まるで罠にかかってしまったようだ」

バトル警視が身じろぎした。半眼にした目が知性の光を帯びた。

「それは言い得て妙だ」彼は言った。「実に的確な表現だ。おかげで思いついたことがある……」

6

ジョーンズ巡査部長がうまい手を考えだして、ネヴィルを廊下に送り出し、それからケイをテラス側のフランス窓から読書室に入れた。これで夫と妻は顔を合わせることなくすんだ。

「だけど彼はほかの全員に話をするよ」リーチは言った。

「そのほうがいいんだ」バトルは答えた。「何も知らない状態で尋問したいのは、この女性ひとりだけだ」

その日は曇り空で冷たい風が吹いていた。ケイはツイードのスカートに赤紫色のセーターという姿だった。髪は磨きあげた銅のボウルのようだった。半分おびえ、半分興奮しているように見受けられた。棚に本が並び、U字型の背もたれの椅子が並ぶ薄暗いビクトリア朝ふうの部屋で、彼女の美しさと生気がひときわ映えていた。

リーチはやすやすと彼女から前夜のできごとを聞き出した。

頭痛がして、早めに休んだ——九時十五分頃だと思う。ぐっすり眠って、翌朝誰かの悲鳴を聞いて目をさますまで、何にも気づかなかった。

バトルが代わって質問した。

「ご主人は外出する前にあなたのようすを見にくることはしなかったのですか?」

「ええ」

「では、客間を出てから翌朝まで、ご主人とは顔を合わせなかったわけですね？」

ケイはうなずいた。

バトルはあごをなでた。

「ミセズ・ストレンジ、あなたの部屋とご主人の部屋の間のドアに鍵がかかっていましたが、誰がかけたのですか？」

少し間があって、ケイは答えた。「わたしです」

バトルは何も言わなかった——ただ、待った——老猾《ろうかい》な猫が穴の前でネズミが出てくるのをじっと待つように、待った。

その沈黙が、ただ質問したのでは得られない答を引き出した。ケイは感情を爆発させた。

「ああ、あなたたち全部知ってるのね！　あのハーストールのおいぼれじじいが、お茶の時間の前にわたしたちが話していたことを盗み聞きしていて、わたしなら人には言わないでおくようなことをすっかりあなたたちに話してしまったんでしょう。もうあいつから聞いているんでしょう？　ネヴィルとわたしが喧嘩したことを——大喧嘩したことを！　わたしは夫にものすごく腹を立てたの！　部屋に行って、ドアに鍵をかけた。まだ怒りが治まらなかったから！」

「そうですか——わかりました」思いやりに満ちた声でバトルは言った。「それで、喧嘩の原因はなんだったのですか？」

「それが事件と関係あるの？　まあ、いいわ、話してあげる。ネヴィルがすっごく馬鹿なことをしたからよ。でも悪いのはあの女なんだけど」

「どの女？」

「彼の最初の妻よ。そもそもあの女が彼をここに来させたんだから」

「つまり——彼女が毎年滞在しているのと同じ時期に？」

「そうよ。ネヴィルは自分が考えついたことだと思っているけれど——ほんと、お馬鹿さんなんだから！　でも、ちがうの。彼はそんなこと考えてもいなかったのよ。ある日ハイドパークで彼女に会うまではね。彼女がそんな考えをネヴィルに吹きこんで、自分で考えたことだと思いこませたのよ。彼は単純に自分が思いついたことだと信じているけれど、わたしは最初から彼女が裏であやつっているのがわかっていたわ」

「なぜその女性がそんなことをするんです？」バトルが尋ねた。

「わたしの夫を取り戻したいからよ」ケイは言った。息を弾ませながら、早口で話した。「彼がわたしを選んだことが許せないの。だからこうして復讐しようとしたのよ。彼を焚きつけて、ここで三人が一緒になるようにして、それから彼を口説き落としにかかったの。わたしたちがここに着いたとたんに始めたのよ。ずるがしこい女なんだから。実に巧みに、もの悲しげで、つかみどころのないふうによそおっているの——そう、それから、もうひとりの男も利用した。トマス・ロイドという、ずっと昔から彼女に熱をあげていた忠実な老犬みたいな男もここに呼んだのよ。そしてその男と結婚するみたいなふりをしてネヴィルの気持ちをあおったの」

彼女は言葉を切り、憤懣やるかたないようすで大きく息をした。

バトルが穏やかな声で言った。「わたしはまた、ご主人は彼女が幼なじみと一緒になって幸せになるのを喜んでおられるのかと思っていましたよ」

「喜んで？　彼は死ぬほど嫉妬してるわ！」

「つまりご主人は彼女のことが好きなのですか？」

「ええ、そうよ」ケイは苦々しげに言った。「彼女がそうなるように仕組んだのですもの」

バトルはまだ疑わしげにあごをなでていた。

「ここに来ようという計画には反対したのでしょうね」彼は言った。

「そんなことできるわけないでしょう！　わたしが嫉妬していると思われてしまうじゃない！」

「でも」バトルは言った。「実際あなたは嫉妬していたのでしょう?」

ケイは真っ赤になった。

「ええ、ずっとしてたわよ! わたしはずっとオードリーに嫉妬していた。最初から——ほとんど最初から。家の中に彼女がいるのが感じられるの。まるで彼女の家にいるみたい、わたしのではなく。配色を変えたり内装を変えたりしたけれど、だめだった! 彼女が灰色の幽霊みたいに家の中をさまよっているのが感じられるの。彼女にひどいことをしたと思ってネヴィルが気にしているのはわかっていたわ。彼はオードリーのことを忘れることができなかった——彼女はいつもそこにいた——彼の良心の呵責として。そういう人っているのよ。無味乾燥で、おもしろくもない人なのだけれど——でも、その存在を人に意識させるの」

バトルは考え深げにうなずいた。そして言った。「いや、ありがとうございます、ミセズ・ストレンジ。今はこれで結構です。まだほかの方々にもいろいろお尋ねしなければならなくて——特に、ええ、ご主人がレディ・トレシリアンから相続される——ええと、五万ポンドについてとか——」

「そんなにたくさんなの? サー・マシューの遺言で決まっているのでしょう?」

「それについてはすっかりご存じで?」

「ええ、もちろん。レディ・トレシリアンが亡くなったら、ネヴィルとその妻が半分ずつ相続するようにとサー・マシューが遺言したのでしょう。あのばあさんが死んだことを喜んでいるわけじゃないのよ。そんなことはない。わたしはあまり好きじゃなかったけれど——それはたぶん向こうがわたしを好きじゃなかったから——でも、家に泥棒が入ってきてばあさんの頭をぶち割っただなんて、考えただけで恐ろしいじゃない」

そう言うと、彼女は部屋を出ていった。バトルはリーチを見た。

「あの女、どう思う？　えらい美人じゃないか。あれなら男がのぼせあがるのも無理はないな」

リーチはうなずいたが、憮然として言った。「でも、けっしてレディとは言えないな」

「今どきの女はみんなそうだよ」バトルは言った。「じゃあ、ミセズ・ストレンジ第一号を呼ぼうかな？　ああ、いや、その前にミス・オルディンの話を聞くことにしよう。今の夫婦間の問題を第三者はどう見ていたのか知りたい」

メアリー・オルディンは落ち着いた表情で腰をおろした。だが表面は平静でいても、目には不安が表われていた。

リーチの質問にはっきりと答え、前夜の行動に関するネヴィルの供述を裏づけた。彼女は十時頃就寝したと言った。

「そのときミスター・ストレンジはレディ・トレシリアンの部屋にいたのですね？」

「ええ、ふたりが話をしているのが聞こえました」

「話をしていた？　それとも口論していた？」

メアリーは顔を赤らめたが、静かに答えた。「レディ・トレシリアンは人と議論するのがお好きだったのです。ひどくとげとげしい言い方に聞こえることがありましたけれど、それは言葉だけのことでした。それと、ご自分で全部決めて、人を従わせたがるところがありました。男の人はそういう扱いをされて、女ほどは従順に言うとおりにはしないでしょう」

〝あなたのように従順にはね〟バトルは内心思った。

彼は相手の知性あふれる顔を見た。彼女のほうが沈黙を破って言った。

「馬鹿なことを言うと思われたくはありませんが――でも、信じられないのです――ほんとに信じがたいことです――あなた方がこの家の者を犯人とみなしているなんて。なぜ外部の者ではあり得ないのですか？」

「理由はいくつかあります、ミス・オルディン。まず、何も盗まれていない上に、侵入された痕跡がない。このお屋敷の周囲の地形についてあらためて申しあげるまでもないでしょうが、考えてみてください。西側は断崖絶壁で下は海です。南側には手すりのついたテラスがあって、その下はターン川の河口。東側は下り坂になった庭が川岸近くまで続いていますが、まわりは高い塀で囲まれています。唯一出入りできるのは道路に面した勝手口ですが、そこは今朝もいつもどおり内側からかんぬきが差してありました。あとはやはり道路に面した玄関の扉だけです。塀を乗り越えることが不可能だというつもりはありませんし、予備の鍵や合い鍵を使って玄関から入ってくることも可能ではあるでしょうが、これまで見たところではそのようなことが行なわれた形跡はないのです。誰であれ犯人はバレットがセンナの煎じ汁を毎晩飲むことを知っていて、彼女に睡眠薬を飲ませたのです。つまりこの家の者ということになります。ゴルフクラブは階段の下の戸棚から取り出されたものです。外部の者の犯行ではあり得ません、ミス・オルディン」

「ネヴィルじゃないわ！　ネヴィルのはずがない！」

「なぜそんなに自信を持って言えるのです？」

彼女はどうしようもないというように両手を広げた。

「だって、あの人らしくないわ——それが理由よ！　彼は寝たきりの老婦人を殺したりはしないわ——あのネヴィルが！」

「確かに、らしくないことですな」バトルは言った。「しかし、十分な理由があれば人間は驚くほどのことをするものですよ。ミスター・ストレンジはひどく金に困っていたのかもしれない」

「そんなはずはありません。彼は浪費家ではないし――無駄遣いなんかしたことがない人です」

「そうですね。でも奥さんはちがうでしょう」

「ケイ？　ええ、そうかもしれないわね――でも、まさか、そんな、とんでもない。今のネヴィルはお金のことなんかまったく気にしていないわ」

バトル警視は咳払いした。

「つまり、彼には別の心配事があるということ？」

「ケイから聞いたのね？　そうよ、ほんとにたいへんだったの。でも、そのことと今度の恐ろしい事件とはまるで関係ないわよ」

「たぶんないでしょうね。ですが、その辺《あたり》のことがあなたの目にはどう映っていたのか、話していただきたいのですよ、ミス・オルディン」

メアリーはゆっくりと答えた。「そうね、今言ったように、とにかくたいへんな――状況だったわ。あんなこと、いったい誰が考えたのか――」

バトルはすかさず相手をさえぎって言った。「ミスター・ネヴィル・ストレンジの考えたことだと聞いてますが」

「彼はそう言っているけれど」

「でも、あなたはそうは思っていない？」

「わたしは――ええ――ネヴィルらしくないわ。誰かが彼に考えを吹きこんだのではないかと、ずっと思っていたの」

「ミセズ・オードリー・ストレンジとか？」

「オードリーがそんなことをするなんて、信じられない気がするけど」

「では誰なんでしょう？」

メアリーはお手上げというように肩をすくめた。

「わからないわ。ただ――奇妙な感じがするだけ」

「奇妙な感じ」考えこんで、バトルは言った。「この事件について、わたしもまさにそう感じているのですよ。奇妙だと」

「何もかも奇妙だったわ。何かあったの――口では説明できないのだけれど。何か雰囲気が。予兆のようなものが」

「誰もが緊張し、ぴりぴりしていた？」

「ええ、そうなの……それでみんなつらい思いをしたわ。ミスター・ラティマーでさえ――」彼女は言いよどんだ。

「今、ミスター・ラティマーのことをおききしようと思っていたところですよ。ミスター・ラティマーについては、どんなことをご存じですか、ミス・オルディン？ どんな人です？」

「それが、実はわたし、よく知らないんです。ケイのお友だちで」

「ミセズ・ストレンジの友人ですか。古くからのつきあい？」

「ええ。結婚前からの知り合い」

「ミスター・ストレンジも彼と親しくしている？」

「ええ、そうだと思うけれど」

「じゃあ――何も問題なし？」

バトルは遠まわしな言い方をしたが、メアリーはすぐさま、強い口調で答えた。「ええ、何も！」

「レディ・トレシリアンはミスター・ラティマーをどう思っていました？」

「あまりお気に召してはいなかったわ」

メアリーのよそよそしい口調に気づいて、バトルは話題を変えた。

「さて、メイドのジェーン・バレットですが、彼女はレディ・トレシリアンに長く仕えているそうですね。信頼できる人物ですか？」

「彼女は絶対確かよ。レディ・トレシリアンに献身的につくしていたの」

バトルは椅子の背にもたれた。

「バレットがレディ・トレシリアンを殴り殺し、それから疑いがかからないようにと自分で薬を飲んだ可能性はまったくないと思いますか？」

「もちろん、ないわ。どうして彼女がそんなことをするの？」

「ご存じでしょう。彼女には遺産が入るのです」

「わたしだってそうよ」メアリー・オルディンは言った。

そしてバトルをじっと見た。

「そうですね」バトルは言った。「あなたにもだ。いくらだか、知っていますか？」

「さっきミスター・トレロウニーがいらして、話してくれました」

「それまでは知らなかった？」

「ええ。きっとそうだろうとは思ってましたよ。レディ・トレシリアンがときどきそのようなことを言っていたから。わたしにも何かを遺すからと。わたし、自分の財産はほとんどないんです。何か仕事をしなければ生活できません。レディ・トレシリアンはわたしに少なくとも年に百ポンドの収入が得られるぐらいのものは遺してくれるだろうと思っていました。でも、あの方にはほかにも親類が何人かいるので、ご自分が自由にできる財産でも、どうやってわたしに遺せるのか、わかりませんでした。もちろんサー・マシューの財産はネヴィルとオードリーのものになることは知っていましたし」

「つまり彼女はレディ・トレシリアンがいくら自分に遺してくれるかを知らなかったわけだ」メアリー・オルディンが読書室を出ていくと、リーチが言った。「少なくとも彼女は知らなかったと言っている」

「そういうことだな」バトルは言った。「さて、それでは青髭の最初の妻に登場してもらおうか」

7

オードリーは薄いグレーのフランネルの上着とスカートという姿だった。そういう服装だととても青ざめて幽霊のように見え、バトルはケイの言ったことを思い出した。

〝灰色の幽霊みたいに家の中をさまよっている〟

彼女はなんの感情も見せずに、質問にあっさりと答えていった。

十時に床に入った。ミス・オルディンと同じ時間に。夜の間、なんの物音にも気づかなかった。

「プライベートなことで申し訳ないのですが」バトルは言った。「なぜあなたがこの家にいらしたのか、説明してもらえますか？」

「わたしはずっとこの時期にこの家に来て滞在していました。今年は、わたしの――わたしの前の夫が同じ時期に来たいと言って、わたしにそうしてもいいかと尋ねてきたのです」

「彼のほうからそう言ってきたわけですね？」

「ええ、そうです」

「あなたの発案ではなく？」

「ええ、もちろん」

「しかし、承諾した？」

「ええ、承諾しました……わたしは――断わるわけにはいかないという気がして」

「どうしてです、ミセズ・ストレンジ？」

彼女の答は曖昧だった。

「いやなやつだと思われたくなかったから」

「あなたが被害者なのに」

「なんですか？」

「夫の側から離婚を求められたのでしょう？」

「ええ」

「それについて——こんなことを申してはなんですが——恨みをいだいているなんてことはありませんか？」

「いいえ——ぜんぜん」

「それはずいぶんと寛大なことで」

彼女は答えなかった。バトルは沈黙の圧力をかけてみたが、オードリーはケイとはちがった。そんなことで思わぬことを口走ったりはしなかった。少しも気詰まりなようすを見せずに沈黙を守っていることができた。バトルは負けを認めた。

「同じ時期にここに来るというのは、確かにあなたの考えではなかったのですね？」

「はい、わたしが考えたことではありません」

「現在のミセズ・ストレンジとは友好的な関係にありますか？」

「あの人はわたしのことをあまり好きではないと思います」

「あなたは彼女が好きですか？」

「ええ。彼女はとてもきれいだと思います」

「なるほど――以上です――ありがとうございました」

オードリーは立ちあがり、ドアに向かっていった。だが立ち止まり、躊躇して、戻ってきた。

「ひとつだけ申しあげておきたいことが――」彼女はそわそわしながら早口で言った。「あなた方はネヴィルが犯人だと――彼がお金のために彼女を殺したと思っているのでしょう。そんなことは絶対にないと、わたしは思います。ネヴィルはお金にはまったく関心がない人です。わたしにはよくわかっています。八年間、彼の妻だったのですから。彼がお金のために、あんなふうに人を殺すなんて、とても考えられないことです。ネヴィルではあり得ません。わたしが何を言っても証拠にも何にもならないのはわかっています――でも、どうか信じてください」

それだけ言うと、彼女は部屋を出ていった。

「さてと、彼女のことはどう思う？」リーチが尋ねた。「あんなのははじめてだな――あんなに感情のない人間は」

「表には出さなかったが」バトルは言った。「感情がないのではないよ。むしろとても強い感情をいだいている。ただ、それがどんなものなのかがわからない……」

8

トマス・ロイドが最後だった。彼は憮然とした顔で身を固くしてすわり、フクロウのようにまばたきしていた。

マレーから帰国したところだ——八年ぶりに。ガルズポイントには子供の頃から泊まりにきていた。ミセズ・オードリー・ストレンジは遠縁の親戚だが、彼女が九歳のときから自分の家で育った。前の晩は十一時少し前に床についた。ミスター・ネヴィル・ストレンジが家を出る物音は聞こえたが、姿は見なかった。ネヴィルは十時二十分過ぎか、その少しあとくらいに出ていった。夜の間はなんの物音にも気づかなかった。レディ・トレシリアンが殺されているのがわかったとき、自分はもう起きて庭にいた。自分はいつも早起きなのだ。

そこでしばらく質問が中断し、また始まった。

「家の中に緊張状態が生じていたとミス・オルディンから聞いたのですが、あなたは気づいていましたか？」

「さあね。わたしはあまりものに気づかないほうなんで」

〝嘘だ〟バトルは声に出さずに言った。〝むしろいろいろなことによく気づくタイプだ。ふつうの人間が見過ごすようなことまで〟

いや、ネヴィル・ストレンジが金に困っていたとは思えない。ぜんぜんそんなようすはなかった。ただ自分はミスター・ストレンジのことはそれほどよく知らないのだ。

「二番目のミセズ・ストレンジはどの程度ご存じですか？」

「ここで会ったのがはじめてだ」

バトルは最後の切り札を出した。

「もうご存じかもしれないが、ミスター・ネヴィル・ストレンジの指紋が凶器についていたのです。そして昨夜彼が着ていた上着の袖に血液が付着していました」

バトルはそこで間を置いた。トマスはうなずいた。

「本人から聞いたよ」つぶやくように彼は言った。

「率直なところをうかがいますが、彼が犯人だと思いますか？」

トマス・ロイドはせかされるのを好まない男だった。一分間考えた――ずいぶん長い時間だ――そして答えた。「なぜわたしにきくのか、わからないな。わたしが口出しするようなことではないだろう。あなたたちの仕事だ。ただ、あえて言えば――彼が犯人である可能性はあまりないと思う」

「もっと可能性の高い人物に心当たりは？」

トマスは首をふった。

「考えられる唯一の人物には、あの殺人を実行するのは不可能だった。だから、これ以上考えても意味がない」

「それは誰です？」

トマスはよりきっぱりと首を横にふった。

「言えるわけがないだろう。わたしの個人的観測に過ぎないのだから」

「警察に協力するのは市民の義務ですよ」

「事実はいくらでも話す。これは事実ではない。ただの考えだ。それに、その人物が犯人である可能性はゼロなんだ」

「たいして聞き出せなかったね」トマスが出ていくとリーチは言った。

バトルはうなずいた。

「ああ、だめだったな。あの男は何か考えている――何かはっきりしたことを。それが何か知りたいものだ。これは実に特異な殺人事件なんだよ、ジム――」

リーチがそれに答える前に電話が鳴った。リーチが電話に出た。一、二分、相手の言うことを聞いていたが、「わかった」と言って受話器を置いた。

「上着についていた血液は人間のもので」彼は言った。「レディ・トレシリアンと同じ血液型だった。どうやらネヴィル・ストレンジの犯行と決まったようで——」

バトルは窓辺に寄り、おおいに興味をひかれたようすで外を見ていた。

「ハンサムな若者がいる」彼は言った。「実にハンサムで、そして明らかに悪党だな。ミスター・ラティマーが——あれがミスター・ラティマーにちがいないと思うのだが——ゆうべ〈イースターヘッドベイ・ホテル〉にいたのは残念だ。あの男なら、何か得るものがあって、うまく逃げおおせることができると思えば、自分の祖母《ばあ》さんの頭だって叩きつぶしかねないタイプなのに」

「うん、でも、あいつには得るものは何もなかった」リーチは言った。「あの男はレディ・トレシリアンの死によってなんの利益も受けない」

また電話が鳴った。「うるさい電話だな。今度はなんだ？」

彼は電話に出た。

「もしもし。ああ、あんたか、先生。えっ？　気がついた？　何？　えっ？」

彼はふり向いた。「伯父さん、ちょっと聞いてよ」

バトルは受話器を受け取り、相手の話を聞いた。いつもながら顔は無表情のままだった。彼はリーチに言った。「ネヴィル・ストレンジを呼べ」

ネヴィルが読書室に来たとき、バトルは受話器を置くところだった。

顔面蒼白で疲れ切ったようすのネヴィルは、スコットランドヤードの警視を一心に見つめ、その仮面のような顔の背後に隠されている感情を読みとろうとした。

「ミスター・ストレンジ」バトルは言った。「あなたのことをとてもきらっている人物がいますか?」

ネヴィルは相手の顔をじっと見たまま首を横にふった。

「確かですか?」バトルは執拗だった。「きらっているどころではないな、はっきり言って、あなたを心底憎んでいる人物がいるのではありませんか?」

ネヴィルは背中をぴんとのばした。

「いや、いない。ひとりもいないよ。そんな人物には心当たりがない」

「考えてください、ミスター・ストレンジ。どんな意味であれ、誰かを傷つけたことはありませんか?」

ネヴィルは顔を赤らめた。

「ぼくが傷つけた人はひとりだけだ。しかし彼女はそのことで恨みをいだくような人ではない。つまり、ぼくの最初の妻。ぼくが別の女性に心を奪われて捨てた女性だ。だけど断言してもいいが、彼女はぼくを憎んではいない。彼女は――彼女は天使のような人なんだ」

警視はテーブルの上に身を乗り出した。

「いいですか、ミスター・ストレンジ、あなたは実に運がよかったのですぞ。わたしはあなたを逮捕したかったわけじゃない。そんなことはしたくなかった。だが、逮捕すれば有罪にできたはずだ！　きちんと立証できただろう。そして、陪審員があなたの個人的魅力に惑わされるなどということがない限り、あなたを絞首刑にできたはずだ」

「なんだか」ネヴィルは言った。「過ぎたことの話をしているみたいな口調だな」

「過ぎたことなんです」バトルは言った。「あなたは命拾いしたんだ、ミスター・ストレンジ。まったくの偶然でね」

ネヴィルは怪訝そうに警視を見たままだった。

「昨夜あなたが彼女の部屋を出たあとで、レディ・トレシリアンはベルを鳴らしてメイドを呼んだのです」

その意味をネヴィルが理解するまで、彼は待った。

「あとで。つまりバレットが見たんだね――」

「そうです。元気なところをね。バレットは主人の部屋に行く前に、あなたが家を出るところも見たと証言しているそうです」

ネヴィルは言った。「でも、九番アイアンに――ぼくの指紋が――」

「あのクラブが凶器ではなかったのです。レイズンビー医師も現場で見たときに不審に思っていた。それはわたしにもわかりました。被害者は別のもので殴られたのです。あの九番アイアンはあなたに嫌疑をかけるために現場に置かれたものです。あなたが被害者と口論しているのを聞いて、あなたを犯人に仕立てるのがいいと思いついたか、あるいは――」

彼は最後まで言わず、あらためて質問をくり返した。

「この家であなたを憎んでいるのは誰ですか、ミスター・ストレンジ？」

9

「教えてほしいことがあるのだけれど、先生」バトルは言った。

病院でジェーン・バレットから短時間の事情聴取をしたあとで、一緒に医師の自宅に戻ったところだった。

バレットは衰弱していたが、話しぶりはとてもはっきりしていた。

センナを飲んでベッドに入ろうとしているところで、レディ・トレシリアンのベルが鳴った。そのとき時計を見たので時間をおぼえている——十時二十五分だった。

ガウンをはおって階下に降りていった。一階の廊下で物音がしたので、階段からのぞいて見た。

「ミスター・ネヴィルが出かけようとしていました。かけてあるレインコートを手にとるところでした」

「どのスーツを着ていた？」

「チャコールグレーのピンストライプです。とても心配そうな、つらそうなお顔をなさっていました。どんな着方になってもかまわないというように、無造作にコートに腕を通していました。そして外に出て、玄関のドアを大きな音を立てて閉めました。わたしは奥様のお部屋に行きました。かわいそうに、奥様はとてもお疲れになっていて、なんでわたしを呼んだのか忘れてしまったとおっしゃいました。そんなことはめったにないのに、お気の毒に。それで枕の具合を直したり、水を注いだりして、よく眠れるようにしてさしあげました」

「興奮したり、何かを恐れているようなようすはなかった？」

「ただお疲れになっていただけです。わたしも疲れていました。あくびばかりして。部屋にあがって、そのまま眠ってしまいました」

これがバレットの話だった。女主人の死を知らされたときの彼女の驚きと嘆きはまぎれもなく本心からのものに見えた。

レイズンビー医師の家に着いて、バトルは彼に質問があると言ったのだった。

「なんだね？」レイズンビーは言った。

「レディ・トレシリアンの死亡推定時刻は？」

「言っただろう。夜の十時から零時の間」

「そう言われたのはおぼえているけれど、でもそれがききたかったわけじゃないんだ。先生が、個人的に、どう思うか教えてくれないか？」

「オフレコで？」

「ああ」

「わかった。わたしとしては十一時前後ではないかと考えている」

「その答が欲しかったんだ」バトルは言った。

「喜んでもらえてうれしいよ。でも、どうして？」

「被害者が十時二十分より前に殺されたとは考えたくなかったんだ。バレットの睡眠薬のことを考えてみてもそうだろう——その時間にはまだ効いていないはずだ。あのように睡眠薬を盛ったということは、犯行はもっと遅い時間に計画されていたと見るべきだ——夜中に。わたしとしては午前零時頃だと思いたい」

「可能性はあるよ。十一時というのはただの勘だから」

「でも零時過ぎではない」

「そう」

「午前二時半過ぎということは？」

「絶対にない」

「なるほど、それでストレンジは完全に白だ。あとは彼が屋敷を出たあとの行動をチェックするだけだ。言ったとおりのことをしていたとわかれば、彼は潔白。われわれは別の容疑者を探すことになる」

「遺産を相続する別の人物？」リーチが言った。

「かもしれない」バトルは答えた。「だがなぜか、そうではないという気がするんだ。おかしなやつを探すべきではないかと」

「おかしなやつ？」

「頭のおかしな悪党」

医師の家をあとにして、ふたりはフェリー乗り場に行った。フェリーとはウィルとジョージのバーンズ兄弟が動かす手こぎボートのことだった。バーンズ兄弟はソルトクリークの住人全員の顔を知っていて、イースターヘッドベイから来る人たちもほとんど知っていた。ジョージは即座にガルズポイントのミスター・ストレンジが前の晩の十時半に向こう岸にわたったと答えた。いや、ミスター・ストレンジをこちら側にわたすことはしていない。最後のフェリーは午前一時半にイースターヘッドの側からわたってくるが、それにミスター・ストレンジは乗っていなかった。

バトルはジョージに、ミスター・ラティマーを知っているかと尋ねた。

「ラティマー？　ラティマーね。背の高い、ハンサムな紳士かな？　ホテルからときどきガルズポイントに行く人？　ああ、その人なら知ってるよ。でも、ゆうべは見なかった。今朝、来たけれど。この前の舟で戻っていったよ」

ふたりはフェリーで川をわたり、〈イースターヘッドベイ・ホテル〉に行った。

行ってみると、ミスター・ラティマーは川向こうから戻ったところだと言われた。彼らの前のフェリーに乗ってきたのだと。

ミスター・ラティマーは警察にできる限りの協力をすると申し出た。

「ああ、ネヴィルのやつがゆうべ来ましたよ。何かでひどく悩んでいるようだった。ご老体と言い争いになったと言っていた。ケイとも喧嘩をしたと聞いていたけれど、彼はもちろんそのことは言わなかった。とにかく、すっかりしょげていました。はじめてぼくとつきあうのが楽しいと思ってくれたみたいで」

「すぐにはあなたがみつからなかったんですよね」

ラティマーはむきになって言った。「どうしてなんだろう。ぼくはラウンジにいたのに。ストレンジが言うには、のぞいたけれど姿が見えなかったって。もっとも彼は気が動転していたから。あるいはぼくがちょっと庭に出ていて、その間に来たのかもしれない。しょっちゅう外に出ていたんですよ。このホテルはいやなにおいがして。ゆうべバーにいて気がついたんです。排水溝だと思う。ストレンジも同じことを言ってました。ふたりともにおいを感じたんです。何かがくさったようないやなにおい。ビリヤード場の床下でネズミでも死んでいるのかもしれない」

「ビリヤードをしたそうですが、そのあとは？」

「ええと、少しおしゃべりをしました。もう一、二杯飲んで。そこでネヴィルが言いました。〝おっと、最後のフェリーに乗り損なった〟って。それで、ぼくが車を出して送っていってやるよと言って、そうしました。向こうに着いたのは二時半頃で――」

「それで、ミスター・ストレンジは昨夜ずっとあなたと一緒にいたのですね？」

「ええ、そうです。誰にでもきいてみてください。みんな同じことを言いますよ」

「ありがとうございます、ミスター・ラティマー。念には念を入れて捜査しなければならないもので」

落ち着いたようすでほほえんでいる若者のそばを離れると、リーチは尋ねた。「どうしてそんなに念入りにネヴィル・ストレンジのことを調べたんだい？」

バトルはほほえんだ。その顔を見てリーチも突然悟った。

「ああ、そうか！　伯父さんはもうひとりのことを調べていたんだ。じゃあ、彼に目星をつけているんだね？」

「誰かに目星をつけるのはまだ早すぎる」バトルは言った。「まずは昨夜ミスター・ラティマーがどこにいたのかを確認したかったんだ。わかったのは、十一時十五分頃から夜中過ぎまで、彼はネヴィル・ストレンジと一緒だった。だがその前は？　ストレンジがここに来たとき、すぐにはラティマーはみつからなかった」

　ふたりは丹念に聞き込みをした――バーテンダー、ウェイター、エレベーターボーイ。ラティマーは九時から十時まではラウンジで姿を見られていた。十時十五分にはバーにいた。だがそれから十一時二十分までは、なぜかどこにも姿がなかった。ところがメイドのひとりがこう証言した。ミスター・ラティマーは〝書き物用の小さな個室にミセズ・ベドウズと一緒にいらっしゃいました――北部からいらしている太ったご婦人です〟

時間はと問われて、メイドは十一時頃だったと思うと答えた。

「ああ残念」バトルはくやしそうに言った。「ずっとここにいたわけか。ただその太ったた（そしてまちがいなく金持ちの）ご婦人との仲を知られたくなかっただけだ。となると、またあの家の者に目を戻さなければならない――使用人たち、ケイ・ストレンジ、オードリー・ストレンジ、メアリー・オルディン、そしてトマス・ロイド。そのうちのい、い、ひとりが老婦人を殺したわけだ。だが、誰が？　ほんとうの凶器を発見できれば――」

はっとして、彼は腿《もも》を平手で叩いた。

「わかったぞ、ジム！　なぜエルキュール・ポアロのことばかり考えてしまっていたのか、やっとわかった。さあ、ここで軽く昼食をすませてガルズポイントに戻ることにしよう。おまえに見せたいものがあるんだ」

10

メアリー・オルディィンは落ち着きのないようすだった。家から出たり入ったりして、枯れたダリアの花を切り落としたり、客間に行って意味もなく花瓶の位置を直したりしていた。

読書室から話し声がぼんやりと聞こえていた。ミスター・トレロウニーがそこでネヴィルと話をしているのだ。ケイとオードリーはどこにも姿が見えなかった。

メアリーはまた庭に出た。塀のそばでトマス・ロイドがのんびりとパイプをふかしていた。彼女はそこへ歩いていった。

「ああ、もう」トマスの隣に腰をおろしながら、彼女は深いため息をついた。

「どうかした？」トマスは尋ねた。

メアリーは笑った。その笑い声にはかすかにヒステリックな響きがあった。

「そんなことを言うのはあなたぐらいよ。家で殺人事件があったのに、〝どうかした？〟ですって」

少々驚いた顔でトマスは言った。「何か新しい進展があったのかという意味だったのだけれど」

「ええ、わかっているわよ、それぐらい。あなたみたいに何があっても動ぜずって感じ

「仕方がないだろう、何かあるたびにいちいち興奮していたって」

「ええ、ほんとに。あなたの言うのが正しいわ。ただ、どうして言ったとおりにできるのか、それが不思議なのよ」

「まあ、ぼくは部外者だから」

「それはそうよね。ネヴィルの嫌疑が晴れて、わたしたちがどんなにほっとしているか、あなたにはわからないでしょうし」

「もちろんぼくだって、よかったと思っているよ」トマスは言った。

メアリーは身ぶるいして言った。「きわどかったじゃない。もしネヴィルが部屋を出たあとでカミーラが何か思いついてベルを鳴らさなかったら――」

彼女は最後まで言わなかった。トマスがあとを引き継いだ。

「そしたらネヴィルは一巻の終わりだった」

彼の声には何やら冷ややかな満足感が表われているようだった。そしてメアリーの責めるような視線に気づくと、首をふって薄ら笑いを浮かべた。

「ぼくだって冷酷非情なわけじゃない。でも、ネヴィルはもう大丈夫だとわかった今にして思うと、彼がちょっときつい目にあわされたのはいい気味だという気がしてしまうよ。だって、彼はいつも自分に満足して自信満々じゃないか」

「ほんとはそんな人じゃないのよ、トマス」

「そうかもしれない。彼の態度物腰がそんなふうに思わせるだけなのかもしれない。それはともかく今朝の彼は死ぬほどびびっていたじゃないか！」

「あなたって薄情なのね！」

「だけど、もう万事解決じゃないか。ねえ、メアリー、今回もまたネヴィルは強運の持ち主であることを証明しただろう。彼ほどの幸運に恵まれていない男だったら、あれだけの証拠を突きつけられて助かる望みはなかったと思うよ」

メアリーはまた身ぶるいした。「そんなこと言わないで。わたしは、潔白な者は――守られていると思っていたいの」

「ああ、なるほど」トマスの声はやさしかった。

メアリーは突然感情をあらわにした。

「トマス、わたし心配なの。すごく心配なのよ」

「何が？」

「ミスター・トレーヴのこと」

トマスはパイプを砂利の上に落とした。パイプを拾いあげる彼の声の調子が変わった。

「ミスター・トレーヴの何が?」

「ここで食事をしたときに――あの方がした話――人殺しをした子供の話よ! ずっと気になっていたのよ、トマス……あれはたまたま出た話だったのかしら? もしかして、何か意図があってした話だったのではないかしら?」

「つまり」トマスはゆっくりと言った。「あの場にいた誰かに向けて話したのではないかということ?」

メアリーはささやき声で答えた。「ええ」

トマスは静かに言った。「ぼくもあのときのことは気になっていたんだ。実は、今そのことを考えていたところへ、きみが来たんだよ」

メアリーは目をなかば閉じた。

「思い出そうとしていたの……あの方はとてもよく考えた上で話をしたようだった。おまけに多少強引にあの話題を持ち出したような気もするわ。そして、どこでその人物を見てもわかると言った。その点を強調していたでしょう。まるであの場にその人物がいるのがわかったというように」

「うーん」トマスは言った。「実はぼくも同じことを考えていたよ」

「でも、そうだとして、どうしてそんなことをしたのかしら? 目的は何?」

「それはたぶん」トマスは言った。「一種の警告だったんじゃないかな？　妙なまねをするなという」

「ミスター・トレーヴはカミーラが殺されることを知っていたというの？」

「ああ、いや、そうじゃない。それはあまりに現実離れしている。もっと広い意味の警告だったんだよ」

「どうしようかと思っていたのだけれど、警察に話すべきだと思う？」

そう問われて、トマスはまたじっくりと考えた。

「話すべきではないと思う」ようやく彼は答えた。「話しても何にもならないだろうから。トレーヴが生きていて、警察に何かを教えられるなら別だけれど」

「そうよね」メアリーは言った。「あの方は亡くなってしまった！」彼女はまた一瞬身ぶるいした。「妙だと思わない、トマス？　亡くなったときの状況が」

「心臓発作だよ。もともと心臓が弱かったんだ」

「そうじゃなくて、壊れてもいないエレベーターに故障中と書いてあったことよ。なんだか気になるわ」

「それはぼくも気になっていたよ」トマス・ロイドは言った。

11

バトル警視は寝室を見まわした。ベッドは整えられていたが、それ以外は手をつけられていなかった。最初に見たときもきちんと片づいていたし、今もきちんと片づいていた。

「あれだ」古風な鉄製の炉格子を指さして、バトル警視は言った。「あの炉格子を見て、どう思う？」

「掃除がたいへんだろうな」ジム・リーチは答えた。「でもよく手入れされている。見たところ何も変わった点はないと思うけど、ただ――うん、左側の取っ手のほうが右側のよりよく光っているね」

「あれのせいでエルキュール・ポアロのことばかり考えるようになったんだ」バトルは言った。「知ってるだろう、彼はものがきっちり左右対称になっていないと気がすまない――大騒ぎするんだ。わたしは無意識に〝ポアロがあれを見たら文句を言うだろうな〟と思ったんだな。それで彼のことを考えるようになった。ジョーンズ、指紋採取キットを持ってこい。あの取っ手を調べるんだ」

しばらくしてジョーンズが報告した。「右の取っ手には指紋があります。左側は何もついていません」

「じゃあ、調べるのは左側だ。右側の指紋は、この前掃除したときにメイドがつけたものだ。左側はそのあともう一度拭いてある」

「ここのくずかごに研磨剤をつけた紙がまるめて捨ててありました」ジョーンズ巡査部長が言った。「別に意味はないと思ってしまって」

「あのときは何を探すべきかわかっていなかったからだよ。気をつけてやってくれ。その取っ手はネジで留めてあって、はずせると思うんだ――うん、やっぱりそうか」

ジョーンズがはずした取っ手を持ちあげた。

「かなりの重さです」手を上下させて、彼は言った。

顔を近づけて見ていたリーチが言った。「何か黒っぽいものがついている――ネジに」

「まずまちがいなく血だな」バトルは言った。「取っ手はきれいに拭いて磨いたが、ネジの小さなしみには気づかなかったわけだ。何を賭けてもいいぞ。そいつが老婦人の頭を叩き割った凶器だ。だがまだほかにも探すべきものがある。ジョーンズ、きみにまかせるから、この家を再度捜索しろ。今度は何を探すべきかはっきりとわかっている」

警視は早口で細かな指示を与えた。そして窓のところに行くと、外に首を突き出した。

「ツタの間に何か黄色いものが押しこんであるぞ。あれもジグソーパズルのピースのひとつかもしれない。たぶんそうだ」

12

廊下を歩いていったバトル警視はメアリー・オルディンに呼び止められた。

「ちょっといいですか、警視さん？」

「どうぞ、ミス・オルディン。ここで話しますか？」

彼はダイニングルームのドアを開けた。昼食の食器はハーストールがすでに片づけていた。

「お尋ねしたいことがありますの。まさか今も、この恐ろしい犯罪を行なった犯人がこの家の者だとは考えていらっしゃらないでしょう？　外から入りこんだ者の仕業にちがいありません！　どこかの頭のおかしい人です！」

「まんざら見当はずれでもありませんよ、ミス・オルディン。わたしの読みがまちがっていなければ、この事件の犯人を言い表わすのに、頭がおかしいという言葉はぴったりだと思います。ですが、外部の者の犯行ではありません」

彼女は目を丸くした。

「では、この家の者の誰かが――狂人だと？」

「狂人というと」警視は言った。「異様な形相で暴れまわるような人間を想像するのかもしれません。しかし、実際はそうとは限りません。もっとも危険な犯罪的志向を持つ狂人は、一見したところあなたやわたしと見分けがつきません。ちがうのは、そのような人物は心が何かにとりつかれているということです。ある考えが心にとりついて、次第にその人間をねじ曲げていく。しごくまともそうに見える人がつらそうな顔で、自分は迫害を受けている、みんなが自分をスパイしていると訴えたりする――聞いているほうは、ときどきほんとうなのかなと思ってしまいます」

「この家には迫害を受けていると思いこんでいる者などいませんわ」

「今のはひとつの例にすぎません。心の病にはいろいろなものがあります。ただまちがいないと思うのは、この犯罪を犯した者はあるひとつの考えに支配されているということです――ひとつのことだけ思いつめて、ほかのことはどうでもよくなってしまっている」

りますの」

身をふるわせて、メアリーは言った。「お話ししておいたほうがいいと思うことがあ

手短に、しかし正確に、彼女はミスター・トレーヴが屋敷を訪れ、ある話を披露したことを話した。バトル警視は強い印象を受けたようだった。

「その人物を見ればわかると言ったのですね？　男ですか、女ですか？」

「話の内容からして男の子だろうという印象を受けましたが、ミスター・トレーヴはそうは言っていません——性別も年齢も明らかにしないとはっきりおっしゃいました」

「ほう？　それはかえって意味ありげですな。そして、その人物にははっきりした肉体的特徴があると言ったのですね？」

「はい」

「傷跡とか？　この家には体に傷跡のある人がいますか？」

答える前にメアリー・オルディンが一瞬ためらったのを、バトル警視は見逃さなかった。

「わたしの知る限りでは誰も」

「さあさあ、ミス・オルディン」ほほえんで、警視は言った。「何か知っているのでしょう？　それはわたしでも気づくようなものですか？」

メアリーは首をふった。

「わ、わたしは、そういうことは何も知りません」

だが彼女は明らかに動転し、取り乱していた。警視の言葉で、彼女はとても不愉快なことを考えさせられたにちがいなかった。警視はそれが何なのかぜひとも知りたかった。だが経験から彼は、今相手を追及してもなんの答も得られないであろうことをわきまえていた。

彼は話をミスター・トレーヴに戻した。

メアリーは問題の夜、ホテルに戻ったミスター・トレーヴを襲った悲劇について語った。

バトルは彼女にいくつか質問した。そして、そっと言った。「こういうのははじめてだ。今までお目にかかったことがない」

「なんのことですの？」

「エレベーターに札を一枚かけるだけで目的を達した殺人事件などというものははじめて経験するという意味ですよ」

メアリーの顔が恐怖にゆがんだ。

「まさか、そんなふうに考えては――？」

「殺人事件ではないかと？　もちろん、そうにきまっていますよ！　すばやい、巧みな殺しです。成功しない可能性もあったが――だが、実際成功した」

「それはミスター・トレーヴが知っていたから――？」

「そうです。彼がこの屋敷にいたある特定の人物を名指しする恐れがあったからです。正直言って、当初は真っ暗闇の中にいるようでしたが、今はかすかな光が見えてきて、それもどんどん明るくなってきています。いいですか、ミス・オルディン、この殺人はあらかじめ実に細かい点にいたるまで計画を立てて実行したものです。これだけは忘れないでください――今の話をわたしにしたことを、ほかの誰にも知らせてはいけません。とても大事なことです。絶対に誰にも言わないこと」

メアリーはうなずいた。まだ呆然とした顔をしていた。

バトル警視は部屋を出て、メアリーに呼び止められたときにやろうとしていたことをした。彼は几帳面な男だった。ある情報を入手しようとしていたところで新たに見込みのありそうな手がかりが浮上しても、そちらに気を移してやりかけていたことを中断したりはしなかった。新たな手がかりにはおおいに気をひかれたが。

彼は読書室のドアを軽くノックした。ネヴィル・ストレンジの声がした。「どうぞ」

バトルはミスター・トレロウニーに紹介された。鋭い黒い目をした、背の高い威厳のある人物だった。

「お邪魔して申し訳ありません」バトル警視は丁寧に言った。「ですが、ひとつはっきりさせたいことがありまして。ミスター・ストレンジ、あなたがサー・マシューの財産の半分を相続なさるのはわかりますが、残りの半分はどなたのものになるのでしょう?」

ネヴィルは驚いた顔をした。

「それはもう言っただろう、ぼくの妻だよ」

「ええ、でも——」バトルは困ったことだというように咳払いした。「どちらの奥様なのか」

「ああ、そうか。いや、ぼくの言い方がまずかった。遺産はオードリーのものだよ。遺言状が作られたときには彼女がぼくの妻だったから。そうですよね、ミスター・トレロウニー?」

弁護士はそうだと言った。

「遺贈の内容はきわめて明確に定められています。財産はサー・マシューの相続人二名、ネヴィル・ヘンリー・ストレンジとその妻オードリー・エリザベス・ストレンジ、旧姓スタンディッシュの間で等しく分配することとなっています。おふたりが離婚したことは、この規定にはなんの影響もおよぼしません」

「そのことを」バトルは言った。「ミセズ・オードリー・ストレンジもはっきりと認識していると考えてよろしいのですね？」

「そうです」弁護士が答えた。

「で、現在のミセズ・ストレンジは？」

「ケイ？」ネヴィルは少し驚いた顔をした。「ああ、知っていると思うけど。少なくとも――ああ、いや、彼女とはこのことについて話をしたことはないな」

「話せば、きっと」バトルは言った。「彼女が誤解していたことがわかると思いますよ。レディ・トレシリアンの死で、遺産はあなたとあなたの現在の妻のものになると彼女は考えています。少なくとも今朝彼女がわたしに言ったのは、そういうことでした。それで実際はどうなのか、うかがいにきたわけで」

「驚いたな」ネヴィルは言った。「だけど、そう誤解しても無理なかったのかもしれない。そう言えば一度か二度、彼女はこんなことを言っていたっけ。〝カミーラが死ねば、あのお金はわたしたちのものになるのね〟と。だけどぼくは、ぼくの受け取る分を彼女が共有するという意味で言っているのかと思ったんだ」

「驚くべきことですな」バトルは言った。「ひんぱんに話をしているふたりの人間の間にとても大きな誤解があって、しかも互いに相手が誤解していることに気づかずにいるなどということがあるのですね」

「そうだね」ネヴィルは言ったが、それほど気にとめていないようだった。「いずれにしてもたいした問題じゃないよ。ぼくたちは金にはぜんぜん困っていないのだから。オードリーのためにはよかったと思っているよ。これまでとてもたいへんだったけれど、これですっかりようすが変わる」

バトルは無遠慮に言った。「それは解《げ》せないな。だって離婚したときに、彼女はあなたに生活費を要求することができたはずでしょう」

ネヴィルは顔を赤らめた。張りつめた声で言った。「警視、プライドというものを持っている人間もいるんだよ。ぼくは彼女に生活費をわたしたかったけれど、彼女が固辞しつづけたんだ」

「それもかなりの額を申し出られたのです」ミスター・トレロウニーが口をはさんだ。

「しかしミセズ・オードリー・ストレンジはそのたびにお金を送り返してきて、受け取りを拒否されました」

「それはおもしろい」バトルは言い、それはどういう意味かと問いかけられる前に部屋を出ていった。

出たところで甥と出会った。

「どんぴしゃりだよ」警視は言った。「この家の連中はほとんど全員が、今度の事件に関してとてもはっきりした金銭的動機を持っている。ネヴィル・ストレンジとオードリー・ストレンジにはそれぞれ五万ポンドという大金が入る。ケイ・ストレンジは、五万ポンドは自分のものになるのだと思っている。メアリー・オルディンは収入源を得て、生活のために働かなくてよくなる。トマス・ロイドだけはどうやら金銭的利益を得ることはないようだ。だがハーストールとバレットはリストに加えることができる。バレットが疑いをそらすために命の危険を冒すかどうかは別として。そう、金銭的動機ならいくらでもある。しかし、もしわたしの考えが正しければ、この事件は金とはまったく関係ない。純粋な憎悪のための殺人だよ、これは。とんでもない邪魔が入らない限り、わたしはきっと犯人をあげて見せるぞ！」

13

アンガス・マクワーターは〈イースターヘッドベイ・ホテル〉のテラスに腰をおろし、

川の対岸にそびえるスタークヘッドの荒涼たる眺めに見入っていた。

彼は今、自分自身の考えや感情をしっかり把握しなおそうとしていた。休暇の最後の何日かをこの場所で過ごすことに決めたのはなぜなのか、自分でよくわかっていなかった。だが何かが彼をここに引き寄せたのだった。たぶん自分を試すため――かつての絶望の名残は今も心の中にあるかどうかを見きわめたかったのだろう。

モナ？　今となってはどうでもいい。彼女は別の男と結婚した。一度道で彼女とすれちがったことがあったが、なんの感情もいだかなかった。彼女に去られたときの悲しみと怒りは記憶にあるが、今ではもう過去のものになってしまっている。

もの思いにふけっていた彼は、体の濡れた犬にぶつかられたのと、新たな友人、十三歳のミス・ダイアナ・ブリントンの金切り声でわれに返った。

「離れなさい、ドン。離れなさいったら。ひどいでしょ？　浜辺でお魚か何かの上を転げまわったらしいの。何メートルも離れたところまでにおいがするのよ。ひどく腐ったお魚だったんだわ」

マクワーターの鼻にも問題のにおいが伝わってきた。

「岩のくぼみみたいなところでね」ダイアナは言った。「海に連れていって洗ったのだけれど、あまり効き目がないみたいなの」

マクワーターはうなずいた。ドンは人なつこい、かわいらしい白いテリアだが、主人とその友人が自分を近づけまいとしていることに傷ついているようだった。

「海水ではだめなんだよ」マクワーターは言った。「お湯と石鹸で洗わなければ」

「わかってるわ。でもホテルでそれをするのはむずかしいじゃない。わたしたちの部屋にお風呂はないから」

結局マクワーターとダイアナはドンを連れて通用口からそっとホテルに入り、こっそりマクワーターの部屋の浴室に行った。犬をきれいに洗おうとして、マクワーターもダイアナもずぶぬれになった。洗われたドンはとても悲しそうだった。またこのいやな石鹸のにおいをつけられてしまった。せっかくどんな犬もうらやむようなすばらしい香りの元をみつけたというのに。まったく、人間というのはどいつもこいつも同じだ——まともな嗅覚というものを持っていない。

そんな些細なできごとで、マクワーターはいっそう快活な気分になった。バスでソルティントンまで、クリーニングに出してあったスーツをとりにいった。

二十四時間仕上げのクリーニング店の女の子は、彼の顔を無表情に見つめた。

「マクワーターさん？　まだできていませんよ」

「そんなはずはないよ」彼は前々日にスーツを持ちこんだのだった。二十四時間で仕上がると言われたのだが、今は二十四時間どころか四十八時間経っている。女性だったら、そのことをすっかり話して説明しただろうが、彼はただ顔をしかめただけだった。

「まだ仕上がりの時間じゃないんです」曖昧にほほえんで少女は言った。

「そんな馬鹿な」

少女は笑みを消すと、きつい口調で言った。「とにかく、まだできていないんです」

「じゃあ、そのまま持ってかえるよ」マクワーターは言った。

「まだ何もしていないんですよ」少女は警告するように言った。

「持ってかえる」

「明日までに仕上げてあげますよ――特別扱いで」

「わたしは人に特別扱いをしてくれと頼んだりはしないんだ。いいからスーツを返してくれないか」

彼をひとにらみすると、少女は奥の部屋に入っていった。いい加減にまとめた包みを持って戻ってくると、カウンター越しに押してよこした。

マクワーターは包みを受け取り、店を出た。

まったくおかしなことだが、マクワーターはなんだか相手に勝ったような気がした。要は別のクリーニング屋をみつけるだけのことだ！

ホテルに戻ると、包みをベッドの上にほうり投げ、わずらわしそうに見た。ホテルに頼んでしみぬきとプレスをさせようか？　別にそんなにひどく汚れていたわけではないのだ。クリーニングに出すまでもなかったのかもしれない。

包みを開いた彼は、憤りの声を発した。まったく、あのクリーニング屋は実にいい加減だ。これは自分のスーツではない。そもそも色がちがう。自分が出したのは紺のスーツだ。なんというだらしのなさだ。

いらいらしながら、彼は名札を見た。名札には確かにマクワーターと書いてあった。マクワーターがもうひとりいるのか？　それともお粗末なまちがいで名札をとりちがえた？

丸まった、しわだらけの服を腹立たしげに見ていた彼は、突然においに気づいた。おぼえのあるにおいだった――とても不快なにおい……何か犬と関係があった。そうだ、あれだ。ダイアナの犬。腐った魚のにおい！

彼はスーツに顔を近づけてよく見てみた。上着の肩の部分が色が変わってしみになっていた。肩に――

これはなかなか――マクワーターは思った――おもしろい……

それはともかく、明日になったらあのクリーニング屋の娘に言ってやらなければならない。まったくお粗末な店だ！

14

夕食がすむと彼はホテルを出て、フェリー乗り場に歩いていった。よく晴れた晩で、冬を予感させるような冷たい風が吹きつけて寒かった。夏は終わりだった。

マクワーターはフェリーでソルトクリーク側にわたった。今回スタークヘッドを訪れるのは、これで二度目だった。その場所はなぜか彼の心をひきつけた。彼はゆっくりと斜面を登っていった。〈バルモラルコート・ホテル〉を過ぎ、崖の上に建っている大きな家を通りすぎた。ガルズポイントとドアに書いてあるのが見えた。なるほど、ここが老婦人が殺された家か。事件のことはホテルでもしきりに噂されていた。彼の部屋が担当のメイドは頼みもしないのに事件のことを細大漏らさず話そうとし、新聞は大々的に記事にしていた。国際情勢に興味があって、犯罪には関心がないマクワーターにとっては迷惑なことだった。

彼はさらに進んでいった。下り坂になって、小さな浜辺と、古いが現代風に造りなおされている漁師の家を何軒かまわりこんでいった。そしてふたたび登っていくと道路が終わり、そこから先はスタークヘッドにいたる小径だった。

スタークヘッドは陰鬱な、人を寄せつけない雰囲気だった。マクワーターは崖の縁に立ち、海を見おろした。あの晩と同じだった。あのときの心境をいくらかでも再現してみようとしてみた――絶望、怒り、倦怠感――すべてを終わりにしたいという欲求。だが何も再現できなかった。すべて消えてしまった。代わりにそこにあるのは冷たい怒りだった。木に引っかかり、沿岸警備隊に助けられ、病院ではおとなの言うことをきかない子供のような扱いを受け、数々の屈辱や腹立たしいできごとに耐えなければならなかった。どうしてほうっておいてくれなかったのか？　終わりにさせてくれたほうがよかったのに。千倍もよかったのに。今もその気持ちは変わっていなかった。ただ実行するだけの勢いが失せてしまったのだ。

あの頃はモナのことを考えるとどんなに胸が痛んだことか！　今ではきわめて冷静に彼女のことを考えることができた。彼女ははじめから少々頭が足りない女だった。お世辞を言われたり、自分の思い描く自分のイメージを無条件で肯定してもらったりすると、やすやすと相手の言いなりになってしまった。美人だった。確かに、とても美人だった。だが頭は空っぽだった。彼がかつて夢に思い描いたような女性とは似ても似つかない存在だった。

もちろん女性にとって美しさは貴重だ——彼の脳裏に、白い薄物をたなびかせて夜空を飛んでいく美女の姿がぼんやりと浮かびあがった……船の船首像のような姿勢だが——あのような硬い彫像でなく……あれほど硬くはなく……

そのとき突然、信じられないことが起きた。夜の闇から宙を飛ぶ人の姿が現われた。一瞬前にはなかった女性の姿が、今はそこにあった。白い人影が走っている——走っている——崖の縁に向かって。女性は、美しく、絶望の表情で、復讐の女神のあとを追うようにみずからの破壊へと突進していた……彼にはその絶望が理解できた。それが何を意味するか、彼は知っていた……

彼は暗がりから飛び出し、崖の縁から飛び出しそうになった女性の体をつかんだ！

強い声で彼は言った。「いけない……」

小鳥をつかまえているようなものだった。彼女は身もだえした——無言のまま身もだえした。ところが、やはり小鳥のように、急に静かになった。

彼は必死で言った。「飛び降りたりしちゃいけない！　なんの意味もない。なんの。たとえどうしようもなく不幸なのだとしても——」

女性は声を発した。それはたぶん、幽霊のような笑い声だった。

彼はすかさず言った。「不幸だというのではないのか？　じゃあ、なんなんだ？」

静かに息をしながら、女性はすぐさま低い声で答えた。「怖いの」

「怖い？」あまりに驚きが大きく、彼は思わず手をはなし、一歩さがって相手をよく見ようとした。

すると相手の言ったとおりだとわかった。彼女を突き動かしているのは恐怖だった。その小さな蒼白の知的な顔を、無表情な愚かなものに見せているのも恐怖だった。間隔の広く開いた目が、恐怖のあまりにじんだようになっていた。

信じられないという声で彼は言った。「何をそんなに恐れているんだ？」

答える彼女の声はあまりに小さく、ほとんど聞こえないほどだった。

「絞首刑になるのが……」

そう、彼女はそれだけ言った。彼は相手を一心に見つめた。そして崖の縁に目を移した。

「そうなのか？」

「ええ。いっそひと思いに死にたいの。そうでないと——」彼女は目を閉じ、身をふるわせた。いつまでもふるえていた。

マクワーターは頭の中で断片的な事実を並べ替えていった。

そして、言った。「レディ・トレシリアン？　殺された女性？」彼の声が鋭くなった。「ということは、きみはミセズ・ストレンジだね――最初のミセズ・ストレンジ」

ふるえながら、彼女はうなずいた。

マクワーターはゆっくりと注意深く話しながら、これまでに耳にしたことを残らず思い出そうとした。噂話にちりばめられていた事実を。

「警察はご主人を容疑者とみなした――そうだったね？　彼に不利な証拠がたくさんあった――ところがその証拠は仕組まれたものであることがわかった……」

彼は口を閉じ、相手のようすを見た。彼女はもうふるえてはいなかった。従順な子供のような態度でそこに立ち、彼を見ていた。そんな彼女を彼はたまらなくかわいらしいと思った。

彼はふたたび話しはじめた。「なるほど……事情はわかった……ご主人はきみを捨てて別の女性と結婚してしまったのだよね？　だがきみは彼を愛していた……だから――」いったん言葉に詰まったが、彼は言った。「わかるよ。わたしの妻もほかの男に走ったんだ……」

彼女は両手を広げた。どもりながら、乱れた言葉遣いで、切々と訴えた。「そ、そんな――そんなんじゃ、な、ないの。ぜ、ぜんぜん――」

彼は相手をさえぎって言った。厳しい、命令するような口調だった。

「家に帰りなさい。もう怖がらなくていい。わかるか？　わたしが保証する。きみを絞首刑にはさせない」

15

メアリー・オルディンは客間のソファに横になっていた。頭が痛み、体の力がすっかり抜けてしまっていた。

前の日に審問が開かれ、公式の身元認定が行なわれて、次回は次の週と決定された。翌日にはレディ・トレシリアンの葬儀が行なわれることになっていた。オードリーとケイは車でソルティントンに行き、喪服を買ってきた。テッド・ラティマーもふたりについていった。ネヴィルとトマス・ロイドは散歩に出かけた。だから使用人を除くと、今屋敷にいるのはメアリーひとりだった。

バトル警視とリーチ警部は今日は姿を見せず、それもありがたかった。彼らがいないと屋敷をおおう暗い影が消え去るような気がした。実は彼らは礼儀正しく、気持ちのよい人たちだった。だがはてしなく質問を浴びせられ、あのようにじっと丹念に探りを入れられて、あらゆる事実をふるいにかけられるというのは神経をひどく参らせることだった。今頃はもうあのお面のような顔の警視は、この十日間に起きたあらゆるできごとを、発せられたあらゆる言葉を、人々の仕種まで残らず把握しているにちがいない。

こうしてふたりがいなくなると、心が安らいだ。メアリーはリラックスしようと努めた。すべてを忘れよう——すべてを。じっと横になって、体を休めよう。

「失礼いたします、マダム——」

戸口にハーストールが立っていた。すまなそうな顔をしている。

「あら、何、ハーストール？」

「マダムにお会いしたいと男の方がみえています。書斎にお通ししました」

メアリーは驚き、少々うんざりして、執事を見た。

「誰なの？」

「お名前はミスター・マクワーターとおっしゃっています」

「そんな人のこと、聞いたことないわ」

「さようで」

「新聞記者でしょう。うちに入れてはだめよ、ハーストール」

執事は咳払いした。

「新聞記者ではないと存じます。ミス・オードリーのご友人とお見受けいたしました」

「あら、それなら話は別よ」

髪をなでつけ、メアリーは大儀そうに廊下を歩き、小さな書斎に入っていった。窓の近くに立っていた背の高い男がふり返ったのを見て、彼女はなぜか少し驚いた。オードリーの友だちにはとても見えない男だった。

しかし彼女は愛想よく言った。「すみません、ミセズ・ストレンジは外出しています。彼女に会いにいらしたのですか?」

男は彼女をじっと考えこんで、値踏みするように見た。「ミス・オルディンですね?」

「はい」

「あなたでも同じことをしていただけると思います。ロープを探したいのです」

「ロープ?」ひどく驚いて、メアリーは言った。

「そうです、ロープです。お宅ではロープはどこにしまっておきますか?」

あとになってメアリーは、自分は半分催眠術にかかっていたようだったと思った。もしその初対面の男が何か説明しようとしたら、彼女は拒否しただろう。だがアンガス・

マクワーターは相手が納得するような説明を思いつかず、何も言わずにすまそうとした。それがかえってとても賢明なやり方になった。気がつくとメアリーは、なかば呆然として、マクワーターと一緒にロープを探していた。

「どんなロープですか？」彼女は尋ねた。

すると男は答えた。「どんなのでも」

彼女は自信なげに言った。「もしかすると園芸用具を置いてある小屋に――」

「行ってみましょう」

彼女が先に立っていった。小屋にはより紐と細引きの切れ端があったが、マクワーターは首をふった。

ロープを探しているのだと言った。十分な長さのロープを。

「納戸がありますけど」ためらいがちにメアリーは言った。

「ああ、そこかもしれない」

ふたりは家に入り、三階にあがった。メアリーが納戸のドアを開いた。マクワーターは戸口に立って中を見た。奇妙に満足そうなため息をついた。

「あったぞ」彼は言った。

ドアを入ってすぐのところの収納箱の上にロープを巻いた大きな輪が、古い釣り道具と虫食いだらけのクッションと一緒に置いてあった。彼はメアリーの腕に手を置き、そっと前に押し出した。ふたりでロープを見おろした。手を触れて、彼は言った。「これを見て、しっかり記憶してください、ミス・オルディン。まわりのものはどれも埃でおおわれているでしょう。だがこのロープにはほこりが積もっていない」

メアリーは言った。「少し湿っているみたい」驚いた声になっていた。

「そのようだ」

彼は部屋を出ていこうとした。

「ロープは? これを探していたのでしょう?」驚いてメアリーは言った。

マクワーターはほほえんだ。

「ここにあることを確かめたかったのです。それだけ。すみませんが、このドアに鍵をかけておいてくれませんか、ミス・オルディン——そして鍵をこの家から持ち出してください。そう、バトル警視かリーチ警部に預けてくださるとありがたい。彼らに管理してもらうのが一番だ」

階段を降りていきながら、メアリーはなんとか自分を奮い立たせようとした。

玄関に着くと、彼女は相手に抗議した。「ですけど、わたしにはなんのことやらさっぱりわかりませんわ」

マクワーターはきっぱりと言った。「あなたはおわかりになる必要はないのです」彼女の手をとり丁重に握手した。「ご協力に心から感謝しています」

そう言うと、まっすぐに玄関から出ていった。メアリーは夢を見たのかと思った！

まもなくネヴィルとトマスが戻ってきた。そのすぐあとで車がとまり、ケイとテッドが楽しそうなようすで降りてきたのを見て、メアリーは思わず羨望の念を覚えた。ふたりは冗談を言って笑っていた。それも当然ではないかとメアリーは思った。カミーラ・トレシリアンはケイにとってはなんの意味もない存在だった。今度の悲劇につきあうのは、若く快活な彼女にとってはきついことだっただろう。

ちょうど昼食を終えたところへ警察が来た。バトル警視とリーチ警部が客間でお待ちですと伝えるハーストールの声にはどこかおびえたところが感じられた。

彼らに挨拶するバトル警視はとてもにこやかだった。

「お邪魔して申し訳ありません」彼はまずあやまった。「ただ、ひとつふたつ教えていただきたいことがありまして。まず、この手袋ですが、これはどなたのでしょう？」

彼は小さな黄色いセーム革の手袋を取り出した。

オードリーに向かって言った。

「あなたのですか、ミセズ・ストレンジ？」

彼女は首をふった。

「い、いいえ、わたしのではありません」

「ミス・オルディン？」

「わたしのではないと思います。そういう色の手袋は持っていないので」

「見せてくれる？」ケイが手を差し出した。「ちがうわ」

「ちょっとはめてみてくれませんか？」

ケイは手袋をはめようとしたが、彼女の手には小さすぎた。

「ミス・オルディン？」

メアリーも試してみた。

「あなたにも小さすぎるようですね」バトルは言った。そしてオードリーに目を戻した。

「あなたならぴったりだと思いますよ。あなたの手は、こちらのおふたりより小さいから」

オードリーは手袋を受け取り、右手にはめた。

ネヴィル・ストレンジが憤然として言った。「おい、バトル、彼女は自分のじゃないと言ったじゃないか」

「ああ、いや」バトルは答えた。「もしかして勘違いをなさったかもしれないので。あるいは、忘れていらしたか」

オードリーは言った。「わたしのかもしれません——手袋ってみんな同じように見えるでしょう?」

バトルは言った。「いずれにしても、あなたのお部屋の窓の外にあったのですよ、ミセズ・ストレンジ。ツタの間に押しこんでありました——もう一方と一緒に」

沈黙が続いた。オードリーは口を開きかけたが、何も言わずに閉じてしまった。警視にじっと見られて、視線を床に落とした。

ネヴィルがバトルにくってかかった。「おい、警視——」

「お話ししたいことがあるのですが、ミスター・ストレンジ。人のいないところで」

「ああ、いいよ、警視。じゃあ、読書室で」

ネヴィルは先に立って歩いていった。バトルとリーチがそのあとに続いた。

ドアが閉まるやいなや、彼は喧嘩腰で言った。「なんだよ、今の馬鹿みたいな話は? 妻の部屋の外で手袋がみつかったただのなんだの」

バトルは静かに言った。「ミスター・ストレンジ、こちらのお屋敷でたいへん興味深い品々がみつかりましてね」

ネヴィルは眉をひそめた。

「興味深い？　どういう意味だ、興味深いって？」

「お見せしましょう」

警視がうなずくと、リーチは部屋を出ていき、奇妙なものを手に戻ってきた。

バトルは言った。「おわかりでしょうが、これはビクトリア朝ふうの炉格子からはずした鉄球です――取っ手の部分のとても重い鉄の球。ここのところはテニスのラケットの柄です。のこぎりで切り取って、そこに鉄球をネジ留めしてあります」少し間を置いて警視は言った。「これがまちがいなくレディ・トレシリアン殺害に用いられた凶器だと思います」

「なんと恐ろしい！」ネヴィルは身ぶるいして言った。「だけど、どこでこれをみつけたんだ――こんな恐ろしいものを？」

「鉄球はきれいに拭いて炉格子に戻してありました。だが犯人はネジをきれいに拭くのを忘れました。ネジに血痕がありました。ラケットも元通りにつないで絆創膏を巻きつけて固定し、階段の下の戸棚に無造作に置かれていました。あれだけの数のラケットがありますから、まぎれてしまってずっと気づかずにいたかもしれません。わたしたちはこの類のものがあるはずだと見当をつけて探していたのでみつけられましたが」

「それはお見事だな、警視」

「通常の捜査の結果にすぎません」

「指紋はなかったのだろうね？」

「ラケットは重さから見てミセズ・ケイ・ストレンジのものと思われます。奥様が手にした痕跡があり、あなたもさわったようで、おふたりの指紋がついていました。ですが、おふたりが触れたあとで手袋をはめた手で持った跡がはっきりと残っています。そして指紋がひとつだけついていました。これはうっかりつけてしまったものだと思います。ラケットを元通りにするときに絆創膏についたものです。それが誰の指紋なのかは、今はまだお話しせずに置きます。その前にお伝えすべきことがありますので」

バトルは少し待って、続けた。「ショックをお受けになるでしょうが、覚悟なさってください、ミスター・ストレンジ。まず、お尋ねしたいことがあります。同じ時期にここに滞在するというのは、ほんとうにあなたが考えついたことで、ミセズ・オードリー・ストレンジのほうから持ち出されたことではないのは確かですか？」

「オードリーはそんなことはしていない。オードリーは――」

ドアが開き、トマス・ロイドが入ってきた。

「邪魔してすまない」彼は言った。「しかし、わたしも同席したほうがいいと思う」

ネヴィルは迷惑そうに彼を見た。

「悪いけれどね、今はプライベートな話をしているんだよ」

「そう言われて引きさがるわけにはいかない。外にいて名前が聞こえたんだ。オードリーの名前がね」

「オードリーの名前が出ていたからって、あんたになんの関係があるんだ？」いらだちを隠さずにネヴィルは問いただした。

「ふん、それを言うなら、きみこそもうオードリーとは関係ないじゃないか。わたしはどうかと言うと、まだオードリーにはきちんと話してはいないけれど、今回帰国したのは彼女に結婚を申し込むためだったんだ。それは彼女も気づいていると思う。それだけじゃない、わたしは必ず彼女と結婚するつもりだ」

バトル警視が咳払いした。ネヴィルはぎくりとして彼のほうに向きなおった。

「これは失礼、警視。とんだ邪魔が入って――」

バトルは言った。「わたしはかまいませんよ、ミスター・ストレンジ。もうひとつ、あなたにお尋ねしたいことがあります。事件の夜、夕食のときにお召しになっていた紺のスーツですが、あの上着の襟の内側と肩にブロンドの髪が付着していました。どうしてついたのか、心当たりはありませんか？」

「ぼくの毛だろう」

「いいえ、ちがいます。女性の毛髪です。袖口には赤い毛も付いていました」

「それは妻の——ケイのだろう。ブロンドのほうは、オードリーのだと言いたいのだろうが、その可能性はおおいにあるよ。テラスにいたときに、ぼくのカフスボタンに彼女の髪がからまってしまったことがあるんだ。今思い出したけれど」

「もしそうなら」リーチ警部がつぶやくように言った。「ブロンドの髪が袖口についているはずだ」

「いったい何が言いたいんだ？」ネヴィルは大声を出した。

「上着の襟の内側には微量のおしろいも付着していました」バトルは言った。「〈プリマヴェラ・ナチュレルNo.1〉——とてもよい香りの白粉で、高価なものですな。あなたがつけていたなどと言ってもだめですよ、ミスター・ストレンジ。信じるわけがないでしょう。ミセズ・ストレンジは〈オーキッド・サン・キス〉を使っておられる。そしてミセズ・オードリー・ストレンジが〈プリマヴェラ・ナチュレルNo.1〉を使っているのですよ」

「何が言いたいんだ？」ネヴィルはまた言った。

　バトルは相手に顔を近づけた。

「わたしが言いたいのはですね——ミセズ・オードリー・ストレンジがあの上着を身に

つけたということです。毛髪と白粉があの部分に付着した原因としては、ほかに考えられません。そして先ほどお見せした手袋があります。あれは確かに彼女の手袋です。あれは右手でしたが、左手はここにあります」彼はポケットから手袋を出しテーブルに置いた。しわくちゃで、錆色のしみがついていた。

恐怖におののく声でネヴィルは言った。「何がついているんだ？」

「血ですよ、ミスター・ストレンジ」バトルはきっぱりと言った。「おわかりでしょう、これは左手です。そしてミセズ・オードリー・ストレンジは左利きだ。朝食のテーブルで、コーヒーカップを右手に、たばこを左手に持っているのを見て、すぐに気づきましたよ。それに彼女が使っていた書き物机のペントレーは左側に動かしてありました。すべて辻褄が合う。炉格子の取っ手、窓の外の手袋、上着についた毛髪と白粉。レディ・トレシリアンは右のこめかみを殴られていた。だがベッドの位置から見て、向こう側に立つことは不可能だ。つまり右手を使ってレディ・トレシリアンの右のこめかみを殴ろうとしたら、とても不自然な姿勢をとらなければなりません。しかし左利きの者ならごく自然な姿勢です……」

ネヴィルは馬鹿にしたように笑った。

「それはつまり、オードリーが――あのオードリーが綿密な計画を立てて、長年のつきあいの老婦人を殺して、金を手に入れようとしたというのか？」

バトルは首をふった。

「そんなことは言っていません。すみませんが、ミスター・ストレンジ、どうか事情を理解していただきたい。この犯罪は終始一貫あなたをターゲットにしたものなのですよ。あなたに捨てられて以来、オードリー・ストレンジは復讐の機会をじっとねらっていました。そのあげくに精神のバランスを失してしまった。もともとあまり精神的に強いタイプではなかったのでしょう。たぶん最初はあなたを殺すことを考えたけれど、それでは足りないと思ったのです。そしてあなたが殺人罪で絞首刑になるように仕向けることにした。あなたがレディ・トレシリアンと口論した日を選んで、あなたの寝室から上着を持ち出し、それを着て老婦人を撲殺し、服に血がつくようにした。あなたの指紋がついているのを計算して、あの九番アイアンに血と毛髪をなすりつけて現場に残しておいた。彼女と同じ時期にここに来るという考えをあなたに植えつけたのは彼女でしょう。そしてあなたを救ったのは、彼女がどうにもできなかったできごと、レディ・トレシリアンがベルを鳴らしてバレットを呼び、バレットが家を出ていくあなたを見たという事実があったからにほかなりません」

ネヴィルは両手で顔をおおった。そして言った。「そんなの嘘だ。嘘だ！　オードリーはぼくを恨んだりしなかった。あんたは何もかも誤解しているんだ。彼女は正直でまっとうな人間だ――心にほんのわずかの悪意さえいだいていない」

バトルはため息をついた。

「あなたと議論するのはわたしの役目ではありません。わたしはただ、あなたに心の準備をしておいてほしかったのです。これからミセズ・ストレンジに警告を与えて、署に同行してもらいます。すでに逮捕状はとってあります。あなたは彼女に弁護士を手配してあげたらどうですか？」

「でたらめだ。とんでもないでたらめだ」

「愛情は、あなたが思っている以上に簡単に憎悪に変化するものなのですよ」

トマス・ロイドが口をはさんだ。彼の声は冷静で、快活だった。

「でたらめだ、でたらめだと同じことばかり言うなよ、ネヴィル。しっかりするんだ。わからないのか、こうなったらオードリーを救う方法はただひとつ、紳士ぶるのはやめて真実を話すことだけだぞ」

「真実？　いったいなんの――？」

「オードリーとエイドリアンのことだよ」トマスはバトルとリーチのほうを向いた。

「いいですか、警視、あなたは誤解しているのですよ。ネヴィルがオードリーを捨てたのではないのです。彼女がネヴィルの元を去ったのです。そしてわたしの兄のエイドリアンと駆け落ちしようとした。ところがエイドリアンは交通事故で死んでしまった。ネヴィルはオードリーに対してあくまで紳士として接しました。彼女との離婚の手続きを進め、自分に非があるように人に言ったのです」

「彼女に屈辱を味わわせたくなかったんだ」ネヴィルは憮然として言った。「ほかに知っている者がいるとは思わなかった」

「エイドリアンが手紙で知らせてきたんだよ。事故の少し前に」トマスはあっさり言った。そしてさらに話を続けた。「どうです、警視？　これであなたの言う動機は吹き飛んでしまった。オードリーにはネヴィルを憎む理由はないのです。それどころか、彼女はネヴィルから大きな恩恵を受けている。彼はオードリーに生活費をわたそうとまでしたのです。さすがにそれは彼女が辞退したけれど。だからここでケイと一緒に過ごすようにネヴィルから言われて、彼女は拒むことができなかったわけです」

「ほらね」ネヴィルが勢いこんで言った。「これで彼女には動機がないことがわかっただろう。トマスの言うとおりなんだ」

バトルの無表情な顔にはなんの変化もなかった。

「動機はひとつの要素にすぎない」彼は言った。「その点ではわたしの読みはちがっていたかもしれない。しかし、ほかの要素もあって、それらはすべて彼女が犯人だと指し示しています」

ネヴィルが皮肉な調子で言った。「二日前には、すべての要素がぼくが犯人だと指し示していたんじゃないか！」

それにはバトルもいささかひるんだようだった。

「それは確かにそうです。しかし、ミスター・ストレンジ、考えてみてください。あなたの言うとおりだとしたら、こうなるのですよ。あなたたちふたりを憎んでいる者がいて、最初の計画がうまくいかなかったから二番目の手を使ってオードリー・ストレンジを犯人に仕立て上げようとしたのだと。そんな人物がいると思いますか？　あなたとあなたの最初の妻をそれほどまでに憎んでいる人物が」

ネヴィルはまた両手で顔をおおった。

「あんたの言うことを聞いていると、ひどく現実離れしているように思えてしまうよ」

「実際現実離れしているからですよ。しかし、わたしは事実に基づいて捜査を進めるほかありません。もしミセズ・ストレンジのほうで説明できることがあるなら――」

「今ぼくが言ったことで十分な説明になっているだろう？」ネヴィルは言った。

「十分とは言えませんよ、ミスター・ストレンジ。わたしは任務を遂行するだけです」

バトルはいきなり立ちあがった。彼とリーチがまず部屋を出て、ネヴィルとトマスがそのすぐあとに続いた。

廊下を通って客間に入っていった。

オードリー・ストレンジは立ちあがり、彼らのほうへ歩いてきた。バトルの目をしっかりと見つめ、軽く開いた唇にはほほえみが浮かんでいるようだった。

彼女はそっと言った。「わたしにご用なのでしょう?」

バトルは形式張った態度になった。

「ミセズ・ストレンジ、去る月曜日、九月十二日にカミーラ・トレシリアンを殺害した容疑であなたを逮捕します。警告しておきますが、今後あなたが発言したことは記録にとどめられ、裁判であなたに不利な証拠として用いられる可能性があります」

オードリーはため息をついた。その小ぶりの鋭角的な顔はカメオのように穏やかで清楚だった。

「むしろほっとしましたわ。うれしいの——終わって!」

ネヴィルが前に飛び出した。

「オードリー——何も言うな——何も言っちゃいけない」

オードリーは彼に笑顔を向けた。

「なぜなの、ネヴィル？　ほんとうのことじゃない――それにわたし、もう疲れたわ」

リーチは大きく息を吸った。ようやく片づいた。もちろんとんでもない話だが、これで安心して眠れる。それにしても伯父貴はどうしてしまったのだろう？　まるで幽霊でも見たような顔をしている。自分の目が信じられないような顔をして、あわれな、頭のおかしくなった女をじっと見ている。まあ、それはともかく、興味深い事件だったと、リーチは満足感を覚えた。

そのとき、ひどく間抜けなタイミングでハーストールが部屋のドアを開け、一同に告げた。「ミスター・マクワーターがお見えです」

マクワーターは部屋にずんずん入ってくると、まっすぐにバトルの前に行った。「トレシリアン事件の捜査責任者はあなたかな？」彼は尋ねた。

「そうです」

「ある重要なことがらを報告に来た。もっと早く来なかったことは申し訳なく思うが、わたし自身、この前の月曜の夜に見たことの重要性に気づいたのはごく最近なのだ」彼は室内をさっと見わたした。「どこかふたりだけで話せるところは？」

バトルはリーチに向かって言った。「ミセズ・ストレンジに付き添っていてくれ」

リーチは形式張って答えた。「かしこまりました」

それから伯父の耳に口を近づけて、何ごとかささやいた。

バトルはマクワーターのほうに向きなおった。「こちらへ」

彼が先に立って読書室に歩いていった。

「さて、どういうことですかな？　同僚が言うには、あなたとは以前会ったことがあるそうで――この冬とか？」

「そのとおり」マクワーターは答えた。「自殺未遂をして。しかし、それはわたしひとりのことだ」

「話してください、ミスター・マクワーター」

「今年の一月、わたしはスタークヘッドから飛び降り自殺をはかった。今になって、気まぐれでここを訪れてみた。月曜の夜に問題の場所まで登っていった。海を見おろし、向かい側のイースターヘッドベイを眺めてから、左に顔を向けた。つまり、この家を見たわけだ。月明かりでとてもはっきり見えた」

「なるほど」

「ところが今日まで、あれが殺人事件のあった日だったことに気づかずにいた」

身を乗り出して、彼は言った。「何を見たか、お話ししよう」

16

実はバトルはほんの五分ほどで客間に戻ったのだが、そこにいた者にはもっとずっと長く感じられた。

ケイは突然自制心を失った。オードリーに向かって叫んだ。「あなただってわかっていたわよ。あなただって、ずっと思っていたわ。何かたくらんでいると思っていたの」

メアリー・オルディンが急いで声をかけた。「ちょっと、ケイ」

ネヴィルが強い口調で言った。「黙れ、ケイ。いい加減にしろ」

テッド・ラティマーがケイに近づいた。彼女は泣きはじめた。

「さあ、しっかりしないと」テッドはやさしく言った。

そしてネヴィルに向かって腹立たしげに言った。「ケイがどんなにたいへんな思いをしていたか、きみにはわからないんだろう！　もっときちんと妻の面倒を見たらどうなんだ」

「わたしは大丈夫よ」ケイが言った。

「できることなら」テッドは言った。「きみをこんなところから連れ出したいよ！」

リーチ警部は咳払いをした。こんなときには人はうっかり無分別なことを言ってしまいがちだということを、彼は経験から知っていた。困るのは、そういう言葉に限って聞いた者の記憶にしっかり残ってしまうのだ。

バトルが戻ってきた。その顔は無表情だった。

彼は言った。「荷物をまとめてきてください、ミセズ・ストレンジ。リーチ警部が部屋までついていきますが、悪しからず」

メアリー・オルディンが言った。「わたしも行くわ」

警部とともにふたりの女性が部屋を出ていくと、ネヴィルが気遣わしげに言った。

「あの男は何しにきたんだ?」

バトルはゆっくりと答えた。「ミスター・マクワーターは実に不思議な話をしてくれました」

「オードリーのためになる話?　まだ彼女を逮捕する気なのか?」

「言ったでしょう、ミスター・ストレンジ。わたしは務めをはたすだけです」

ネヴィルは警視から顔をそむけた。勢いこんだ表情が消えていった。

彼は言った。「トレロウニーに電話したほうがいいだろうな」

「急ぐ必要はありませんよ、ミスター・ストレンジ。ミスター・マクワーターの話を聞いて、ちょっとした実験がしたくなったのです。ただ、その前にミセズ・ストレンジをこの家から連れ出さないと」

リーチ警部に伴われてオードリーが階段を降りてきた。彼女の顔には今も事態をひとごとのように見ているような表情が浮かんでいた。

ネヴィルが両手を差し出して彼女に近づいた。「オードリー」

彼女は無表情な目でネヴィルを見た。「わたしは大丈夫よ、ネヴィル。気にならないの。何も気にならないのよ」

トマス・ロイドが玄関に立っていた。まるで外に出ようとする者を押しとどめようとしているようだった。

ごくかすかな笑みがオードリーの口元に浮かんだ。

「〝正直トマス〟」彼女はつぶやいた。

彼は口ごもりながら言った。「ぼくにできることがあったら――」

「誰にも何もできないわ」オードリーは言った。

彼女は胸を張って家を出ていった。外で警察の車が待っていて、ジョーンズ巡査部長が乗っていた。オードリーとリーチが車に乗りこんだ。

テッド・ラティマーが感心したように言った。「みごとな退場！」

ネヴィルは憤然として彼にかかっていこうとした。バトル警視はみずからの巨体を巧みに動かして彼を制し、なだめるような声で言った。

「今言ったように、これから実験を行ないます。ミスター・マクワーターがフェリー乗り場のところで待っています。十分後にそこで彼と合流する手はずです。モーターボートで川に出ますから、ご婦人方は暖かい服装でいらしてください。では、十分後に」

まるで舞台の上の役者たちに指示している演出家のようだった。相手の怪訝そうな表情は完全に無視していた。

ゼロ時間

1

水の上に出ると寒く、ケイは着ている丈の短い毛皮のジャケットをしっかりと体に巻きつけた。

ガルズポイントの下の川面をモーターボートは進んでいき、ガルズポイントとスタークヘッドの峻険な岩の塊の間に位置する小さな入り江に入っていった。

一、二回誰かが質問しようとした。だがバトル警視はハムのような大きな手をあげて、質問するのはまだ早いという身ぶりをした。それでボートが水を切る音がするだけで、船上は沈黙が支配していた。ケイとテッドは並んで立ち、水を見おろしていた。ネヴィルは脚を投げ出してだらりとすわっていた。メアリー・オルディンとトマス・ロイドは船尾にすわっていた。そして全員がときおり、船首にひとり昂然と立つマクワーターの長身にちらりと視線を向けていた。彼は誰とも目を合わせようとしなかった。彼らに背を向け、肩をすぼめて立っていた。

スタークヘッドの下まで来て、ようやくバトルはエンジンをしぼり、話をした。さりげない調子で話す彼の口調は、まるで自分に向かって語りかけているようだった。

「これはとても奇妙な事件でした――わたしがこれまでに経験した中でももっとも奇妙なものでした。さて、ここで殺人事件一般についてひと言お話ししたい。今から言うことは、わたしが考え出したものではありません。若き勅選弁護士のミスター・ダニエルズから聞いたことです。彼もまたどこかで聞きかじったのだとしても、わたしは驚きませんが。あの人はそういうことが大の得意だから！

こういうことです。殺人事件のニュースを読んだり、あるいは殺人を扱った小説を読むとき、読者はふつう殺人事件が起きたところから出発します。ですが、それはまちがいです。殺人は事件が起こるはるか以前から始まっているのです！　殺人事件は数多くのさまざまな条件が重なり合い、すべてがある点に集中したところで起こるものです。人々が地球上のさまざまの場所から一カ所に集まってくるが、まだその理由はわからない。そちらのミスター・ロイドはマレーから来た。ミスター・マクワーターがここに来たのは、自分が自殺をはかった場所をもう一度見たかったからだ。殺人事件自体は物語の結末なのです。つまりゼロ時間」

少し間を置いて、彼は言った。「今がそのゼロ時間です！」

五人の顔が彼に向けられていた――五人だけだった。マクワーターは顔をそらしたままだった。五人はわけがわからないという顔をしていた。

メアリー・オルディンが言った。「レディ・トレシリアンの死は、さまざまな要素が積み重なった上でのことだったということ？」

「いいえ、ミス・オルディン、レディ・トレシリアンの死はちがいます。レディ・トレシリアンの死は、殺人犯の主目的の副産物にすぎません。わたしの言う殺人犯とは、オードリー・ストレンジ殺人事件の犯人です」

鋭く息を吸いこむ音がした。誰がそんなに恐怖をいだいているのだろうと、彼はふと不思議に思った……

「この犯罪はずっと以前に計画されました――おそらく前の冬にまでさかのぼるでしょう。細部にいたるまで綿密に計画が立てられました。目的はひとつ、たったひとつです。オードリー・ストレンジを絞首刑にして、その息の根を止める……

自分で自分は頭がいいと思っている類の人物が実に巧妙に考え出した計画でした。殺人犯はたいてい虚栄心が強いものです。まずはネヴィル・ストレンジに嫌疑がかかるような、すぐ目につくが、いずれ虚偽のものと見抜かれるような証拠が並べられた。警察はそこまでは見抜くものと想定されていました。だが最初の一連の証拠を見せかけのものと見破ると、その次に見つけた証拠まで偽物だとは考えないだろうという読みだったのです。ですが、考えてみればわかりますが、オードリー・ストレンジを犯人だとする証拠もすべて虚偽のものでした。彼女の部屋の暖炉からとってきた凶器。手袋が――左手のほうに血がつけてあった――彼女の部屋の窓の外でみつかる。彼女の白粉が上着の襟の内側についていた。同じところにブロンドの髪の毛もついている。彼女の部屋にあった絆創膏に彼女の指紋がついているのは、むしろ当然のことです。犯人は左利きだという設定も。

そして最後にミセズ・ストレンジ自身が自分を有罪とする決定的な証拠を提供してしまいました――皆さんの中には（事実を知っていたひとりをのぞいて）逮捕されると知ったあとの彼女のふるまいを見て、それでも彼女の潔白を信じていた方はいないでしょう。自分から罪を認めるようなことを言ったのですから。わたしもある個人的な経験がなかったら、見抜けなかったでしょう……だが彼女の言葉を聞いて、そのときの経験をありありと思い出しました――つまり、まったく同じことをしたもうひとりの女性をわたしは知っているのです。潔白なのにみずから罪を認めた女性を。そしてオードリー・

ストレンジもその女性と同じ目でわたしを見ていました……

自分は務めをはたさなければならない。それはわかっていました。警察官は証拠にもとづいて行動します――感覚や自分の考えにもとづいてではなく。しかしあのときは、わたしは奇跡が起こることを祈っていました。奇跡以外にあの気の毒な女性を救うことはできなかったからです。

ところが、その奇跡が起きました。まさにその瞬間！このミスター・マクワーターが話をしにきてくれました」

彼はしばらくだまっていた。

「ミスター・マクワーター、屋敷でわたしにしてくださった話をもう一度お願いできますか？」

マクワーターは一同に向きなおった。彼は簡潔な言葉を連ねて話した。その簡潔さゆえに聞く者はその言葉を信じる気になった。

彼は今年の一月にここで自殺をはかって救助されたことと、その現場を再訪したくなったことを話した。そしてさらに言った。「月曜の夜、あそこに登っていった。崖の上に立って、物思いにふけっていた。時間は十一時頃だったと思う。何気なく岬《ポイント》の上の屋敷を見た。そのときはガルズポイントという名前は知らなかったが」

ひと呼吸置いて、彼は話を続けた。

「屋敷の窓からロープが崖の下まで垂れていて、男がそのロープをよじ登っていた……」

聞き手がその意味を理解するのに一瞬時間がかかった。メアリー・オルディンが大声を出した。「じゃあ、やっぱり外部の者の犯行だったのね。わたしたちとは関係ない。ただの強盗だったんだわ！」

「まあ、そう急がずに」バトルは言った。「川の対岸から来た人物であったのは確かです。川を泳いでわたったのです。しかしロープは家の中から垂らしたはずです。つまり家の者がかかわっていたわけです」

彼はゆっくりと話した。「そしてあの晩、川の対岸にはある人物がいました――十時半から十一時十五分過ぎまでの間、所在が不明だった人物、川を泳いで往復したと思われる人物が。こちら側に協力者を確保していたらしい人物が」

そして言った。「ええと、ミスター・ラティマー？」

テッド・ラティマーは一歩あとずさりして、甲高い声を出した。「だけど、ぼくは泳げないぞ！　誰だって知ってる。泳げないんだ。ケイ、言ってやってくれよ。ぼくは泳げないって！」

「そうよ、テッドは泳げないわ！」ケイは言った。

「そうですか？」バトルはおもしろそうに言った。

警視が前に出ると、テッドは逆の方向に動こうとした。もみ合いになり、水音がした。

「たいへんだ」バトル警視は悲痛な叫びをあげた。「ミスター・ラティマーが水に落ちた！」

言いながら、彼は川に飛び込もうとしたネヴィル・ストレンジの腕をがっしりとつかんでいた。

「いやいや、ミスター・ストレンジ、あなたが服を濡らす必要はありませんよ。部下をふたり配置してありますから——あそこの小舟で釣りをしているのがそうです」そしてボートの横を見た。「なるほど、ほんとうだ」興味深そうに彼は言った。「泳げないのだ。ああ、大丈夫。救いあげた。あとであやまっておきますが、人が泳げるかどうかを知るには水にほうりこむしかないのです。ねえ、ミスター・ストレンジ、わたしはとことんやる人間なんです。まずミスター・ラティマーをリストから除外したかった。こちらのミスター・ロイドは腕が不自由でロープをよじ登ることはできない」

バトルは猫が喉を鳴らすような調子で言った。

「となると、あなたでしょう、ミスター・ストレンジ。スポーツマンで、登山家、水泳の選手と、なんでもそろっている。あなたは十時半のフェリーで対岸にわたったが、〈イースターヘッドベイ・ホテル〉では十一時十五分まであなたの姿を見た者はいない。あなたはミスター・ラティマーを探していたのだと言っているが」

ネヴィルは腕をふりほどいた。頭をのけぞらせて大笑いした。

「ぼくが川を泳いでわたってロープをよじ登ったと言いたいのか――」

「あなたが自分の寝室の窓から垂らしておいたのだ」バトルは言った。

「レディ・トレシリアンを殺して、また泳いで戻った？　どうしてぼくがそんな途方もないことをするんだ？　どうして自分の不利になるような証拠を仕込んだりしたんだ？　ぼくが自分で自分を犯人にするような証拠を残しておいたというわけか？」

「そのとおり」バトルは言った。「なかなかのアイディアだったじゃないですか」

「じゃあ、どうしてぼくがカミーラ・トレシリアンを殺したいと思うんだ？」

「彼女を殺したいと思ったわけではない」バトルは言った。「ただ、あなたを捨てて別の男に走った女を絞首刑にさせたかったのだ。あなたは精神的なバランスを欠いているでしょう。子供のときからそうだったはずだ。わたしも昔の弓矢事件の資料を見てみたのですよ。あなたにいやな思いをさせた人間は必ず罰せられなければいけない。死刑にされても仕方がないとあなたは思っているようだ。ただの死ではオードリーには十分ではなかった――あなたが愛したあなたのオードリーには。そう、確かにあなたは彼女を愛していた。その愛が憎悪に変わるまでは。あなたは特別な死を考え出した。長く苦しんだ末にもたらされる、ふつうではない死を。それを思いついたとき、そのためには母親同然だった女性を殺さなければならないということには、あなたはまったく頓着しなかった……」

ネヴィルは言った。その声は実に穏やかだった。「嘘だよ。真っ赤な嘘。そもそもぼくの頭はおかしくない。ぼくは狂人じゃない」

そんな彼を見くだしたようにバトルは言った。

「ひどくこたえたわけだ。彼女が自分を捨ててほかの男を選ぶなんて！　自尊心を傷つけられた。相手が自分を捨てるとは！　自尊心を守るために、人には自分が妻を捨てたのだと言って、その信憑性を増すために、自分を慕っていた別の女性と結婚した。だがその間ずっと、オードリーへの復讐を計画していた。最悪の死を与えようと――彼女を絞首刑にさせようとした。たいした計画だ――その頭をもっとましなことに使えなかったのが残念だ！」

ネヴィルはツイードの上着の下の肩を動かした。奇妙な、うねるような動きだった。

バトルは話しつづけた。「あのゴルフクラブ――実に子供っぽかった！　あれで自分に疑いがかかるようにしたとは！　オードリーはあなたのねらいを読んでいたのだと思う。きっと陰で笑っていたでしょう。いつまでもあなたの仕業だと見抜けないでいるわたしをね！　あなたたち人殺しは不思議な人種だ。すっかりのぼせあがっている。誰も彼も必ず自分は頭がよく、才能に満ちていると思っているのだが、実は救いようがないほど子供っぽくて……」

ネヴィルの口から奇妙な叫びが発せられて、バトルは口を閉じた。

「すばらしいアイディアだったんだ――実によくできていた。あんたには解決できなかっただろうよ。絶対に！　このえらそうなスコットランド野郎がよけいな口出しをしなければな！　細かいところまで全部考えたんだ。全部！　うまくいかなかったのはぼくのせいじゃない。オードリーとエイドリアンのことをトマスが知っていたなんて、どうしてわかる？　オードリーとエイドリアン……オードリーなんか地獄に堕ちろ――絞首刑だ――縛り首にしろ――恐怖にふるえながら死ねばいいんだ――死ね――死ね……ああ、憎い。そうとも、あんな女は殺せ……」

甲高い、すすり泣くような声がしだいに消えていった。ネヴィルはぐったりとすわりこみ、静かに泣きはじめた。

「ああ、なんてこと」メアリー・オルディンは言った。唇まで真っ白になっていた。

バトルが小声でやさしく言った。「すみません。でも、極限まで追いつめなければならなかったのです……証拠がとても乏しくて」

ネヴィルはまだ泣いていた。子供のような声を出していた。

「あの女を絞首刑にしろ。あの女を絞首刑に……」

メアリー・オルディンは身ぶるいし、トマス・ロイドのほうに向きなおった。

トマスは彼女の手をとった。

2

「ずっと怖かったの」オードリーは言った。

そこは屋敷のテラスだった。オードリーはバトル警視に身を寄せてすわっていた。バトルは休暇に戻っていて、ガルズポイントへは客として来ていた。

「いつも怖かった──ずっと」オードリーは言った。

バトルはうなずきながら言った。「はじめて会ったとき、すぐにあなたが死ぬほどおびえているのがわかりましたよ。それにあなたの無表情で控えめな態度は、何かとても強い感情を無理矢理抑えている人に特有のものだった。それは愛情のこともあれば、憎悪のこともあるのですが、あなたの場合は恐怖だったわけですね？」

オードリーはうなずいた。

「結婚してまもない頃からネヴィルのことが怖くなりはじめたの。ただ、ひどいことに、どうしてなのかがわからなかった。わたしがおかしいのではないかという気になったわ」

「でも、おかしいのはあなたではなかった」バトルは言った。

「結婚したときにはネヴィルは精神的にも百パーセント健康でノーマルな人に思えた――いつも陽気で快活で、楽しい人だった」

「おもしろいな」バトルは言った。「つまり彼は完璧な紳士の役を演じていたわけだ。だからテニスの試合であれほど自制心を発揮できたのだ。完璧な紳士の役を演ずることのほうが試合に勝つことより重要だったから。しかし、そのことはもちろん彼にとってはストレスになった。真の自分とはちがう人間の役を演じていると必ずそうなります。内面では彼の状態はどんどん悪化していった」

「内面では」オードリーはささやき声で言って、身をふるわせた。「いつも内面では。はっきりととらえることはけっしてできないの。ちょっとしたひと言や、ときおり見せる表情がすべてで、それもこちらの空想ではないかという気がしてくる……でも何かがおかしい。と思っていると、やはりおかしいのは自分だという気になってしまう。そして、どんどん恐怖心がつのっていった。ただわけもなく恐ろしくて、もうとても耐えられなかった！

このままでは頭がおかしくなってしまうと思った——でも、どうしようもなかった。あの状態から逃れられるなら、なんでもするのにと思ったわ。そこへエイドリアンが来て、わたしを愛していると言った。彼と一緒に逃げ出せたらどんなにいいだろうと思って、それで……」

彼女はしばらく無言でいた。

「そうしたら、どうなったと思う？　わたしはエイドリアンと落ち合う約束の場所に行った——でも彼は来なかった……死んでしまったの……わたし、ネヴィルが何か仕組んだのではないかと思ってしまったわ」

「たぶんそうだったのでしょう」バトルは言った。

オードリーは驚いて彼の顔を見た。

「まあ、そう思う？」

「ええ、あり得ますよ。交通事故を仕組むことは可能です。でも、あまり考えこまないことですよ、ミセズ・ストレンジ。純然たる事故だった可能性もおおいにあるのですから」

「わたし――わたしは神経がぼろぼろになってしまって、エイドリアンの実家の牧師館に戻りました。わたしが育てられた家です。エイドリアンのお母様にはいずれふたりで手紙を書こうと言っていたのだけれど、まだ知らせていなかったので、悲しみを増すだけだから何も言わずにおくことにしたの。ほとんど日を置かずにネヴィルが来たわ。とても感じのいい――やさしい態度で――でも話をしている間、わたしは恐ろしくて気が変になりそうだった！　彼は言ったの。エイドリアンとのことは誰にも言わないほうがいいと。離婚できるようにはからってくれて、自分はいずれ再婚すると言ってくれた。とてもうれしかったわ。彼がケイに魅力を感じているのはわかっていたから、これですべてうまくいって、わたしもこの気味の悪い強迫観念から解放されるかと思ったの。わたしはそのときも、おかしいのはわたしだと思っていたから。

でも、解放されることはなかった――完全には。すっかり自由になったとは一度も思えなかったわ。そうしたらある日ハイドパークでネヴィルと偶然会って、わたしとケイを友だちにさせたいと言われたの。だから九月に一緒にここに来ようと。断われなかったわ。できるわけないでしょ？　あれだけ親切にしてもらったのだから」

「〝客間へどうぞと、クモはハエに言いました〟（『マザー・グース』より）」バトル警視は言った。

オードリーは身ぶるいした。

「ええ、まさに……」

「実に巧妙でしたね」バトルは言った。「あれだけおおげさに、これは自分の考えだと言えば、誰でもそれはちがうなという印象を受ける」

オードリーは言った。

「それでここに来たのだけれど――まるで悪夢だった。何か恐ろしいことが起こるのはわかっていた。ネヴィルが何かしようとしているのはわかっていた。わたしに何かが起ころうとしているのが。でも、それが何かがわからなかった。ほんとうに頭がおかしくなるかと思ったわ。恐ろしくて体が麻痺《まひ》したようになってしまった――夢の中で、何かが起こりそうになっているのに動けないというときみたいに……」

「ずっと見たいと思っていたのです」バトル警視は言った。「蛇が小鳥をにらみつけて、飛び立てなくしてしまうところをね――でも、今はもうあまり見たくないな」

オードリーは話を続けた。「レディ・トレシリアンが殺されたときも、それがどういう意味なのかはわからなかった。ただ不可解だったわ。ネヴィルが犯人かもしれないとさえ思わなかったくらい。彼がお金に執着していないことは知っていたから、五万ポンドの遺産欲しさに人を殺すわけがないと思っていた。

あの晩ミスター・トレーヴがした話のことを何度も何度も考えたわ。でも、まだネヴィルと結びつけて考えることはしなかった。ミスター・トレーヴは、ずっと以前に見ただけだけれど体の特徴で今会っても必ず本人だとわかると言っていた。わたしは耳に傷跡があるけれど、ほかの人にはそんな特徴はないでしょう」

バトルは言った。「ミス・オルディンは髪が一筋だけ白い。トマス・ロイドは腕が不自由で、あれはもしかすると地震のときに怪我をした後遺症ではないのかもしれない。ミスター・テッド・ラティマーは頭の形が変わっている。そしてネヴィル・ストレンジは――」彼は相手の反応を待った。

「ネヴィルには体の特徴なんかないでしょう？」

「いいえ、ありますよ。彼は左手の小指が右手のより短いのです。これはとても珍しい特徴ですよ、ミセズ・ストレンジ。実に珍しい例だ」

「じゃあ、それのことだったの？」

「そうです」

「エレベーターに故障中という札をかけておいたのもネヴィル？」

「ええ。ロイドとラティマーがご老体に飲み物を出している間に、一走り行ってきたのでしょうな。単純にして巧妙――あれを殺人と立証できるかどうかもわかりません」

オードリーはまた身ぶるいした。

「さあさあ」バトルは言った。「もうすべて終わったことですよ。話の先を聞かせてくれませんか？」

「あなたはとても聞き上手ね……わたし、こんなに長く話をしたのは何年ぶりかしら！」

「なんと！　それがいけなかったのですよ。ネヴィルが一連のできごとの背後にいると、はじめて気づいたのはいつでした？」

「はっきりとはわからないの。突然一気にひらめいたみたいで。彼への嫌疑が晴れて、そうなればわたしたちのうちの誰かということになった。そのとき、ふと彼がわたしを見る目に気づいたの――ほくそえんでいるような表情だった。それでわかったの。そして、わたしは――」

彼女は急に口をつぐんだ。

「そして、どうしたんです？」

オードリーはゆっくりと答えた。「手っ取り早くすべておしまいにしてしまうのが一番いいと思ったの」

バトル警視は首をふった。

「けっして屈服するな、それがわたしのモットーですよ」

「ええ、あなたのおっしゃるとおりだわ。でも、あんなに長い間恐怖に包まれて過ごすとどうなるか、本人にしかわからないと思う。麻痺してしまうのよ――ものを考えることができなくなる――計画を立てることができなくなる――何か恐ろしいことが起こるのを、ただじっと待っているほかなくなるの。そしていざ起こると」――彼女は急ににっこりした――「驚いたことに、ほっとするのよ！　もうおびえながら待っていなくていい――もう起きてしまったのだからと。こんなことを言ったら、やはり頭がおかしいのかと思われるでしょうけれど、あなたがわたしを殺人罪で逮捕しにきたとき、ほんとうにどうでもいいと思っていたの。ネヴィルはしたいことをしたわけで、もう終わったのだという気持ちでいっぱいだった。リーチ警部に付き添われて屋敷を出たときには、これで自分は安全だと思ったほど」

「あのようにした理由のひとつは、それだったのです」バトルは言った。「あなたをあの狂人の手の届かないところに置きたかった。それから、彼を精神的に追いつめるためには、なるべく大きなショックを与えたかったからです。自分の計画が成功したと思わせておけば、それだけ反動も大きくなるだろうと考えたわけです」

オードリーは低い声で言った。「もし彼が自白しなかったら、ほかに証拠はあったのかしら?」

「たいしてありません。男がロープを伝って登っていくのを月明かりで見たというマクワーターの証言がありました。そしてその話を裏づけるロープがみつかった。巻いて納戸にしまってあったけれど、まだ少し湿っていた。あの晩は雨が降っていたでしょう」

そこまで言うと、彼はオードリーをじっと見つめた。彼女が何か言うのを待っているようだった。

彼女が興味深そうに見返すだけなので、警視は言った。「それからピンストライプのスーツがありました。彼はもちろん泳いで川をわたるまえに服を脱ぎ、イースターヘッドベイ側の岩場の岩の隙間に押しこんでおきました。ところがその隙間に、上げ潮で運ばれてきた腐った魚の死骸があったのです。それで肩のところにしみができて、ひどいにおいがついてしまった。実はあそこのホテルでは配水管が詰まっているのではないかという話になっていて、ネヴィルもその話を吹聴していました。彼はスーツの上にレインコートを着ていたけれど、においは防げなかった。そのスーツのことが気になっていて、チャンスを見てそれをクリーニング屋に持っていきました。ところが愚かなことに彼は本名を言わなかった。偽名を使おうとして、ホテルの宿泊簿で目にした名前を言った。そのためにスーツがあなたの友人の手にわたり、彼は賢明にもスーツと崖を登っていった男を結びつけて考えたのです。腐った魚を踏みつけてしまうことはあるが、肩にしみがつくのは服を脱いで海岸に置き、泳いだときだけだ。だが、誰が九月の雨の夜に好きこのんで泳いだりするか。彼はすべてを見抜きました。あのマクワーターという人はすばらしい頭脳の持ち主だ」

「すばらしいどころではないわ」オードリーは言った。

「ええ、ほんとうに。彼のことが知りたいですか？　彼の履歴なら、いくらかわたしも知っていますよ」

オードリーは一心に耳を傾けた。彼女こそ聞き上手ではないかとバトルは思った。

彼女は言った。「あの方は恩人だわ――あなたともども」

「わたしはたいしたことはしていません」バトル警視は言った。「そもそもベルのことを見逃すとは、とんだ愚か者でした」

「ベル？　ベルって？」

「レディ・トレシリアンの部屋のベルですよ。あのベルには何かあるとずっと思っていたのです。三階から降りてくるときに、窓を開け閉めするのに使っている棒を見て、もう少しで思いつくところだったのですが。

ベルを使ったのですよ——ネヴィル・ストレンジのアリバイ作りに。レディ・トレシリアンはなぜベルを鳴らしたのかおぼえていなかった——あたりまえです、鳴らさなかったのだから！　ネヴィルが棒を使って廊下で鳴らしたのです。天井をワイヤーが走っているでしょう。それでバレットが降りてきて、屋敷を出ていくミスター・ネヴィル・ストレンジを目撃することになる。そして元気でいるレディ・トレシリアンの姿も見る。あのメイドに関する工作には実に怪しげな点があった。真夜中前に殺人を犯すつもりないのに、メイドに薬を盛って何になるのか？　それまでには薬が効いていない可能性がおおいにあるでしょう。だがそれによって内部の者の犯行という線が固まるし、はじめのうちネヴィルに疑いがかかるようにするという目的にもかなっていた。しばらくしてからようやくバレットが話をできるようになって、そこでめでたくネヴィルの嫌疑は晴れるわけです。そうなれば、もう彼が正確に何時に〈イースターヘッドベイ・ホテル〉に着いたのかを調べようとはしなくなる。彼がフェリーで戻ってこなかったのは明らかだし、ほかのボートを使った形跡もなかった。となれば、泳いだとしか考えられない。彼は泳ぎが達者だ。とはいえ、時間はとても切迫していたでしょう。ロープをよじ登って自分の寝室に入った彼は、床をびしょびしょにした。それにはわたしたちも気づきましたが、面目ないことにそれが意味するところを理解できませんでした。急いで紺のスーツを着てレディ・トレシリアンの部屋に行く――そのあとのことは詳しくは言いませんが――ほんの二、三分で終わったことでしょう、凶器は事前に準備しておいたでしょうから――そして自室に戻り、服を脱いで、ロープを伝っており、イースターヘッドに戻った」

「ケイが部屋に入ってきたら?」

「まちがいなく彼女も少量の睡眠薬を与えられていたと思いますね。夕食のときからあくびをしていたと聞いてます。その上、その前に彼女と喧嘩して、彼女が部屋に鍵をかけて閉じこもるように仕向けたのです」

「炉格子の取っ手がなくなっていたことがあったか、一生懸命思い出そうとしているのだけれど、そんな記憶がないの。彼はいつあれを戻したのかしら?」

「翌朝、屋敷中が大騒ぎになっているときです。テッド・ラティマーに車で送り届けてもらったあとは、彼は一晩かけて指紋を消したり、偽の手がかりをのこしたり、テニスラケットを直したりできたのです。ところで、彼は被害者をバ、ッ、ク、ハ、ン、ド、で殴ったのですよ。それで左利きの人物の犯行のように見えたのです。ストレンジはバックハンドショットが得意だった。おぼえているでしょう!」

「もう――もう、やめて」――オードリーは両手をあげた――「それ以上聞けないわ」

警視はほほえんだ。

「そうですか。でも、すっかり話をして、あなたにとってはいいことだったと思いますよ、ミセズ・ストレンジ。えらそうにアドバイスなどしてよろしいですか？」

「ええ、ぜひ」

「あなたは犯罪的傾向のある異常者と八年間夫婦として暮らしていた――それだけで、どんな女性だって神経がぼろぼろになりますよ。でも、今はもう過ぎ去ったこととして心の整理をしなければ。もう恐れる必要はないのです――そのことを自分自身にしっかりと言い聞かせることです」

オードリーは笑みを見せた。彼女の顔の凍ったような表情は消えていた。愛らしい顔が少しはにかみつつも、相手への信頼感を表わしていた。その間隔の開いた目には感謝の気持ちがあふれていた。

ためらいがちに、彼女は言った。「女の子のことをおっしゃったそうね――わたしと同じふるまいをした女の子のことを」

バトルはゆっくりとうなずいた。

「わたしの娘ですよ」彼は言った。「わかるでしょう、奇跡は起こるのです。わたしたちへの教訓をもたらすのですよ！」

3

アンガス・マクワーターは荷造りをしていた。

シャツを丁寧にスーツケースに入れ、次に、思い出してクリーニング屋からとってきた紺のスーツをしまった。ふたりのマクワーターがそれぞれちがうスーツを置いていったのでは、店番の少女の手には負えなかったわけだ。

ドアをノックする音がして、彼は〝どうぞ〟と言った。

オードリー・ストレンジが入ってきた。彼女は言った。「お礼を言いにきました。荷造りを？」

「ええ。今夜ここを発ちます。そしてあさって出航」

「南アメリカへ？」

「ええ、チリへ」

彼女は言った。「わたしが荷造りしてあげましょう」

彼は遠慮したが、オードリーはゆずらなかった。巧みに効率よく作業をする彼女をマクワーターは見ていた。

「ほら」終わると彼女は言った。

「上手ですね」マクワーターは言った。

少し沈黙が続いた。そしてオードリーが言った。「あなたは命の恩人よ。あなたがあれを目撃していなかったら――」

彼女は急に言葉を呑みこんだ。

そして、言った。「すぐにわかったの？　あのとき、崖の上で――飛び降りようとするわたしを止めたとき――〝家に帰りなさい。わたしが保証する。きみを絞首刑にはさせない〟と言ってくれたとき――あなたは重要なできごとを目撃したとわかっていたの？」

「必ずしもそうではなかった」マクワーターは答えた。「少し考えなければならなかった」

「では、どうして言ったの――ああいうことが言えたの？」

自分のものの考え方がいかに単純かを人に説明しなければならないとき、マクワーターはいつもばつの悪い思いをした。

「思ったとおりのことを言っただけですよ――あなたが絞首刑にならないようにする

と」

　オードリーの頬が赤らんだ。

「わたしが犯人だったら、どうしたの？」

「それは関係ない」

「あのときはわたしが犯人だと思ったのでしょう？」

「そのことは深く考えなかった。あなたは無実だと思いたいという気持ちはあったけれど、事実はどうであれ、わたしは同じことをした」

「そのあとでロープをよじ登っていった男を思い出したの？」

　マクワーターはしばらく無言でいた。それから咳払いして、言った。

「あなたにもわかっていると思ったけれど。わたしはロープをよじ登る男を実際に見たわけではないんだ。見られたはずがないので、わたしがスタークヘッドに行ったのは日曜の夜で月曜ではなかった。ただ、あのスーツを見て、こういうことだったのではないかと推理して、それが納戸にあった湿ったロープで裏づけられた」

　赤かったオードリーの顔が蒼白になった。「あの話は嘘だったの？」

「警察相手に推理したことを話しても受け入れられない。見たのだというほかなかったんだ」

「でも――わたしの裁判で証言しなければいけなかったかもしれないじゃない」

「ああ」

「証言するつもりだった?」

「するつもりだった」

オードリーは信じられないという声を出した。「だって、あなた――あなたが失業して、自殺をはかることになったのは、あなたが嘘の証言をするのを拒んだのが原因だったのでしょう!」

「真実を話すことはとても大事だと思う。だけど、それよりももっと大事なことがあるのを学んだんだ」

「たとえば?」

「あなただ」マクワーターは言った。

オードリーは床に視線を落とした。マクワーターは居心地悪そうに咳払いした。

「あなたは何も恩義に感ずる必要はないんだ。わたしと会うのも今日が最後だし。ネヴィル・ストレンジがすっかり自供したから、わたしの証言の必要もない。いずれにしても彼はすっかり健康を害していて、裁判が始まるまで命がもつかどうかわからないそうだ」

「それはよかったわ」オードリーは言った。

「一度は愛した相手なのに？」

「愛した相手はほんとうの彼ではなかったの」

マクワーターはうなずいた。「その思いは、わたしにもおぼえがある」そしてさらに言った。「万事うまくいった。バトル警視はわたしの話にもとづいて行動して、相手を追いつめることができた――」

オードリーはその言葉をさえぎって言った。「あの人があなたの話にもとづいて行動したのは確かよ。でも、彼があなたにだまされたとは思わないわ。彼はあえて嘘に目をつぶったのよ」

「どうしてそう思う？」

「あなたから聞いた話をわたしにしてくれたとき、月明かりであなたが男の姿を目撃したのは運がよかったと言ったの。でも、そのすぐあとで、その日は雨が降っていたと言ったわ」

マクワーターはたじろいだ。「ほんとうだ。月曜の夜だったら何も見えなかったかもしれない」

「でも、どちらでもよかった」オードリーは言った。「あなたが見たと言ったことが実際に起きたことなのだと彼も確信したのね。彼がネヴィルを追いつめて自白に追いこんだのは、すべてが推理にもとづいていたからよ。トマスからわたしとエイドリアンのことを聞いたとたんに、彼はネヴィルが怪しいとにらんだ。あの殺人のねらいを彼が正しく理解しているなら——別の人間に濡れ衣を着せるのが目的なら——彼に必要なのはネヴィルを追いつめるための材料だった。彼に言わせれば、彼は奇跡を祈ったわけ——あなたはバトル警視の祈りに対する答だったのよ」

「警官にしては不思議なことを言うものだ」マクワーターはそっけなく言った。

「わかるでしょう」オードリーは言った。「あなたは奇跡なのよ。わたしのために起きた奇跡」

マクワーターはあわてて言った。「あなたはわたしになんの借りもない。そんなふうに考えないでもらいたい。わたしはもうすぐ、あなたの人生から消えてなくなるので——」

「どうしても？」

マクワーターは彼女を見つめた。彼女の顔に赤みがさし、耳からこめかみへと広がっていった。

彼女は言った。「わたしも連れていってくださらない？」

「自分が何を言っているかわかっていないのだろう！」

「いいえ、ちゃんとわかっているわ。わたしがしようとしていることは、とても困難なのは確かだけれど、でもとても大事なことだと思う。それに、もう時間があまりない。ところで、わたしは古風な人間なので、出発する前にまず結婚したいのだけれど」

「それはそうだ」愕然としてマクワーターは言った。「もちろん、わたしだって同じ考えだ」

「そうよね、あなたならね」

マクワーターは言った。「ぼくはきみにふさわしい男ではない。きみはきみのことを昔から慕っていたという、あの物静かな男と結婚するのかと思っていたよ」

「トマス？　愛すべき正直トマス。あの人は正直すぎる。あの人は大昔に愛した少女のイメージをそのまま持ちつづけているのよ。でも、彼がほんとうに愛しているのはメアリー・オルディンよ。彼は自分で気づいていないけれど」

マクワーターはオードリーに一歩近づいた。厳しい声で言った。

「本気で言っているのか？」

「ええ……あなたとずっと一緒にいたい。離れたくない。あなたが行ってしまったら、わたしはもうあなたのような人とめぐりあうことはないでしょう。あとは寂しくひとり生きていくだけ」

マクワーターはため息をついた。財布を取り出すと、丁寧に中身を数えた。そしてつぶやいた。「特別な結婚許可証は費用がかかる。明日の朝一番で銀行に行かなければ」

「わたしのお金をつかえばいい」オードリーもつぶやいた。

「そんなことはさせない。わたしが妻をめとるときは、わたしは自分で許可証の費用を払う。わかるかな？」

「そんな」オードリーはそっと言った。「怖い顔しなくてもいいわよ」

表情をやわらげて彼女に近づき、彼は言った。「この前、きみをつかまえたとき、きみはまるで小鳥のようだった——逃げようとしてもがいていた。でも、もう逃げられないぞ……」

彼女は言った。「逃げたいなんて思わないわ」

解説

文芸評論家
権田萬治

アガサ・クリスティーの長篇『ゼロ時間へ』（一九四四年）は、普通の古典的なミステリーとは異なる新趣向の形式に挑戦した本格推理小説であり、作者自身が自作ベストテンにも挙げている傑作である。

クリスティーが意識的に新しい試みをしたことは、この作品の題名『ゼロ時間へ』に端的に示されている。

プロローグの中で、高名なある老弁護士はこんなふうに語っている。「わたしはよくできた推理小説を読むのが好きでね」、「ただ、どれもこれも出発点がまちがっている！　必ず殺人が起きたところから始まる。しかし、殺人は結果なのだ。物語はそのはるか以前から始まっている——ときには何年も前から——数多くの要因とできごとがあって、その結果としてある人物がある日のある時刻にある場所におもむくことになる」、「すべてがある点に向かって集約していく……そして、その時にいたる――クライマックスに！　ゼロ時間だ。そう、すべてがゼロ時間に集約されるのだ」

この言葉とほぼ同じ趣旨のことを、なぜか後に探偵役のバトル警視も繰り返すが、このことは、クリスティーがこういう新しい考えに立ってこの作品を書いたことを意味する。

実際、この言葉どおり、この『ゼロ時間へ』では、殺人事件はさまざまな要因の結果として後半に起こるのである。

普通、古典的なミステリーは、まず不可解な殺人事件が発生、いくつかの死体が出た後でもさっぱりだれが真犯人かつかめない。危うく迷宮入りになるかと思われた時、名探偵が登場して事件を鮮やかな推理で解決するという形式を取っている。

ところが、『ゼロ時間へ』は、いわばその逆を行くわけである。

丘の斜面に広がる風光明媚だが、さびれた漁村、ソルトクリーク、七十を越える病身の富裕なレディ・トレシリアンの屋敷は、ターン川を見下ろす崖の上に建っていた。川の対岸には、新たに開発されたリゾート地イースターヘッドベイが広がっている。

九月、このソルトクリークの館とその周辺にさまざまな思いを抱く人々が集まって来る。

お互いに関係のある人も、まったく関係のない人たちもさまざまな思いを抱いてやって来るのである。もちろん、その中には犯人も。

そして刻一刻時間が刻まれ、やがて、〝ゼロ時間〟。殺人の起こる時間へ。

こういう構成なので、凡庸な作家だったら、最初、読者を退屈させかねないのだが、抜群のストーリー・テーラーのクリスティーの手にかかると、これがなかなかに新鮮なのである。

この作品以後のクリスティーの作風の変化について江戸川乱歩は「クリスティーに脱帽」の中で、「一口にいえば気の利いたメロドラマとトリックの驚異の組み合せであるが、それが極めて巧みに行われている」とむしろ積極的に高い評価を与え、『ゼロ時間へ』をベストエイトに含めている。

感心させられるのは、一見関係のない登場人物やさりげないエピソードがその後のストーリーにごく自然に結び合わされる点である。これはクリスティーの抜群の構成力と筆力があればこそ実現可能なものだろう。

例えば、『ゼロ時間へ』では、自殺を企てた男が重要な役割を演じる。こういう設定は、短篇集『謎のクィン氏』（一九三〇年）に収められている「海から来た男」にも共通するものだが、この作品では、殺人事件の解明への関わりや最後のひねりの利いた結末にまでこの人物が存在感豊かに描き出されるのである。

もう一つ注目されるのは、この作品で描かれる真犯人の肖像が、現代社会で注目されているいわゆるサイコパス、うわべはまったく正常に見えるが、実は異常で、反社会的な精神病質者という新しい犯罪者である点である。この種の犯罪者は、古典的なミステリーでは余り描かれたことがないだけにクリスティーの鋭い時代感覚を感じさせる。

このようにさまざまな魅力を持つこの秀作が、クリスティーの数多くの作品群の中で地味に見え、余り読者の関心を呼ばないのは、ちょっと残念だが、その理由はこの作品の探偵役のためではないかと思う。

クリスティーと聞くと、まず、名探偵のポアロやミス・マープルの個性的な姿が目に浮かぶ人が多いはずだ。

ところが、バトル警視といっても、すぐにぴんと来る人は少ない。それもそのはず、『ゼロ時間へ』は、バトル警視が登場するシリーズ五冊の内の最後の作品であるが、この探偵役の肖像はほとんどシリーズの中でも語られることがないからである。

最初の『チムニーズ館の秘密』（一九二五年）と第二作の『七つの時計』（二九年）は、詰まらないわけではないが、冒険活劇小説で、バトル警視も活躍はするが、推理は余りない。

第三作の『ひらいたトランプ』（三六年）はポアロものの本格推理だが、この中では、「バトル警視は警視庁の代表的人物といった風貌――すなわち、いつも鈍重で、むしろ愚鈍にさえみえる顔つきだった」と描写され、もっぱらポアロの引き立て役を務めていた。続く『殺人は容易だ』（三九年）でも、活躍するのはむしろ、退職警官のリューク・フィッツウィリアムのほうである。

というわけで、最後のこの『ゼロ時間へ』が、バトル警視の本領を発揮する最初で最後の作品なのである。

バトル警視は、五人の子持ち。甥のジェイムズ・リーチも警部で、『ゼロ時間へ』では、このジェイムズと朝食を取っていた休暇中のバトルが、ソルトクリークへ出向くという設定になっている。また、この作品では、末娘の十六歳のシルヴィアが寄宿制の学校で物が無くなる事件の犯人にされてしまう事件に巻き込まれる。しかし、バトルはシルヴィアが認めているにもかかわらず、真犯人は別にいると確信する。バトルはポアロのような天才的な推理力はないが、状況証拠を超えて真相を見抜く鋭い直感力を備えている。

そして、『ゼロ時間へ』では、そういうバトル警視の優れた資質が、事件を解決に導くのである。

オースティン・フリーマンは、倒叙推理小説という手法を『歌う白骨』（一九一二年）で初めて採用した。まず、前半で犯人の側から完全犯罪計画とその実行を描き、後半で警察の側からその犯罪の暴露を描くものだが、クリスティーの『ゼロ時間へ』の手法は、この倒叙推理小説ともまた異なるもので、まことに興味深いものがある。

このように『ゼロ時間へ』は、クリスティーの本格推理の新しい試みの結晶であり、定評のある名作なので、多くの読者に読んで頂きたいと思う。

訳者略歴　1950年生，早稲田大学大学院修士課程修了，早稲田大学文学部教授，英米文学翻訳家　訳書『深夜特別放送』ダニング，『頭蓋骨のマントラ』『霊峰の血』パティスン（以上早川書房刊）他多数

ゼロ時間《じかん》へ

〈クリスティー文庫82〉

二〇〇四年五月　十五日　発行
二〇二五年二月二十五日　十二刷

（定価はカバーに表示してあります）

著者　アガサ・クリスティー
訳者　三《み》川《かわ》基《き》好《よし》
発行者　早川浩
発行所　株式会社　早川書房

郵便番号一〇一 - 〇〇四六
東京都千代田区神田多町二ノ二
電話　〇三 - 三二五二 - 三一一一
振替　〇〇一六〇 - 三 - 四七七九九
https://www.hayakawa-online.co.jp

乱丁・落丁本は小社制作部宛お送り下さい。
送料小社負担にてお取りかえいたします。

印刷・精文堂印刷株式会社　製本・株式会社明光社
Printed and bound in Japan
ISBN978-4-15-130082-0 C0197

本書は活字が大きく読みやすい〈トールサイズ〉です。